10
18

12, AVENUE D'ITALIE. PARIS XIIIe

JEAN-FRANÇOIS PAROT

L'HOMME AU
VENTRE DE PLOMB

10
18

« *Grands Détectives* »

dirigé par Jean-Claude Zylberstein

JC LATTÈS

Du même auteur
aux Éditions 10/18

Les enquêtes de Nicolas Le Floch,
commissaire au Châtelet

© Éditions Jean-Claude Lattès, 2000.
ISBN 2-264-03176-X

À Marcel Trémeau

Avertissement

À l'intention du lecteur qui aborderait pour la première fois le récit des aventures de Nicolas Le Floch, l'auteur rappelle que dans le premier tome, *L'Énigme des Blancs-Manteaux*, le héros, enfant trouvé élevé par le chanoine Le Floch à Guérande, est éloigné de sa Bretagne natale par la volonté de son parrain le marquis de Ranreuil, inquiet du penchant de sa fille Isabelle pour le jeune homme.

À Paris, il est d'abord accueilli au couvent des Carmes déchaux par le père Grégoire et se trouve bientôt placé par la recommandation du marquis sous l'autorité de M. de Sartine, lieutenant général de police de la capitale du royaume. À son côté, il apprend son métier et découvre les arcanes de la haute police. Après une année d'apprentissage, il est chargé d'une mission confidentielle. Elle le conduira à rendre un service signalé à Louis XV et à la marquise de Pompadour.

Aidé par son adjoint et mentor, l'inspecteur Bourdeau, et après bien des périls, il dénoue le fil d'une intrigue compliquée. Reçu par le roi, il est récompensé par un office de commissaire de police au Châtelet et demeure, sous l'autorité directe de M. de Sartine, l'homme des enquêtes extraordinaires.

LISTE DES PERSONNAGES

NICOLAS LE FLOCH : commissaire de police au Châtelet
PIERRE BOURDEAU : inspecteur de police
M. DE SAINT-FLORENTIN : ministre de la Maison du roi
M. DE SARTINE : lieutenant général de police
M. DE LA BORDE : premier valet de chambre du roi
AIMÉ DE NOBLECOURT : ancien procureur
LE VICOMTE LIONEL DE RUISSEC : lieutenant aux gardes françaises
LE COMTE DE RUISSEC : ancien brigadier général, père du précédent
LA COMTESSE DE RUISSEC : mère du vicomte
LE VIDAME DE RUISSEC : frère du vicomte
LAMBERT : valet du vicomte de Ruissec
PICARD : majordome de l'hôtel de Ruissec
ARMANDE DE SAUVETÉ : fiancée du vicomte
MLLE BICHELIÈRE : comédienne
TRUCHE DE LA CHAUX : garde du corps à Versailles
PÈRE MOUILLARD : jésuite, ancien professeur de Nicolas à Vannes
JEAN-MARIE LE PEAUTRE : fontenier
JACQUES : valet muet du précédent
GUILLAUME SEMACGUS : chirurgien de marine
CATHERINE GAUSS : cuisinière de M. de Noblecourt
PÈRE GRÉGOIRE : apothicaire des Carmes déchaux
CHARLES HENRI SANSON : bourreau
LE PÈRE MARIE : huissier au Châtelet

PELVEN : portier de la Comédie-Italienne
RABOUINE : mouchard
LA PAULET : tenancière de maison galante
GASPARD : garçon bleu
M. DE LA VERGNE : secrétaire des maréchaux de France
M. KOEGLER : joaillier

I

SUICIDE

« Les lois sont furieuses en Europe contre ceux qui se tuent eux-mêmes : on les fait mourir, pour ainsi dire, une seconde fois ; ils sont traînés indignement par les rues ; on les note d'infamie ; on confisque leurs biens. »

MONTESQUIEU

Mardi 23 octobre 1761

Le flot des voitures emplissait la rue Saint-Honoré. Nicolas Le Floch avançait avec précaution sur le pavé glissant. Au milieu du tonnerre des équipages, des cris des cochers et des hennissements des chevaux, un carrosse débouchant à grande allure faillit verser devant lui ; une roue retomba, et son fer fit jaillir une pluie d'étincelles. Non sans peine Nicolas traversa la tempête des flambeaux et des torches qu'agitait dans l'obscurité une foule de valets désireux d'éclairer au mieux leurs maîtres.

Combien de temps encore, songeait-il, tolérerait-on ces manifestations ostentatoires et dangereuses ? La cire coulait sur les habits et les coiffures ; perruques et cheveux étaient en péril de s'enflammer — les précédents étaient nombreux d'incidents funestes de ce genre. Le même désordre se reproduirait sur les marches de l'Opéra à la fin du spectacle, plus vif encore en raison de la hâte des puissants à rejoindre leurs hôtels.

Il s'en était ouvert à M. de Sartine et n'avait obtenu en réponse qu'une pirouette et une fin ironique de non-recevoir. Tout épris qu'il était du bien public et de l'ordre dans la capitale, le lieutenant général ne souhaitait pas se mettre à dos et la Cour et la ville en réglementant une commodité dont, à l'occasion, il usait lui-même.

Le jeune homme se fraya un chemin au milieu de la presse qui encombrait les degrés du grand escalier. Elle était plus dense encore dans le foyer exigu de ce monument construit jadis pour le cardinal de Richelieu et où Molière avait joué.

Nicolas éprouvait toujours le même plaisir à pénétrer dans le temple de la musique. Chacun se reconnaissait et se saluait. On s'enquérait de l'affiche et, en ce temps de guerre incertaine, les nouvelles, vraies ou fausses, étaient commentées avec passion.

Ce soir-là, les propos se partageaient équitablement autour de l'avis que les évêques de France devaient remettre au roi au sujet de la Société de Jésus [1]*, de la santé précaire de Mme de Pompadour et des exploits récents des généraux — notamment de ceux du prince de Caraman dont les dragons avaient, en septembre, repoussé les Prussiens au-delà de la Weser. On évoquait aussi une victoire du prince de Condé, mais la nouvelle n'avait pas été confirmée.

Tout ce monde éblouissant de satin piétinait la fange qui recouvrait le sol. Aussi le contraste entre le luxe des habits et la boue nauséabonde — faite de débris de cire, de terre et de crottin — qui les souillait était-il déconcertant.

Pressé au milieu de cette foule, Nicolas ressentait le dégoût habituel qui assaillait ses narines face au mélange des effluves. L'odeur âcre du sol montait, se

---

* Les notes sont en fin de volume. (*N.d.É.*)

mêlant à celles des fards et aux parfums produits par les mauvaises chandelles, sans pour autant masquer les relents plus acides et pénétrants des corps malpropres.

Quelques femmes qui paraissaient sur le point de se trouver mal agitaient furieusement leur éventail ou respiraient les vapeurs revigorantes de petits flacons.

Nicolas parvint à se dégager en se glissant derrière les gardes-françaises en faction dans l'escalier. Il n'était pas à l'Opéra pour son plaisir, mais en service commandé. M. de Sartine lui avait enjoint de surveiller la salle. La représentation du jour n'était pas une soirée banale. Madame Adélaïde, la fille du roi, et sa suite devaient y assister.

Depuis l'attentat de Damiens, une angoisse diffuse planait sur la famille royale. Le lieutenant général, outre les mouches qui peuplaient le parterre et les coulisses, voulait disposer sur place d'un instrument zélé possédant toute sa confiance. C'était le rôle de Nicolas de tout entendre et de tout observer en restant à portée du regard de son chef présent dans sa loge. De surcroît, ses fonctions de commissaire au Châtelet autorisaient le jeune homme à requérir la force publique et à prendre immédiatement toutes dispositions utiles.

Pour accomplir sa tâche, Nicolas avait choisi de se tenir debout près de la scène et de l'orchestre. Il était assuré ainsi d'avoir une vue d'ensemble de la salle, sans perdre de l'œil la scène d'où pouvait également venir le danger. Accessoirement, cette place lui permettait de juger dans les meilleures conditions de la qualité de l'orchestre, du jeu des interprètes et de la tessiture des voix, et il échappait à la vermine qui foisonnait dans le bois et le velours des sièges.

Combien de fois avait-il dû, de retour au logis, secouer ses habits au-dessus d'une bassine pour se débarrasser de l'engeance sautante et piquante...

À peine le jeune commissaire s'était-il installé que la

mèche tire-feu monta lentement, comme une araignée ravalant sa soie. Parvenue à son but, elle circula sur les mèches des chandelles du grand lustre pour les allumer l'une après l'autre. Nicolas aimait ce moment magique où la salle encore obscure et bruissante du murmure des conversations sortait de l'ombre. En même temps, un homme de peine portait le feu aux lumières de la rampe. Du parquet jusqu'aux cintres, l'or et la pourpre renaissaient alors à la splendeur, comme le bleu des armes de France frappées des lys qui dominaient la scène. Ainsi révélé, le mouvement des volutes de poussière tamisait la lueur qui glissait doucement sur les habits, les robes et les parures, prologue silencieux aux féeries du spectacle.

Nicolas se gourmanda ; il n'arriverait donc jamais à se séparer de cette propension à se perdre dans des rêveries ! Il se secoua, il lui fallait « faire la salle » qui s'emplissait dans un crescendo de bruits et de paroles.

Un des premiers soucis du service de Nicolas à l'Opéra consistait à savoir qui était là et qui ne l'était pas, tout en repérant, le cas échéant, les inconnus ou les étrangers. Ce soir-là, il remarqua que, contrairement aux habitudes d'un public blasé, les loges étaient presque toutes occupées. Même le prince de Conti, qui affectait si souvent d'arriver en cours du spectacle, avec la majestueuse indifférence d'un prince du sang, était déjà assis et devisait avec ses invités. Pour le moment, la loge royale était encore vide, mais des laquais s'y affairaient.

Nicolas n'assurait ce service que lorsque des membres de la famille royale assistaient à la représentation. Les autres soirs, ce rôle était dévolu à ses collègues. Ce qui était prioritaire pour la police, c'était la recherche et la surveillance d'agents soupçonnés de commerce ou d'espionnage au profit des cours en guerre contre la France. L'Angleterre, en particulier, inondait Paris d'émissaires stipendiés.

Un coup léger le frappa à l'épaule. Nicolas se retourna et découvrit avec plaisir le visage ouvert du comte de La Borde, premier valet de chambre du roi, magnifique dans un habit gris perle surbrodé de fils d'argent.

— Voilà une journée doublement faste, puisque je retrouve mon ami Nicolas !

— Puis-je vous demander l'autre bonheur que votre propos laisse supposer ?

— Ha, ha ! le fourbe... Et le bonheur d'un opéra de Rameau, vous comptez cela pour rien ?

— Sans doute, mais je vous vois bien éloigné de votre loge, dit Nicolas en souriant.

— J'aime l'odeur de la scène et sa proximité.

— Sa proximité ? Ou sa promiscuité ?...

— Soit, j'avoue. Je viens admirer de près un objet tendre et gracieux à mes yeux. Mais, Nicolas, je dois vous dire que l'on vous trouve vous-même bien discret.

— Ce *on* est bien discret lui-même.

— Faites le naïf et vous m'en remontrerez ! Sa Majesté s'est à plusieurs reprises enquise de vous, et notamment lors de la dernière chasse à Compiègne. Vous n'avez pas oublié, j'espère, son invitation à courre dans ses équipages. Lui, n'oublie jamais rien. Montrez-vous, que diable ! Il se rappelle votre figure et a évoqué plusieurs fois le récit de votre enquête. Vous avez auprès de lui un bien puissant avocat ; la bonne dame vous tient pour son ange gardien. Croyez-m'en, usez de ce crédit si rare et ne vous retranchez pas de la présence de vos amis. À ce point, la discrétion est un crime contre soi-même, que ces mêmes amis ne vous toléreront pas.

Il tira une petite montre d'or de la poche de son habit et, l'ayant consultée, reprit :

— Madame Adélaïde ne devrait plus tarder.

— Je pensais notre princesse inséparable de sa sœur

Victoire[2], dit Nicolas. Or, si j'en crois mes informations, elle assistera seule au spectacle ce soir.

— Remarque pertinente. Mais il y a eu quelque bisbille entre le roi et la seconde de ses filles. Il lui a refusé une parure et, piquée, Madame Victoire lui a décoché à brûle-pourpoint un méchant propos sur l'accueil qu'aurait reçu une semblable demande venant de Mme de Pompadour. Voilà, mon cher, le secret des cours, mais vous êtes un tombeau... Cela dit, Madame Adélaïde ne sera pas seule ; elle sera accompagnée du comte et de la comtesse de Ruissec, qui la chaperonneront. Vieille noblesse militaire, sévère, dévote et radoteuse à souhait. Ils tiennent à la fois de l'entourage de la reine et de celui du dauphin, c'est tout dire. Encore que le comte...

— Quelle distribution de bois vert en peu de mots !

— L'Opéra m'inspire, Nicolas. Je présume que notre ami Sartine sera là ?

— Vous présumez bien.

— Madame sera bien gardée. Mais rien n'arrive jamais sous l'œil de nos lieutenants de police. Nos spectacles sont d'un calme ! Seules les cabales et les claques les animent un peu, et *Les Paladins* de notre ami Rameau ne devraient pas déclencher de tempête. Le coin de la reine et le coin du roi[3] seront paisibles. *Le Mercure* relate que le goût italien et le goût français y sont très habilement mêlés, encore que l'audacieux assemblage du comique et du tragique pourrait mettre à mal la bienséance.

— Cela n'ira pas loin, ce sont là des passions innocentes.

— Mon cher, vous n'êtes jamais allé à Londres ?

— Jamais et, par les temps que nous vivons, je crains de ne pas en avoir l'occasion de sitôt.

— Je n'en jurerais pas. Mais pour revenir à mon propos, le voyageur français s'étonne quand il entre dans un théâtre londonien : il n'y trouve aucune surveillance militaire. Aussi les tumultes et les bagarres y sont le prix de la liberté.

— Voilà un pays rêvé pour nos amis les philosophes qui, disent-ils, respirent dans nos salles « le mauvais air du despotisme ».

— Je connais l'auteur de ce mot que le roi a peu prisé, fit La Borde. Discret Nicolas, vous ne l'avez même pas nommé. Mais je vous demande de me pardonner : je vais de ce pas faire ma cour à Madame Adélaïde. Prestement, car mon sujet d'étude paraît au prologue...

Et il traversa légèrement le parterre, dispensant sans compter ses saluts aux belles de sa connaissance. Nicolas éprouvait toujours le même plaisir à retrouver le comte de La Borde. Il se souvenait de leur première rencontre et de ce dîner où celui-ci l'avait tiré avec indulgence d'un mauvais pas. M. de Noblecourt, le vieux procureur chez qui il logeait et qui le considérait comme le fils de la maison, avait maintes fois souligné le privilège d'un attachement si sincère et, ajoutait-il, si utile à Nicolas. Le jeune homme repassa à nouveau dans son esprit les événements qui s'étaient succédé depuis le début de l'année. Le premier valet de chambre restait lié à l'événement incroyable de sa rencontre avec le roi. Il connaissait le secret de sa naissance noble ; il savait qu'il n'était pas seulement Nicolas Le Floch, mais aussi le fils naturel du marquis de Ranreuil. Cependant, il demeurait assuré que cette origine n'entrait pour rien dans la sympathie spontanée qui les avait réunis.

Une rumeur le ramena à la réalité. La salle tout entière s'était levée et applaudissait. Madame Adélaïde venait d'apparaître dans la loge royale. Blonde et faite au tour, elle avait grand air. Chacun convenait qu'elle l'emportait de beaucoup sur Mesdames, ses sœurs. Le profil et les yeux faisaient souvenir de ceux du roi. Souriante, elle s'inclina en une grande révérence de cour qui redoubla les vivats. La princesse était fort populaire ; son affabilité et son accès facile étaient connus de tous. Elle paraissait goûter ce que lui offrait sa solitude d'une soirée et prolongeait ses saluts de gracieuses inclinaisons de la tête. Nicolas aperçut M. de Sartine qui entrait dans sa loge après avoir accompagné la fille du roi dans la sienne.

Le rideau s'était levé sur le prologue. La Borde s'était empressé de rejoindre Nicolas. Un chœur triomphal éclatait, accompagnant l'apparition de la déesse de la Monarchie debout aux marches d'un temple antique. De jeunes enfants tenaient sa traîne fleurdelisée. Une Victoire cuirassée et casquée surgissait, campée sur un char conduit par les génies de la guerre ; elle en descendait pour couronner la déesse de lauriers. Le chœur s'exaltait et reprenait son refrain :

> *Rendons-lui les honneurs*
> *Dignes de sa puissance*
> *Qui couronnent les exploits*
> *Du plus puissant des rois.*

Des déités agitaient des palmes. M. de La Borde serra le bras de Nicolas.

— Voyez le sujet blond, à droite... la deuxième en lévite. C'est elle.

Nicolas soupira. Il était bien placé pour connaître le sort fatal de ces filles d'Opéra. Elles commençaient leur carrière dans les chœurs ou dans la danse pour être abandonnées, à peine sorties de l'enfance, à la licence des mœurs et à la puissance de l'argent. Sauf à franchir les étapes difficiles des degrés du libertinage, ce qui demandait habileté et prudence, et à parvenir au statut privilégié de fille entretenue, leur avenir les conduirait fatalement, une fois les prestiges de la prime jeunesse effacés, à la misère et à la plus basse crapule. Au moins cette petite au minois charmant pourrait-elle tirer son épingle du jeu avec un bon garçon comme La Borde. Peut-être.

Le prologue continuait à développer ses magnificences vocales. Le genre en était passé de mode depuis des années ; Rameau lui-même y avait mis fin et avait remplacé cette figure obligée par une ouverture en relation avec le spectacle. Nicolas s'étonna de ce « vestibule éclatant » qui encensait la monarchie et magnifiait ses succès militaires, alors que les événements, faits de succès sans lendemain et de revers indécis, ne prêtaient guère à l'emphase ni à la réjouissance. Mais, emporté par les habitudes, chacun feignait. Ce n'était pas mauvaise politique aux yeux de ceux qui, dans l'ombre, guettaient les défaillances de l'esprit public. Le rideau retomba, et M. de La Borde soupira, sa déesse avait disparu.

— Elle est à nouveau là au troisième acte, dit-il les yeux brillants, dans la danse des pagodes chinoises [4].

Le spectacle avait repris et l'intrigue des *Paladins* suivait son cours tortueux et convenu. Nicolas, toujours attentif à la musique, nota l'imbrication des formes vocales déjà utilisées dans *Zoroastre* [5], la place accordée aux récitatifs accompagnés et la référence marquée à l'opéra italien dans la multiplication des ariettes. Tout emporté qu'il était par l'orchestration, il ne prêtait guère attention à l'intrigue : l'amour pervers du vieil Anselme pour sa pupille Argie, elle-même éprise du paladin Atis. Au premier acte, les airs de danse, dont la gaieté était relevée par des parties virtuoses de cors, le remplirent de bonheur. À la fin du deuxième acte, au moment de l'air d'effroi « Je meurs de peur », Nicolas qui avait toujours un œil sur la salle s'aperçut que quelque chose se passait dans la loge royale. Un homme venait d'y entrer et parlait à l'oreille d'un vieillard à l'allure militaire assis à droite derrière la princesse, et qui devait être le comte de Ruissec. Le vieux gentilhomme s'inclina à son tour vers une dame âgée à cheveux blancs et mantille de dentelle noire. Elle s'agita et le jeune homme vit sa tête osciller en signe de dénégation. Toute cette scène, de loin, paraissait muette, mais la fille du roi s'inquiéta et se retourna pour connaître la raison de ce désordre.

À ce moment, le rideau tomba sur la fin de l'acte. Nicolas vit alors le même homme entrer dans la loge de M. de Sartine et s'adresser à lui. Le magistrat se leva, se pencha vers la salle pour scruter le parterre et, ayant finalement repéré Nicolas, lui adressa un signe péremptoire d'avoir à le rejoindre. Dans la loge royale, l'agitation gagnait et Madame Adélaïde tamponnait les tempes de Mme de Ruissec avec un mouchoir.

Revenant plus tard sur ces instants, Nicolas se rappellerait que tout s'était alors mis en route comme une mécanique monstrueuse qui ne devait s'arrêter qu'une fois le destin satisfait et repu de ruines et de morts. Il salua M. de La Borde, puis courut rejoindre le lieutenant général de police aussi vite que le lui permettait l'assistance debout conversant en groupes compacts.

M. de Sartine n'était pas dans sa loge. Il avait dû gagner celle de la princesse. Après avoir parlementé avec des officiers de sa Maison, Nicolas réussit à y pénétrer. Madame Adélaïde parlait à voix basse au lieutenant général. Son beau visage plein était empourpré d'émotion. M. de Ruissec, agenouillé aux pieds de sa femme, à demi pâmée sur son siège, l'éventait. Un homme en noir, dans lequel Nicolas reconnut un exempt du Châtelet, se tenait figé, collé à la cloison, l'air terrifié de ce qu'il voyait et entendait. Nicolas s'approcha et salua profondément. La princesse étonnée lui répondit par un léger mouvement de tête. Il fut ému de retrouver sur ce jeune visage l'expression du regard du roi. M. de Sartine reprit son propos :

— Que Votre Altesse royale se rassure, nous allons prendre toutes dispositions pour accompagner le comte et la comtesse à leur hôtel et tenter de régler discrètement cette affaire. Il convient cependant que certaines constatations puissent être faites. Le commissaire Le

Floch, que voici, m'accompagnera. Le roi le connaît et le tient en haute estime.

Le regard princier se porta sur Nicolas sans paraître le voir.

— Nous comptons sur vous pour faire au mieux afin d'apaiser la détresse de nos pauvres amis, dit Madame Adélaïde. Et surtout, monsieur, ne soyez pas soucieux de ma personne et parez au plus utile. Les officiers de notre Maison veilleront sur notre personne, et d'ailleurs les Parisiens nous aiment, mes sœurs et moi.

M. de Sartine s'inclina tandis que les deux vieillards — la comtesse, agitée d'un tremblement convulsif — prenaient congé de la princesse. Tous sortirent pour rejoindre leurs voitures. Il fallut attendre un moment pour rassembler les cochers partis boire quelques chopines. Un carrosse de cour s'ébranla, les Ruissec étant venus de Versailles en cortège avec la princesse. Il fut bientôt suivi de la voiture de M. de Sartine. Le flamboiement des torches grésillantes faisait danser les ombres portées sur les maisons de la rue Saint-Honoré.

Le lieutenant général demeura un long moment silencieux et perdu dans ses pensées. Un embarras de voitures arrêtées en désordre immobilisa le carrosse. Le jeune homme en profita pour risquer une remarque.

— Il conviendrait, monsieur, que fût un jour réglementé le stationnement des voitures aux portes des spectacles. Il serait même opportun qu'on les obligeât à user d'un chemin unique qui permettrait de désengorger nos rues et rendrait plus aisé leur cheminement [6]. Ajoutons-y un meilleur éclairage de nos voies, et la sécurité ne pourra qu'en être améliorée [7].

La remarque du jeune homme ne suscita aucun écho. Un certain agacement parut même dans un tambourinement rapide des doigts du lieutenant général sur la vitre. Il se tourna vers son subordonné.

— Monsieur le commissaire Le Floch...

Nicolas se raidit. L'expérience lui avait appris que lorsque le lieutenant général de police lui donnait son

titre au lieu de l'appeler comme d'habitude par son prénom, c'était que l'humeur n'était pas bonne et les
ennuis pas loin. Il redoubla d'attention.

— Nous voici, je crois, devant une affaire qui va
exiger de nous un tact et un doigté tout particuliers,
continua Sartine. Je suis d'ailleurs pris au piège de mes
promesses à Madame Adélaïde. Croit-elle ce genre de
démarche facile ? Elle ignore tout et du monde et de la
vie. Elle se laisse aller à son bon cœur. Qu'ai-je à faire
de sentiments et d'apitoiements ? Vous ne répondez
pas ?

— Encore faudrait-il, monsieur, que vous éclairiez
un peu ma lanterne.

— Tout doux, Nicolas. Il ne me convient pas, à moi,
d'éclairer votre lanterne. Je connais trop bien où cela
nous mènerait. Votre imagination cavalcadante va aussitôt se déchaîner. Nous avons vu ce qui arrivait lorsque
je vous lâche les rênes. Vous prenez le mors aux dents,
vous vous emballez ; on part dans toutes les directions
et on ramasse des cadavres à tous les coins de rue. Ah !
oui, beaucoup de sagacité et un cœur certain à l'ouvrage, mais si je ne suis pas là pour vous relancer sur
la bonne voie... Je vous veux vierge de toute suggestion, et recueillir votre première intuition. Il ne faut pas
troubler le flair des chiens courants !

Deux années à travailler sous ses ordres avaient
éclairé le jugement de Nicolas sur un homme dont la
mauvaise foi pouvait atteindre des sommets. Seul,
M. de Saujac, président au Parlement, dont la réputation sur ce point était devenue proverbiale, aurait pu lui
en remontrer. Aussi ne se laissait-il guère impression-
ner par des propos qu'un autre aurait pu trouver bles-
sants. Il connaissait bien la petite lueur malicieuse qui
naissait soudain dans l'œil de son chef et les mouvements irrépressibles des muscles à droite de la bouche.
M. de Sartine ne croyait pas en ce qu'il disait ou, à tout
le moins, c'était une affectation bien à lui de marquer
ainsi l'autorité sur ses gens. Seuls les moins perspicaces

s'y laissaient prendre, mais il agissait avec tous de la même manière. L'inspecteur Bourdeau, l'adjoint de Nicolas, prétendait que c'était une façon de tirer les fils de ses pantins pour vérifier leur fidélité à son obéissance et leur acquiescement à ses propos, si énormes fussent-ils. Plus surprenante était sa propension à s'épancher en hargne et pétillement avec ses proches, alors que la rumeur le présentait comme un homme doux, secret et d'une exacte courtoisie.

L'attitude présente de M. de Sartine dissimulait son embarras et masquait son inquiétude. Qu'allaient-ils découvrir au terme de leur traversée nocturne de Paris ? Vers quel drame se dirigeaient-ils ? La comtesse de Ruissec paraissait si désespérée...

Quel que pût être le spectacle que le destin avait choisi ce soir de leur présenter, le jeune homme se promit de ne pas décevoir son chef et d'être attentif à tout ce qui les attendait. M. de Sartine s'était à nouveau muré dans un silence morose. L'effort de la réflexion accusait les plis d'un visage aigu d'où la jeunesse paraissait s'être enfuie sans retour.

Ils s'arrêtèrent devant le portail en demi-lune d'un petit hôtel particulier. Un grand escalier de pierre ouvrait sur une cour pavée. M. de Ruissec remit sa femme éperdue entre les mains d'une chambrière. La comtesse tentait bien de protester et cherchait à s'accrocher au bras de son mari ; il se dégagea avec fermeté. Un vieux serviteur éclairait la scène un flambeau à la main. Nicolas ne put se faire une idée de la disposition des lieux, qui demeuraient plongés dans les ténèbres. Il devinait à peine les ailes du bâtiment principal.

Ils gravirent les degrés donnant sur un vestibule dallé qui s'achevait par un escalier. Le comte de Ruissec chancela et dut s'appuyer sur un fauteuil de tapisserie. Nicolas l'examina. C'était un grand homme sec, un peu voûté malgré son affectation à se tenir droit. Une large cicatrice que l'émotion faisait rougir creusait sa tempe gauche, souvenir probable d'un coup de sabre. La bouche pincée se mordait l'intérieur des lèvres. La croix de l'ordre de Saint-Michel suspendue à un cordon noir renforçait encore l'austérité d'un strict habit sombre sur lequel tranchait, seule note de couleur, une commanderie de l'ordre de Saint-Louis accrochée à une écharpe rouge feu qui pendait sur sa hanche gauche. L'épée qu'il portait au côté n'était pas une arme de parade, mais une lame solide en acier trempé. Le jeune homme s'y connaissait et il se souvint que le comte escortait Madame Adélaïde et aurait pu, le cas échéant, avoir à la défendre. M. de Ruissec se redressa et fit quelques pas. Vieille blessure ou douleur de l'âge, il claudiquait et cherchait à dissimuler cette infirmité par un rehaussement de tout le corps qui le jetait en avant à chaque mouvement. Il considéra d'un air impatient son vieux serviteur.

— Ne perdons plus une minute. Conduis-nous à la chambre de mon fils et fais-moi ton rapport en chemin.

La voix de commandement était restée jeune, presque agressive. Il prit la tête du petit groupe en s'appuyant lourdement sur la rampe de bronze. La respiration sifflante, le majordome entreprit le récit des événements de la soirée.

— Monsieur le comte, vers neuf heures de relevée, je venais de remettre quelques bûches dans votre appartement et j'étais redescendu. Je lisais mon livre d'heures...

Nicolas surprit le plissement ironique des paupières de M. de Sartine.

— M. le vicomte est arrivé. Il paraissait très pressé et son manteau était mouillé. J'ai voulu le lui prendre, mais il m'a écarté. Je lui ai demandé s'il avait besoin de moi. Il a secoué la tête. J'ai entendu claquer la porte de sa chambre, puis plus rien.

Il s'arrêta un moment ; le souffle lui manquait.

— Toujours cette foutue balle, pardon, mon général. Je disais donc plus rien, et alors un coup de feu.

26

Le lieutenant général intervint.

— Un coup de feu ! En êtes-vous assuré ?

— Mon majordome est un ancien soldat, dit le comte. Il a servi dans mon régiment. Il sait de quoi il parle. Continue, Picard.

— Je me suis précipité, mais j'ai trouvé porte close. Elle était fermée de l'intérieur. Pas un bruit, pas un cri. J'ai appelé, pas de réponse.

Après avoir emprunté un couloir au fond du palier, le cortège se trouvait maintenant devant une lourde porte de chêne. M. de Ruissec s'était soudain voûté.

— Il m'était impossible de la forcer, reprit Picard, et même si j'avais eu une hache, les forces m'auraient fait défaut. Je suis redescendu et j'ai envoyé la femme de chambre de Mme la comtesse au poste de garde voisin. Un exempt est accouru, mais, en dépit de mes supplications, il n'a rien voulu faire hors la présence d'une autorité supérieure. Je vous ai donc fait incontinent quérir à l'Opéra.

— Monsieur le commissaire, dit Sartine, veillez à nous trouver de quoi ouvrir ou abattre cette porte.

Nicolas ne paraissait pas pressé d'obéir ; les yeux clos, il fouillait avec minutie les poches de son habit.

— Nous vous attendons, Nicolas, s'impatienta son chef.

— Entendre c'est obéir, monsieur, et la solution est toute trouvée. Il est inutile d'aller chercher des outils de force, cet objet y pourvoira.

Il tenait à la main une petite pièce de métal ressemblant à un canif et qui, une fois ouverte, présenta un échantillonnage de crochets de tailles et de dessins différents. C'était un présent de l'inspecteur Bourdeau, qui, lui-même déjà doté de cet instrument, en avait saisi un sur un bandit et l'avait offert à Nicolas. Sartine leva les yeux au ciel.

— Le « rossignol » des voleurs vient au secours de la police ! Les desseins du grand Architecte prennent souvent des voies obliques, murmura-t-il.

Nicolas sourit intérieurement de ce langage d'un affidé des Loges, s'agenouilla et, après avoir déterminé avec soin le crochet le mieux adapté, l'introduisit dans la serrure. On entendit aussitôt une clef choir sur le parquet de la chambre. Il examina à nouveau ses crochets, en choisit un autre et commença un patient travail d'approche. Seuls les respirations sifflantes du comte et de son majordome et le grésillement des bougies troublaient le silence de la scène. Au bout d'un instant, le bruit grinçant du mécanisme de la serrure se fit entendre et Nicolas put ouvrir la porte. Le comte de Ruissec se précipita et fut tout aussitôt arrêté dans son élan par le lieutenant général de police.

— Monsieur, s'indigna le vieil homme, je ne vous permets pas ! Je suis dans ma propre demeure et mon fils...

— Je vous prie, monsieur le comte, de laisser procéder les magistrats. Une fois les premières constatations effectuées, je vous promets que vous pourrez entrer et que rien ne vous sera caché.

— Monsieur, avez-vous oublié ce que vous avez promis à Son Altesse royale ? Qui prétendez-vous être pour vous permettre de désobéir à ses ordres ? Qui êtes-vous pour vous opposer à moi ? Un petit magistrat à peine sorti de la caque de sa roture, et dont le nom sent encore l'épicerie...

— Je ne saurais rien tolérer qui fût contraire à la loi et je ne reçois d'ordres que de Sa Majesté, répliqua Sartine. Je me suis engagé à entourer toute cette affaire de discrétion, c'est la seule promesse que j'ai faite. Quant à vos propos, monsieur le comte, si ce n'était la dignité de mes fonctions et les censures royales, je vous en demanderais raison. Le mieux que vous ayez à faire est de rejoindre votre appartement et d'attendre que je vous appelle. Plutôt, je viendrai moi-même vous y chercher.

Le vieux gentilhomme, le regard étincelant, fit volte-face. Jamais Nicolas n'avait vu M. de Sartine aussi pâle. Des cernes violacés étaient apparus sous ses yeux et il tourmentait avec rage l'une des boucles de sa perruque.

Ayant pris une chandelle au flambeau que portait Picard, le jeune homme entra d'un pas prudent dans la pièce, suivi de son chef. Il se souviendrait longtemps de ses premières impressions.

Sans rien voir tout d'abord, il perçut le froid qui régnait dans la chambre, puis décela une odeur d'eau saumâtre mêlée à celle, plus irritante, de la poudre. La flamme tremblante éclairait faiblement une pièce immense aux murs décorés de boiseries blondes sur toute sa hauteur. En avançant, il vit sur sa gauche une grande cheminée de marbre grenat surmontée d'un trumeau. À droite, une alcôve tendue de damas sombre surgit de l'ombre. Un tapis de Perse et deux fauteuils dissimulaient à la vue ce qui semblait être un bureau disposé dans l'angle en face de l'entrée. Çà et là des coffres étaient recouverts d'armes. Celles-ci et le désordre des lieux dénotaient la présence d'un homme jeune et d'un soldat.

S'étant avancé jusqu'au bureau, Nicolas aperçut une forme allongée sur le sol. Un homme gisait sur le dos, les pieds dirigés vers la fenêtre. Sa tête paraissait réduite comme si elle n'avait pas correspondu à la dimension du corps. Un grand pistolet de cavalerie était tombé à côté de lui. M. de Sartine s'approcha et eut un mouvement de recul. Il est vrai que la vision qui s'offrait à ses yeux avait de quoi faire sursauter les plus endurcis.

Nicolas, qui n'avait pas cillé quand il s'était penché sur le corps, réalisa soudain que son chef n'avait eu que peu d'occasions d'être en contact avec les formes affreuses de la mort. Il le saisit fermement par le bras et l'obligea à s'asseoir dans l'un des fauteuils. M. de Sartine se laissa conduire comme un enfant et ne dit mot ; il sortit un mouchoir et s'épongea le front et les tempes tout en faisant prendre l'air à sa perruque, puis demeura prostré, le menton sur la poitrine. Nicolas nota avec amusement que sa pâleur avait tourné au verdâtre. Ce point marqué sur son chef — il s'autorisait de ces petites revanches —, il reprit son examen.

Ce qui avait frappé d'horreur le lieutenant général de police, c'était le visage du mort. La perruque militaire avait glissé sur son front d'une manière grotesque. Elle soulignait les yeux déjà vitreux, comme écarquillés par la vision de la mort. Mais là où le spectateur s'attendait à trouver une bouche ouverte, complétant le mouvement naturel de frayeur ou de douleur, ne subsistaient plus que joues creusées et menton remonté vers le nez en une grimace désaccordée. Le visage avait subi une telle déformation qu'il faisait invinciblement penser à celui d'un vieillard ayant perdu ses dents ou à la face convulsée de quelque monstrueuse statue. Sans qu'il soit encore possible de se prononcer sur le phénomène, la blessure cause de la mort n'avait pas saigné. La balle semblait avoir frappé la base du cou à bout portant et avait brûlé les tissus de la chemise et la mousseline de la cravate.

Nicolas s'agenouilla près du corps pour regarder la plaie. Elle était noire et l'ouverture de la peau, de la largeur de la balle, paraissait déjà fermée par l'épiderme ; un peu de sang coagulé était visible, mais il s'était surtout épanché dans les chairs. Le jeune commissaire nota ses observations dans un petit calepin. Il reprit la disposition du corps, précisa que la victime était revêtue d'habits civils. L'état et la crispation des deux mains refermées sur elles-mêmes le frappèrent. Les bottes de fantaisie étaient boueuses, et tout le bas du corps jusqu'à la ceinture était imbibé d'une eau nauséabonde comme si le jeune homme avait traversé un étang ou une pièce d'eau avant de rentrer chez lui pour mettre fin à ses jours.

Nicolas fit quelques pas et s'intéressa à la croisée. Les volets intérieurs en chêne clair étaient fermés au loquet. Il les ouvrit et constata que la fenêtre était également close. Il remit le tout en place, reprit sa bougie et alluma les chandelles d'une lampe bouillotte placée sur le bureau. La pièce surgit de la pénombre. Une voix dans son dos le fit se retourner.

— Puis-je vous être utile, monsieur ?

La porte d'entrée était restée ouverte et, sur le seuil, se tenait un homme encore jeune, en livrée mais sans perruque. M. de Sartine n'avait pas décelé sa présence, le dossier du fauteuil dissimulant presque totalement l'inconnu. Sa tenue était correcte et boutonnée, mais Nicolas s'étonna de le voir en bas, sans chaussons ni souliers.

— Puis-je savoir ce que vous faites ici ? Je suis Nicolas Le Floch, commissaire de police au Châtelet.

— Je me nomme Lambert et suis le valet et l'homme à tout faire de M. le vicomte de Ruissec.

Le ton légèrement provocant choqua Nicolas. Il ne s'avoua pas qu'il détestait les cheveux filasse et les yeux vairons : le jour de sa première arrivée à Paris, il s'était fait dérober sa montre par un malandrin au regard inégal [8].

— Et que faites-vous ici ?

— Je dormais dans ma couchette des communs. J'ai entendu les cris de Mme la comtesse et me suis empressé d'accourir après m'être vêtu. Je vous demande excuse, dit-il en désignant ses pieds du menton. Dans la hâte... le désir de me rendre utile...

— Pourquoi êtes-vous venu tout de suite ici ?

— J'ai rencontré le vieux Picard dans le vestibule. Il m'a expliqué ce qui s'était passé et les craintes pour mon maître.

Nicolas enregistrait très vite tout ce qui lui était dit. Son esprit classait les éventuelles contradictions et les impressions multiples que les propos du valet suscitaient en lui. Le ton du personnage n'était pas exempt d'une goguenardise quelque peu railleuse, rare chez les gens de son état lorsqu'ils s'adressaient à des supérieurs. L'homme n'était pas aussi simple qu'il y paraissait de prime abord. Il prétendait s'être habillé en hâte, or sa tenue était impeccable, jusqu'à la cravate de coton nouée, et pourtant il avait omis de mettre ses souliers. Il faudrait vérifier le chemin emprunté et recouper auprès de Picard l'exactitude de ses affirmations. Était-il nécessaire de sortir et de passer par la cour pour rejoindre les appartements du vicomte, ou existait-il un chemin dérobé qui, par des escaliers et des corridors, permettait de circuler dans tous les bâtiments de l'hôtel de Ruissec ? Enfin, l'homme ne paraissait guère ému ; il est vrai qu'il n'avait pas forcément vu le cadavre dissimulé par les fauteuils et par Nicolas. Quant à M. de Sartine, il demeurait impavide et silencieux et considérait, pensif, le contrecœur[9] de la cheminée. Nicolas se décida à porter une pointe directe.

— Savez-vous que votre maître est mort ?

Il s'était avancé vers le valet dont le visage grêlé de petite vérole se plissa dans une grimace qui aurait tout aussi bien pu passer pour l'expression d'une constatation fataliste que pour celle d'un chagrin soudain.

— Pauvre monsieur, il a fini par tenir parole !

Devant le silence de Nicolas, il poursuivit :

— Depuis des jours, le dégoût l'emportait. Il ne mangeait plus et fuyait ses amis. Peine de cœur ou peine de jeu, ou les deux, si vous m'en croyez. N'empêche, qui eût cru qu'il s'y mettrait si vite ?

— Il a tenu sa parole, dites-vous ?

— Sa promesse serait plus juste. Il répétait qu'il ferait parler de lui en bien ou en mal. Il avait même évoqué l'échafaud...

— De quand datait ce curieux propos ?

— Une partie fine dans un cabaret de Versailles avec ses camarades, il y a une vingtaine de jours. J'étais là pour les servir et m'occuper des bouteilles. Quelle partie !

— Vous pouvez les nommer, ces camarades ?

— Pas tous. Je n'en connais vraiment qu'un : Truche de La Chaux, un garde du corps du palais. Ils étaient intimes tous les deux, quoique Truche soit de petite noblesse.

Nicolas releva ce travers si couru des laquais qui leur fait adopter les préjugés de leurs maîtres. Ainsi, la cascade du mépris prenait-elle sa source à tous les niveaux de la société, dans la noblesse comme chez les serviteurs.

— Quand avez-vous vu votre maître pour la dernière fois ?

— Mais ce soir même !

Cette réponse fit bondir le lieutenant de police de son fauteuil ; Lambert recula, surpris par ce spectre livide qui jaillissait tel un diable de sa boîte, avec sur la tête une perruque en bataille qui penchait dangereusement.

— Tiens donc, monsieur, veuillez me conter cela par le menu...

Lambert ne demanda pas à qui il avait affaire et conta son histoire.

— Mon maître était de garde la nuit dernière. Il y avait grand jeu au cercle de la reine. Son service fait, il a pris quelque repos jusqu'à midi. Il est ensuite parti errer seul dans le parc du château, m'ordonnant d'être dans l'avant-cour à quatre heures avec une voiture. Il voulait, m'a-t-il dit, coucher à Paris. Nous sommes arrivés sans encombre vers neuf heures, ce soir. Il m'a alors donné congé, n'ayant plus besoin de moi. J'étais fatigué, je suis allé me coucher.

— Vous deviez assurer votre service demain matin ?

— Certainement. À sept heures, j'aurais monté l'eau chaude à M. le vicomte.

— Le temps était beau à Versailles ? interrompit Nicolas sous le regard courroucé de M. de Sartine qui n'entendait rien à cette digression.

— Brumeux et sombre.

— Pleuvait-il ?

Il fixait le valet.

— Aucunement, monsieur. Mais peut-être cette

question a-t-elle trait à l'état des habits de mon pauvre maître. Je m'étais permis de lui recommander de se changer avant de quitter Versailles. Perdu dans ses tristes pensers, il avait glissé au cours de sa promenade dans un petit fossé de vidange du grand canal. C'est ce qu'il m'avait expliqué lorsque je m'étais inquiété de l'état de son vêtement.

Nicolas faisait effort pour ne pas se laisser entraîner par la méfiance que lui inspirait le valet. Il se répétait que juger sur la première impression constituait toujours un risque d'erreur grave. Les propos de l'inspecteur Bourdeau lui revenaient en mémoire. Dans sa jeunesse, celui-ci se fiait ordinairement au jugement du premier instant. Il avait cherché à se corriger, mais en vieillissant, l'expérience lui avait confirmé la valeur de ce premier moment où seul l'instinct s'exprimait et il était revenu aux errements[10] de sa jeunesse, comme plus assurés de livrer la vérité d'un être.

Ce retour sur lui-même agaça le jeune homme et il décida de remettre à plus tard de démêler ce problème. Rien, dans l'état actuel des choses, ne justifiait qu'il s'acharnât sur le valet alors que le suicide paraissait avéré. Il fallait seulement en éclaircir les circonstances pour comprendre les causes qui avaient conduit le malheureux jeune homme à cet acte fatal. Avec l'accord de M. de Sartine, Nicolas congédia donc Lambert, tout en lui recommandant de rester dans le couloir ; il souhaitait en effet interroger d'abord le majordome. Des exempts surgirent à cet instant. Il les pria d'attendre la fin de ses premières investigations et leur enjoignit d'avoir l'œil sur Lambert, avec interdiction de le laisser parler à quiconque.

Quand il rentra dans la chambre, Sartine s'était à nouveau affalé dans son fauteuil et paraissait en proie à un débat intérieur intense. Sans troubler sa réflexion, Nicolas revint vers le corps.

Le bougeoir à la main, il examina les lieux en commençant par le parquet. Il repéra quelques rayures de fraîche date, dont l'origine pouvait tout aussi bien provenir du gravier coincé sous la semelle des bottes que de toute autre cause.

Le dessus du bureau attira ensuite son attention. Sous la lampe bouillotte placée au milieu du maroquin, il trouva une feuille de papier et il lut, écrits d'une main hâtive en grosses capitales, les mots « PARDON, ADIEU ». À gauche de cette feuille, une plume gisait près d'un encrier. La position du fauteuil derrière le meuble montrait que celui qui avait écrit ce message s'était ensuite levé, l'avait repoussé et s'était dirigé à droite vers le mur, sans doute pour contourner le bureau par le devant et se retrouver là où reposait maintenant le corps.

Il considéra à nouveau celui-ci, les mains notamment, et essaya sans succès de lui fermer les yeux. Furetant ensuite tout autour de la pièce, il remarqua, à gauche de la porte d'entrée, une immense armoire aux sculptures contournées qui montait jusqu'au plafond. Elle était entrouverte. Il poussa l'un des battants et y plongea la tête ; c'était une grotte ombreuse qui lui rappela les lits clos de son enfance bretonne. Une forte odeur de cuir et de terre le saisit. Dans la partie inférieure s'alignait une collection de bottes dont certaines auraient eu grand besoin d'un coup de brosse. Il repoussa la porte cirée du meuble, puis dessina un plan de l'appartement sur une feuille de son calepin.

Poursuivant son examen, Nicolas repéra une section dans la moulure de la boiserie. À gauche de l'alcôve, une porte ouvrait sur un cabinet de toilette lambrissé de sapin à mi-hauteur, avec sa garde-robe mitoyenne. La pièce était carrelée de pierre de liais [11] et de marbre noir. Les murs étaient tendus de papier peint représentant des oiseaux exotiques. Elle était éclairée par un œil-de-bœuf dont il vérifia la fermeture. Il resta un long moment pensif devant la table de toilette et sa cuvette de fine faïence, admirant le nécessaire avec ses rasoirs et ses instruments de nacre et de vermeil précautionneusement disposés sur une serviette de lin blanc. Les brosses et les peignes n'échappèrent pas, eux non plus, à cette contemplation attentive et comme fascinée par tant de splendeurs.

Quand il rejoignit son chef, celui-ci arpentait la chambre dans sa largeur en évitant avec soin de s'approcher du cadavre. La perruque avait repris son aplomb et les couleurs étaient revenues aux pommettes osseuses du magistrat.

— Mon cher Nicolas, dit Sartine, vous me voyez au-delà de tout embarras. Vous êtes convaincu comme moi-même que ce jeune homme s'est homicidé [12], n'est-ce pas ?

Nicolas se garda de répondre et le lieutenant général, estimant que ce silence valait acquiescement, poursuivit, non sans avoir, d'un coup d'œil au trumeau, vérifié l'équilibre reconquis de sa coiffure.

— Vous savez bien ce qu'il advient dans ces circonstances. On présume un suicide, le commissaire averti se déplace sans robe et dresse procès-verbal sans le moindre éclat ni publicité. Ensuite, et sur la prière de la famille éplorée, mais tout autant pour sauvegarder les convenances, le magistrat oblige le curé de la paroisse, ou le fait prier par son diocésain, de prononcer le service funèbre du défunt et de l'enterrer sans bruit. Vous n'ignorez pas non plus...

— Que, jusqu'à une époque récente, les corps des suicidés, considérés comme les assassins d'eux-mêmes, étaient passés en jugement et condamnés à être traînés sur une grosse échelle de charpente tirée par une charrette. Je sais cela, monsieur.

— Très bien, très bien. Cependant, nonobstant cette exhibition affreuse sur la claie [13], le corps était pendu et interdit de sépulture en terre consacrée. Le progrès de l'esprit philosophique et la sensibilité du siècle ont heureusement épargné depuis peu à la victime et à sa famille ces extrémités fâcheuses, et contraires à la pudeur. Or, c'est un drame de cet ordre dont il s'agit. L'aîné d'une noble famille, promis à un destin brillant, vient de disparaître. Son père est proche du trône, ou plutôt de l'entourage du dauphin. Sottement — car on ne parle pas de mort aux personnes royales —, le suicide du vicomte a été annoncé à Madame Adélaïde, qui s'est empressée de céder aux supplications du comte de Ruissec. Elle m'a donné, sans excès de précautions, des recommandations que j'ai feint de recevoir pour des ordres, qu'au demeurant la princesse n'est pas en position de me donner. Il m'est cependant difficile d'ignorer ses désirs et je me dois de ménager une famille qu'elle soutient. Toutefois...

— Toutefois, monsieur ?

— Je pense tout haut devant vous, Nicolas. Toutefois...

Le ton avait repris cette chaleur et cette confiance dont le lieutenant général de police usait habituellement avec lui.

— Toutefois, je suis aussi chargé, au nom du roi, de faire régner l'ordre et la loi dans Paris, ce qui n'est pas chose aisée. Trop de rigueur dans l'application de la règle peut conduire à des ruptures et à des drames. La sagesse serait de rendre présentable ce cadavre, de faire chercher un prêtre et une bière et de répandre le bruit qu'en nettoyant son arme le jeune lieutenant s'est blessé à mort. La messe serait dite, la princesse obéie, les parents accablés mais préservés, et moi, sans soucis, j'aurais satisfait mon monde. Puis-je en toute conscience agir de la sorte ? Quel est votre sentiment ? Je me fie à votre jugement, même si la précipitation et la chimère guident quelquefois votre imagination.

— Je tiens, monsieur, que la chose doit être mûrement pensée. Nous sommes comptables à la fois de l'idéal de la loi avec la justice et de la sagesse avec la prudence...

Sartine approuva de la tête ce prudent exorde.

— Telle que se présente cette enquête, poursuivit

Nicolas, il me revient, puisque vous me faites l'honneur de m'interroger, de définir notre dilemme. Nous savons que le suicide est un acte qui va contre la morale divine, un malheur dont l'opprobre rejaillit sur une famille honorable. Le cadavre que nous avons sous les yeux n'est pas du peuple, ce n'est pas un pauvre que l'excès du malheur a conduit à cette extrémité. Voilà un honnête homme, un jeune homme parfaitement éduqué, qui sait bien ce que son geste va signifier pour ses parents et pour ses proches et qui, sans réfléchir plus avant, commet l'irréparable sur lui-même, sans offrir à sa famille aucun moyen d'échapper à la honte. Ne trouvez-vous pas étrange qu'il ne vous ait pas écrit comme beaucoup le font pour éviter toute difficulté après leur décès [14] ? Il a juste laissé ceci.

Il ramassa le papier sur le bureau et le tendit à Sartine.

— Notez enfin, monsieur, qu'il sera bien malaisé de taire la nouvelle. La rumeur court déjà à l'Opéra, dans la ville ; elle sera bientôt à la Cour. La princesse en a sûrement parlé, chacun va répétant ses propos. Une dizaine de personnes déjà en sont informées : policiers, domestiques et gens du voisinage. Cette rumeur, personne ne pourra l'arrêter et elle grossira de ses propres incertitudes... Cela sera pain bénit pour les colporteurs de nouvelles à la main.

Le pied de M. de Sartine battait la mesure sur le parquet.

— Où nous mène ce beau discours, et comment toutes vos circonvolutions nous feront-elles sortir de ce labyrinthe ? Que me proposez-vous ?

— Je pense, monsieur, que, sans rien divulguer et sans écarter ni la thèse de l'accident ni la folie passagère, le corps du vicomte doit être conduit à la Basse-Geôle [15] du Châtelet pour y être ouvert et examiné dans le plus grand secret. Cette décision, dans un premier mouvement, nous fera gagner du temps.

— Et nous nous retrouverons au même point dans

quelques jours avec un scandale effectivement grossi de mille contes. Et je n'évoque pas le rôle que sans doute vous me réservez d'annoncer au comte de Ruissec que je vais livrer le corps de son fils à la Faculté. De grâce, donnez-moi un argument plus convaincant.

— Je ne crois pas, monsieur, que vous ayez saisi toute la portée de ma proposition. Si je suggère l'ouverture du corps du vicomte de Ruissec, c'est justement pour préserver sa mémoire et l'honneur de sa famille, car, selon moi, cet examen montrera qu'il a été assassiné.

II

EN ENFANT PERDU[1]

> « La vérité, peut-être ne la veux-tu pas
> entendre ; mais si, moi, je ne te la dis pas main-
> tenant, il ne servira de rien que je te la révèle
> une autre fois. »
>
> QUINTE-CURCE

À cette assertion, faite d'un ton posé, M. de Sartine
ne répondit pas tout de suite. Une moue dubitative suivie d'une manière de grimace furent ses seules réactions. Il prit une inspiration, joignit les mains et, après
s'être éclairci la voix, dit enfin :

— Monsieur, la gravité de votre propos aurait pu me
plonger dans un abîme de perplexité, et ma première
réaction, je ne vous le cèle pas, aurait dû être de vous
renvoyer prendre votre service ordinaire. Mais il m'est
revenu que la raison de votre présence à mes côtés était
précisément de traiter les affaires extraordinaires. Au
demeurant, votre soupçon m'ôte une épine du pied.
Comme à l'accoutumée, vous ne m'allez rien expliquer, vous réservant ces coups de théâtre où votre lanterne magique éclaire soudain une vérité qui n'était,
jusque-là, apparue qu'à vous seul...

— Monsieur...

— Non, non, non, je ne vous entends pas et ne tiens

40

pas à vous entendre davantage. Vous êtes commissaire et magistrat, et c'est à ces deux personnages que je confie cette affaire. Je vous la laisse, je vous l'abandonne, je m'en désintéresse ! Et ne tentez pas de m'entraîner dans une de ces démonstrations si embrouillées dans lesquelles vous excellez à force de penser savoir beaucoup et de le vouloir montrer. Avez-vous raison, avez-vous tort ? Peu importe pour le moment. Je vais vous quitter et courir à Versailles pour parer au plus pressé. Je préviendrai M. de Saint-Florentin[2] pour opposer les faibles barrages de mon influence aux tempêtes que le comte de Ruissec va, à n'en point douter, soulever. Mais nous avons un atout dans notre jeu. Madame Victoire a naguère traité de « bête » notre ministre ; comme toujours à la Cour, cela lui fut répété et, tout doux et timide qu'il paraît être, il ne laissera pas d'éprouver quelque plaisir à barrer sa sœur Adélaïde et à parler au roi dans le bon sens. Or, celui-ci lui fait toute confiance et n'apprécie pas que le cours normal de sa justice soit entravé. Non, non, ne m'interrompez pas...

Nicolas passa outre à l'ordre du lieutenant général.

— Vous ne trouverez pas M. de Saint-Florentin à Versailles.

— Comment cela, de qui parlez-vous ?

— Du ministre, monsieur.

— Alors non seulement vous avez tranché sur ce suicide mais vous prétendez savoir où est le ministre !

— Je suis votre élève, monsieur, et votre humble serviteur. Rien de ce qui se passe à Paris ne m'est inconnu ; le contraire serait preuve que je néglige mes devoirs, et c'est alors que vous pourriez me reprocher mon ignorance et mon peu de zèle. Je puis ainsi vous dire que Mme de Saint-Florentin est ce soir chez la reine dont elle est, vous le savez, la confidente favorite. Quant au ministre, il a quitté Versailles sur les trois heures, prenant prétexte de la venue de Madame Adélaïde à l'Opéra pour retrouver la belle Aglaé.

— La belle Aglaé ?

— Marie-Madeleine de Cusacque, épouse de Langeac, sa maîtresse. À cette heure, il lui présente ses respects dans son hôtel, rue de Richelieu. Ainsi, monsieur, point n'est besoin de courir à Versailles.

M. de Sartine ne put s'empêcher de rire.

— Soit, cela m'épargnera une nuit blanche. J'espère que le ministre me pardonnera mon intrusion et qu'entouré des grâces et des ris, il me prêtera une oreille attentive et que la perspective offerte de contrer les princesses l'engagera à moins ménager, comme il y est parfois trop enclin, les parties en présence.

Nicolas tenta une dernière fois sa chance.

— Vous ne souhaitez pas connaître ce qui motive...

— Moins je connaîtrai, mieux cela vaudra pour le moment. Cela compromettrait ma capacité à plaider un dossier que je ne sens pas. Je dois être plat, sans relief, bêtement intrigué par un drame dont tout laisse à penser qu'il s'agit d'un suicide. Si c'est autre chose... Oh ! ne triomphez pas, je ne crois pas au meurtre... Je vous livre l'enquête et vous direz de ma part à M. de Ruissec qu'appelé à la Cour j'ai dû quitter son hôtel en toute hâte, que je m'en remets à vous. D'ailleurs, contez-lui ce qui vous chantera ! Je vous envoie l'inspecteur Bourdeau. Vous me ferez rapport dès demain. Soyez exact. Point de chimères, point d'imagination, de la méthode. Me suis-je fait comprendre ? Faites comme les perroquets : ne lâchez prudemment un barreau que lorsque vous en aurez saisi un autre. N'hésitez pas à poser des mines, à jouer les hurons[3], mais surtout ne faites rien exploser sans mon ordre exprès.

— Et si le comte s'oppose au transport du corps ?

— Vous êtes magistrat. Ordonnez, instrumentez, contraignez. Je vous salue, monsieur.

Resté seul, Nicolas s'assit dans un fauteuil pour réfléchir à l'attitude de son chef. Il fallait faire la part des choses et prendre en compte le jeu subtil du lieutenant général pris entre des puissances dont il devait concilier les bons plaisirs et les desseins secrets. Entre le roi, M. de Saint-Florentin, la famille royale, les parlements, les jésuites, les jansénistes, les philosophes et les malandrins, sa tâche n'était pas facile. À quoi s'ajoutaient les soucis du temps de guerre et la crainte des menées des puissances étrangères.

Certes, Nicolas comprenait tout cela, mais il lui en voulait un peu de jouer avec lui comme du temps, pourtant proche, où il n'était encore qu'un apprenti. Sartine oubliait trop souvent que son protégé était désormais commissaire, et non plus le petit provincial à peine sorti de sa campagne. Il chassa cette pensée médiocre et mesura aussitôt l'injustice de ce procès à l'égard d'un homme à qui il devait tout. Ce qui importait, c'était une nouvelle fois les pleins pouvoirs accordés pour démêler une affaire délicate.

Gravement insulté par le comte de Ruissec, Sartine n'était que trop heureux de s'en remettre à Nicolas pour lui jouer un mauvais tour. S'il n'avait pas discuté la conviction avancée par Nicolas, c'est que les prémices ne l'intéressaient pas. Comme le disait Bourdeau, « la composition du pot ne passionne pas l'affamé ». Le lieutenant général de police ne se préoccupait pas de la cuisine des enquêtes. Il avait une haute idée de sa mission, et pour lui, seule l'efficacité comptait. Il ne prenait pas parti sur les tours et détours du travail de ses subordonnés, il attendait des preuves et des résultats.

En fait de preuves, Nicolas n'en possédait aucune. Il se laissait guider par son intuition. Et même Sartine n'avait pas relevé la plus grande contradiction qui pouvait mettre à mal son hypothèse : la chambre du vicomte était, sans discussion possible, fermée de l'intérieur et nulle issue n'existait par laquelle un éventuel meurtrier aurait pu s'enfuir.

Cependant, Nicolas regrettait de ne pas avoir eu le loisir d'exposer à son chef la cause principale fondant sa conviction. Elle s'était formée à la vue du corps. Son expérience, nourrie des conversations avec son ami

Semacgus, chirurgien de marine, et de ses propres travaux avec Sanson, le bourreau de Paris, n'avait pas été perdue.

Il se leva et alla de nouveau regarder le mort. Jamais il n'avait vu un visage aussi monstrueusement convulsé et déformé. Mais surtout, l'état du corps et celui de la blessure ne correspondaient aucunement au délai très court qui séparait le coup de feu entendu par Picard et leur propre arrivée à l'hôtel de Ruissec. Et il y avait encore autre chose qui le dérangeait, une impression confuse qu'il ne parvenait pas à démêler.

Ainsi, le travail de l'enquête s'établissait dans une réflexion parallèle appartenant à un mode inconscient. Parfois, ses rêves, ou plutôt ses cauchemars, lui avaient apporté des solutions à des questions qui l'obsédaient. L'essentiel alors était de ne pas forcer les choses, de les laisser mûrir afin de favoriser leur conjonction, une fois ouvertes les portes du sommeil. Encore fallait-il s'en souvenir, et trop souvent un réveil brutal le tirait de son rêve au bon moment. Il fit un dernier tour de la pièce. Il découvrit une seconde porte dans la boiserie, symétrique de celle du cabinet de toilette. Elle ouvrait sur un réduit sans fenêtre et abritait une bibliothèque. Après un rapide examen, il fut frappé du caractère hétéroclite des titres et se promit de revenir étudier cela de plus près. Au passage, il nota la présence du tricorne du mort, jeté à l'envers sur le lit aux côtés de son manteau.

Nicolas médita sur ce qu'il lui restait à faire. Ce premier examen demeurait superficiel et limité. Il constituait pourtant le point d'appui sur lequel son intuition et le travail inconscient de son esprit s'ordonneraient. L'élan était donné, et Dieu seul savait si le mouvement engagé conduirait à la solution. Pour l'heure, il rassembla ses idées et prépara son plan de campagne.

Une pensée le frappa : aucun proche du vicomte n'avait jusqu'alors vu le corps et dûment confirmé son identité. Lambert, le valet, ne s'était pas approché du cadavre et tout s'était déroulé comme s'il tenait pour acquis qu'il s'agissait bien de son maître, et lui-même et Sartine avaient fait comme si aucun doute ne pouvait subsister.

Il convenait donc d'en avoir le cœur net. Nicolas poserait d'abord la question au majordome et, du même coup, éclaircirait un autre point : Lambert avait-il bien rencontré Picard, comme il l'avait affirmé, avant son arrivée dans l'appartement du vicomte, et appris par lui les événements de la soirée ? Ce point établi, le corps devrait être évacué et des scellés placés sur la porte de l'appartement.

Il balançait pour savoir s'il avertirait M. de Ruissec de cet enlèvement. Il considéra à nouveau le visage du mort. Pouvait-il imposer un tête-à-tête aussi effroyable à un père ? La douleur et ses suites entraîneraient, compte tenu du caractère du vieillard, une controverse dans laquelle Nicolas n'était pas assuré de l'emporter de sa seule autorité. Ainsi la complicité du vieux serviteur apparaissait-elle indispensable pour éviter tout faux pas : il comprendrait les raisons d'éviter la vision de l'enfant mort et aiderait Nicolas à cantonner M. de Ruissec dans ses appartements tant que l'opération ne serait pas achevée. Alors seulement, il manderait le comte et il lui expliquerait les mesures qu'il avait prises ; celui-ci ne pourrait plus s'y opposer même si sa réaction devait être vive.

Ensuite, la nuit s'avançant, Nicolas demanderait une lanterne et examinerait les alentours des bâtiments, et d'abord les jardins sur lesquels donnaient les fenêtres de l'appartement du vicomte. À première vue, rien n'imposait cette recherche : les fenêtres de l'appartement étaient closes et tout indiquait que le vicomte était rentré par le grand corridor, mais cette trop grande évidence méritait justement une vérification. Cela fait, il quitterait l'hôtel de Ruissec et remettrait au lendemain la poursuite de son enquête.

Perdu dans ses réflexions, il sursauta quand une main

se posa sur son épaule. La voix familière de l'inspecteur Bourdeau le rassura.

— À la bonne heure, Nicolas, je vous découvre dans un charmant tête-à-tête ! Ce vieillard n'a pas bonne mine.

— Ce n'est pas un vieillard, Bourdeau, mais le jeune vicomte de Ruissec. Je comprends que son apparence vous ait trompé. Voilà bien le problème ! Je vais vous conter le détail de l'affaire, mais comment êtes-vous venu si vite ?

— Le messager de M. de Sartine m'a joint au Châtelet alors que je m'apprêtais à rentrer au logis. J'ai réquisitionné sa monture et cette carne, qui a failli vingt fois me jeter à bas, m'a finalement conduit jusqu'à vous. Dans ces nouveaux lotissements de Grenelle, cet hôtel est facilement reconnaissable au milieu des terrains vagues et des jardins. C'est un meurtre ?

Nicolas exposa la situation. Une longue complicité permettait aux deux hommes de se comprendre à demi-mot. Au fur et à mesure que Nicolas parlait, la perplexité se lisait sur le visage vermeil de l'inspecteur, qui finit par relever sa perruque courte pour se gratter le crâne dans un geste familier.

— Vous avez le don de vous mettre dans des affaires...

Nicolas apprécia la remarque. Il savait qu'il pouvait compter sur Bourdeau pour tout mettre en œuvre afin de l'aider. Il le chargea d'aller chercher le majordome, en lui recommandant d'éviter tout contact avec le valet du vicomte.

Quand il vit apparaître le vieux serviteur, il regretta de l'avoir fait monter. Picard respirait difficilement et s'appuyait sur le chambranle de la porte pour reprendre son souffle. Une mèche de cheveux gris jaunissants lui tombait sur le front, dérangeant l'ordonnancement méticuleux d'une coiffure tirée en arrière avec la queue, les torsades et les cadenettes réglementaires d'un ancien dragon. Nicolas remarqua son regard trouble, comme si une membrane gris-bleu avait recouvert les yeux. Il avait observé le même phénomène chez son tuteur, le chanoine Le Floch, dans les dernières années de sa vie.

Le majordome s'essuya le front d'une main malhabile, aux doigts déformés. Le jeune homme le conduisit vers le cadavre tout en interceptant la vue de son corps, puis il s'effaça.

— Reconnaissez-vous M. de Ruissec ?

Picard plongea la main dans la poche droite de sa veste et après en avoir tiré un mouchoir taché par les prises de tabac, il en sortit une paire de besicles. Après les avoir chaussés, il se pencha vers le corps et eut aussitôt un mouvement de recul suivi d'un haut-le-cœur.

— Que Dieu me pardonne, monsieur, j'en ai pourtant beaucoup vu, mais ce visage, ce visage... Qu'a-t-on fait à M. Lionel ?

Nicolas nota la dénomination affectueuse. Il ne répondit pas, laissant venir le vieil homme.

— Même à la veille de la bataille d'Antibes en 47, quand nos sentinelles ont été enlevées et torturées par un parti de Croates, je n'ai rencontré visage aussi convulsé. Le pauvre petit !

— Il s'agit donc bien du vicomte de Ruissec ? Vous reconnaissez ce corps comme étant le sien ? Sans aucun doute ?

— Hélas, monsieur, qui le pourrait mieux reconnaître que moi ?

Nicolas dirigea avec douceur le vieux serviteur vers un fauteuil.

— Je souhaiterais revenir avec vous sur les événements de la soirée. J'ai relevé que vous aviez renouvelé le bois dans la chambre de votre maître. Ce geste signifiait-il que M. de Ruissec devait rentrer le soir même à son hôtel ? Vous vous êtes exprimé de telle manière qu'il semblait clairement que vous l'attendiez.

— Pour sûr que j'espérais qu'il rentrerait ce soir !

Ce ne sont plus des sorties, à l'âge du général ! Lui et Madame étaient partis hier pour Versailles, afin de pouvoir accompagner aujourd'hui la fille du roi à l'Opéra. Lorsqu'ils s'y rendent, ils couchent dans une mansarde humide, trop chaude l'été, trop froide l'hiver, Madame s'en plaignait toujours. Monsieur ne disait rien, mais les douleurs de ses vieilles blessures se réveillaient chaque fois qu'il devait découcher au palais. À son retour, je devais le bouchonner avec un vieux schnaps comme un cheval de réforme.

— Ainsi vous n'étiez pas certain de les voir rentrer ce soir ?

— La princesse avait accoutumé de leur rendre leur liberté pour leur permettre de rejoindre leur hôtel. Elle avait sa suite pour revenir à Versailles. J'espérais donc qu'il en serait ainsi. Mais Monsieur n'aimait pas rompre de la sorte avec les obligations de son service.

Voilà un premier point d'acquis, songeait Nicolas tout en constatant que cela ne supprimait pas l'incertitude sur l'éventualité du retour du couple Ruissec au logis.

— Votre vue n'est point bonne ? demanda-t-il.

Picard le regarda, interdit.

— Je vous ai entendu dire que vous lisiez votre livre d'heures. Avec ces mêmes lunettes ?

— Oh ! je vois, mais je fatigue beaucoup. Trop de marches au soleil... Moi qui cassais une bouteille à dix toises avec mon pistolet, je ne vois plus à trois pouces, et de plus en plus trouble.

Nicolas reprit :

— Quand le vicomte est arrivé, les avez-vous ôtées ?

— Je n'ai guère eu le temps d'ôter rien du tout. Et si je l'avais fait, j'aurais vu encore plus mal. Il est d'ailleurs passé comme une mitraille et a monté l'escalier quatre à quatre.

Il retira ses lunettes.

— À vrai dire, monsieur, je ne les mets que pour lire

mon livre d'heures et les *Commentaires* de M. de Monluc que M. le comte m'a donnés. Ce maréchal fut un vrai brave...

Nicolas, qui craignait par-dessus tout les divagations des témoins, l'interrompit.

— Était-ce dans ses habitudes de ne pas vous parler en rentrant au logis ?

— Point du tout, monsieur. Toujours amène et le mot gentil, toujours à prendre des nouvelles du vieux bougre et de ses blessures. Pour sûr que, depuis quelques mois, il me semblait un peu entravé.

— Entravé ?

— Oui, gêné aux entournures, tout enchifrené de soucis, avec un pauvre sourire contraint. Je m'étais même dit : « Picard, tout cela ne présage rien de bon », j'ai un sens pour cela. Un jour, dans un petit village...

— Et selon vous, quelle était la cause de cette tristesse ?

— Il ne m'appartient pas d'en juger. Je sentais cela.

Picard se fermait. Il se mordait les lèvres, comme s'il en avait déjà trop dit.

— Allons, je vous écoute.

— Je n'ai rien à dire de plus.

Il paraissait triste et tiraillait une de ses cadenettes. Nicolas sentit qu'il n'en tirerait plus rien pour le moment.

— Picard, dit-il doucement, j'ai besoin de votre aide. Je ne veux pas que M. de Ruissec ait la douleur de voir son fils en ce triste état. Voilà ce que je vous propose. Pendant que mes hommes vont enlever le corps, vous veillerez à ce que votre maître demeure dans son appartement. Dès que la chose sera faite, je vous en avertirai et je préviendrai alors le comte des dispositions qui auront été prises. Jusque-là, j'exige le silence et la discrétion.

Picard le fixait, les yeux brouillés.

— Qu'allez-vous faire de M. Lionel ?

— Qu'il vous suffise de savoir que, si ses parents

doivent le revoir, nous ferons en sorte que son apparence ne leur soit pas source d'horreur. Puis-je compter sur vous ?

— Le vieux soldat vous entend, monsieur, et je respecterai la consigne à la lettre.

Sur le point de le congédier, Nicolas se ravisa.

— Ce Lambert, demanda-t-il négligemment, il a tout d'un honnête et loyal serviteur...

Picard releva la tête et sa bouche se crispa. La lèvre inférieure ressortit en une moue qui ne paraissait pas acquiescer aux propos du policier.

— C'est à mes maîtres d'en juger.

Nicolas nota que cette formule paraissait exclure le vicomte de Ruissec.

— Mais vous-même ? Comment le voyez-vous ?

— Puisqu'il faut bien répondre, je vous dirai que je n'attends rien de bon de ce gredin plein de fallace. L'enfant gâté est le père d'un homme sans caractère ; il cède à celui qui l'oblige et se laisse pousser dans le sens de sa pente.

— Le comte connaît-il votre sentiment ?

— Eh ! Pauvre homme que je suis, qu'aurais-je pu faire contre tant d'avantages ? Le moyen de lutter contre tant de mérites ! M. Lionel en était coiffé. Le maître serviteur de son valet, c'est hélas, monsieur, assez l'air du temps. Et parler au général n'est pas chose aisée...

— L'avez-vous rencontré ce soir ?

— Qui ? Lambert ? Certes, monsieur. Lorsque M. le lieutenant général de police a prié mon maître de se retirer dans ses appartements, je l'ai accompagné, puis suis redescendu m'asseoir dans le corridor. Quelque temps après, j'ai vu apparaître Lambert. Il m'a dit avoir été réveillé par le bruit. Il est monté vous parler.

— Y a-t-il plusieurs voies pour passer des communs à l'intérieur de l'hôtel ?

— Soit vous sortez par une porte qui donne dans la cour d'honneur et vous entrez par le grand perron, soit vous passez par les hauts.

— Les hauts ?

— Par les greniers, sous la charpente où l'on fait sécher le linge. Il y a un petit escalier qui rejoint les pièces de service de cet étage. Il est utilisé la nuit, lorsque tout est clos et qu'un serviteur est appelé.

Nicolas notait tous ces détails dans son petit carnet.

— Lambert vous a semblé à son ordinaire ?

— Ni plus, ni moins. Mais je ne suis pas habitué à l'envisager.

— Rien ne vous a frappé dans son apparence ?

— Hélas, monsieur, vous me connaissez désormais : je l'ai entrevu à peine dans ses grandes lignes, comme une ombre.

— Je vous remercie, Picard. Vous m'avez été fort utile.

Le majordome salua Nicolas d'une inclination de tête toute militaire. Il hésita avant de se retirer et finalement lança :

— Monsieur, trouvez qui a conduit notre enfant à tout cela.

— Soyez-en assuré.

Nicolas le regarda s'éloigner d'un pas qui se voulait martial, mais qui n'était plus que raideur et souffrance. Un autre vieux soldat revint dans son souvenir ; un corps pendu dans une cellule du Châtelet et qui venait quelquefois hanter ses nuits comme un remords...

L'interrogatoire de Picard avait effectivement été utile. L'identité du mort était confirmée. Les observations du majordome recoupaient celles de Lambert sur la mélancolie du vicomte. L'affection que, d'évidence, il lui portait n'influait pas sur son jugement. Enfin, son appréciation du caractère du valet rejoignait la sienne propre. Nicolas devrait donc se montrer d'autant plus circonspect avant de se forger une opinion définitive. Il restait que l'influence de Lambert sur son maître était patente et qu'il convenait de rechercher dans quelles directions, favorables ou néfastes, elle s'était exercée.

Toutefois, rien n'indiquait que le laquais avait été informé de la mort de son maître avant de gagner les appartements du premier.

Il ne lui restait plus qu'à faire enlever le corps au plus vite, après une dernière formalité préalable : vider les poches du mort. En essayant de ne pas trop fixer la face effrayante, il procéda avec méthode mais sa récolte fut maigre : quelques écus, une tabatière en argent vide, un bout de ruban rose et une marquette de cire rouge. Dans les poches du manteau déposé sur le lit, il recueillit un mouchoir mouillé et non déplié et quelques grains d'une substance poudreuse et charbonneuse que l'humidité n'avait pas dissoute. Quant au chapeau, secoué et examiné sur tous ses angles, il ne livra rien de particulier.

Nicolas rejoignit Bourdeau dans le couloir et, après avoir autorisé Lambert à se retirer, il entraîna l'inspecteur dans la chambre.

— Avez-vous découvert quelque chose ?

— Enfant gâté, serviteur louche et de mauvaise influence, répondit Bourdeau. Il semble bien avoir appris la mort de son maître de la bouche du majordome.

L'inspecteur conserva par-devers lui quelques observations, ignorant si elles pourraient lui être utiles dans l'avenir.

Puis les choses s'ordonnèrent selon un rituel immuable. Le corps fut soulevé, placé sur un brancard, recouvert d'une couverture brune et emporté. Après un ultime examen des lieux et l'extinction des chandelles du flambeau, Nicolas ferma la porte et plaça les scellés avec du pain à cacheter, qu'il signa soigneusement. La clef de la chambre alla rejoindre au fond de ses poches les objets recueillis et le pistolet trouvé près du cadavre. Il procédait sans trop penser à ce qu'il faisait, comme un automate. Au cours de sa brève carrière dans la police, les occasions s'étaient multipliées de ces formalités dont il mesurait chaque fois le caractère sinistre, celui du constat de fin d'un être humain.

Il envoya Bourdeau vérifier que la voie était libre et fit descendre les porteurs en leur enjoignant de faire le moins de bruit possible. Il espérait que le comte de Ruissec ne soupçonnerait rien de ce départ. Il se souvint que les contrevents des fenêtres de façade apparaissaient clos à leur arrivée à l'hôtel de Ruissec. Les voitures de police stationnaient dans la rue ; la rumeur du charroi ne franchirait pas les hauts murs de la propriété. Il décida de laisser le silence retomber et d'en profiter pour étendre le périmètre de ses investigations. Il voulait découvrir le parc situé à l'arrière du bâtiment principal, sur lequel donnait l'aile où se développait l'appartement du vicomte. Il laissa Bourdeau en faction et se fit montrer par Picard la porte qui donnait sur l'extérieur.

Le majordome lui avait prêté une lanterne allumée, mais la lune éclairait suffisamment. Il devinait sur sa droite l'aile qu'il cherchait. La construction était d'une grande simplicité, composée de deux niveaux, un rez-de-chaussée avec de grandes portes cochères ovales laissant deviner des écuries ou des hangars à voitures et un étage où se trouvait l'appartement du vicomte. Tout était à l'identique du corps principal, surmonté d'un comble mansardé à double pente. Nicolas se dirigea vers le bâtiment. Il ouvrit l'une des portes ; une forte odeur d'écurie et de longs hennissements de chevaux réveillés le renseignèrent. L'entrée était pavée et, entre les deux portes, poussaient en pleine terre des rosiers grimpants. Il s'accroupit et considéra avec soin le sol sous les fenêtres du vicomte, puis il se releva et éclaira le mur du faisceau de la lanterne. Il demeura là un long moment, puis essaya de prendre un compte plus exact de la disposition des lieux.

L'irrégularité du jardin — un trapèze dont la pointe s'étendait au-delà des écuries — était masquée par la symétrie de deux longs parterres rectangulaires terminés d'un rond-point orné de treillages. Les autres parties étaient formées par des salles de verdure reliées entre elles par de petites allées de boulingrins, plantés en labyrinthe. Chacun des deux parterres était orné de corbeilles en pierre. L'allée centrale venait buter sur un grand bassin circulaire en marbre décoré d'un groupe d'amours et de tritons de plomb, destinés à cracher l'eau. Une allée pavée formait une espèce de terrasse devant les degrés menant aux grandes pièces du rez-de-chaussée. Une petite porte par laquelle Nicolas était sorti s'inscrivait dans l'angle droit formé par les bâtiments et se trouvait à demi dissimulée dans une sorte de rotonde renfoncée.

Nicolas repassa à gauche et découvrit une porte cochère fermée, qui devait donner sur un chemin adjacent perpendiculaire à la route où se déployait l'hôtel de Ruissec. Il longea le mur d'enceinte sur tout son pourtour, s'arrêtant çà et là et s'accroupissant à plusieurs reprises dans les feuilles mortes. Il acheva son tour dans l'angle en retrait où, derrière une haie, il découvrit une cabane de jardinier remplie d'outils, d'arrosoirs, d'une échelle et de semis en pots. Il revint vers le bassin central ; au fur et à mesure qu'il s'en approchait, une odeur d'eau croupissante s'imposait, mêlée à celle entêtante des buis. Une impression lui traversa l'esprit sans qu'il réussît à la saisir.

Après un dernier coup d'œil aux plates-bandes plantées de rosiers, Nicolas rejoignit Bourdeau et Picard qui devisaient. Il était toujours surpris de la capacité de son adjoint à gagner la sympathie des plus humbles. Il demanda au majordome d'avertir son maître d'avoir à le recevoir. Picard s'exécuta et revint sans un mot ; il ouvrit la porte d'un grand salon, y alluma des flambeaux et invita Nicolas à entrer.

La douce et mouvante lueur des bougies éclairait un salon dont l'un des murs figurait, en trompe l'œil, une échappée sur une nature imaginaire. Une grande arcade ouvrait la vue orientant le regard sur un parc ; elle laissait deviner la campagne dans le lointain. Pour en reculer la perspective, l'artiste avait placé à mi-distance deux rampes de marbre naissantes qui semblaient border en s'éloignant un perron esquissé par leur commencement. L'arcade, portée par des colonnes ioniques, était complétée de pilastres soutenant un attique au panneau décoré d'amours musiciens en ronde bosse. Des croisées dessinées, ouvertes à droite et à gauche de l'œuvre, ajoutaient encore à l'illusion en laissant voir le prolongement de l'espace suggéré au-delà du salon réel. Nicolas admira cet étonnant accord du pinceau et du ciseau. Il se perdait dans sa contemplation, retrouvant dans cette œuvre grandeur nature l'un des thèmes de ses rêves d'enfant. Les quelques gravures qui ornaient sans fantaisie l'intérieur austère du chanoine Le Floch à Guérande lui avaient offert bien des occasions de se laisser emporter par son imagination. Il demeurait des heures à regarder les scènes représentées, notamment celle du supplice de Damiens sur la place de Grève, jusqu'au moment où il se sentait transporté à l'intérieur de l'action. Alors, dans une sorte de sommeil éveillé, il brodait d'interminables aventures avec, au fond de lui-même, la crainte inexprimée de ne pouvoir revenir en arrière pour regagner une existence paisible et protectrice. Ce qu'il voyait, cette reconstitution de la vie, dans son déploiement baroque et son décor d'opéra, le fascinait et l'attirait tout à la fois. Il tendit la main comme pour y pénétrer.

Une voix rageuse s'éleva, le ramenant à la réalité.

— « Es-tu l'allié d'un tribunal de perdition, érigeant en loi le désordre » et se complaisant dans la perversité des images ?

Nicolas se retourna. Le comte de Ruissec se tenait devant lui.

— Psaume 94. Vous n'êtes sans doute ni huguenot ni janséniste, monsieur. J'ai rencontré deux hommes qui avaient coutume de citer les Écritures ; l'un était un saint, l'autre était un hypocrite. Voilà bien le chien courant de son maître, perdu dans la contemplation de cette image fausse qui parodie la vie.

— Elle décore pourtant le salon de votre hôtel, monsieur le comte...

— J'ai acquis cet hôtel d'un partisan[4] ruiné qui goûtait fort ce genre d'illusions. Pour ma part, je ne les prise guère et les ferai recouvrir de peinture ou de tapisseries. Mais ne perdons pas notre temps. Une dernière fois, monsieur, je vous somme de me laisser voir mon fils.

Il était debout, les deux mains posées sur le dossier d'un fauteuil. Elles pressaient si fortement le meuble que les articulations blanchissaient sous l'effort.

— Monsieur le comte, j'ai le devoir de vous avertir que le corps du vicomte de Ruissec a été retiré de cet hôtel et transporté en lieu de justice pour une enquête extraordinaire.

Nicolas s'attendait à une explosion ; elle n'eut pas lieu. Le visage du comte demeurait haineux et concentré, la mâchoire crispée et mâchonnante. Il s'assit et resta un moment silencieux.

— Cela est bien cruel et bien incompréhensible.

— J'ajoute que si cette décision a été prise, c'est d'une part pour vous épargner à vous-même et à Mme la comtesse de Ruissec une vision insoutenable...

— Monsieur, je suis accoutumé au spectacle de la guerre.

— Et d'autre part, pour consulter les praticiens sur la nature de la blessure de votre fils.

Il ne voulait pas donner trop de précisions et laisser le champ libre à l'imagination de son interlocuteur ; ce fut peine perdue.

— Me signifiez-vous par là qu'on entend procéder à l'ouverture du corps de mon fils ?

— À mon grand regret, monsieur. L'opération pourrait se trouver nécessaire afin d'établir la vérité.

— Mais quelle vérité espérez-vous découvrir, alors

que mon fils s'est tué dans une chambre fermée à double tour ? C'est vous-même qui l'avez ouverte. À quoi vous servira de torturer un corps sans vie ?

— Pensez, monsieur, répondit Nicolas, que cet examen peut apporter des éclaircissements précieux et prouver, par exemple, que votre fils a pu se blesser en nettoyant son arme, et qu'ainsi l'opprobre de s'être homicidé s'en trouverait évité...

Nicolas pensait que sa tentative n'en imposerait pas à l'esprit du comte. Mais dans les situations extrêmes, le déchirement moral peut conduire à se raccrocher au plus petit espoir. Il eut pourtant le sentiment que son interlocuteur n'acceptait pas l'évocation de cette hypothèse, comme s'il était convaincu de la réalité du suicide.

— Dès que ces examens auront été pratiqués, reprit Nicolas, dans la plus grande discrétion et le secret le plus total, je puis vous l'assurer, le corps de votre fils, décemment préparé, vous sera rendu. C'est, je le pense, la meilleure disposition à prendre, celle qui ne préjuge pas l'avenir et permet de laisser ouvertes toutes les éventualités en préservant l'honneur de votre famille.

Il songea que cette promesse apaisante d'un mort présentable était assez risquée, vu l'état du cadavre. Soudain, le comte se leva. Ce que l'annonce du départ du corps de son fils n'avait pas produit, le mot honneur le déclencha.

— L'honneur, monsieur, qui êtes-vous pour en parler ? Que prétendez-vous en connaître ? L'honneur, monsieur, il faut l'avoir porté en soi pour en parler. L'honneur se reçoit par la pureté d'un sang qu'aucune roture n'a jamais corrompue. Il puise son origine dans la nuit des temps, abreuve génération après génération, et se gagne par l'épée pour le roi et pour Dieu. Comment osez-vous laisser ce mot franchir vos lèvres, monsieur l'exempt ?

Nicolas retint le mouvement de vanité puérile qui le poussait à rappeler la dénomination exacte de sa fonction. Seule sa main gauche à demi levée marqua un instant ce geste refréné. C'est à ce moment que le comte posa son regard sur la chevalière armoriée que portait le jeune homme.

Elle lui avait été adressée par sa demi-sœur Isabelle, après que le mystère de sa naissance avait été levé par le roi lui-même, et présentait les armes des Ranreuil. Il n'avait pas voulu reprendre le titre auquel il avait droit, mais conservait ce souvenir de son parrain qu'il n'osait appeler son père que dans le secret de son cœur. Au-delà de la tombe, cette chevalière était pour lui comme un lien. Enfant, cent fois, il avait admiré le blason patiné par les ans, qui désormais était le sien. L'œil étincelant et la bouche mauvaise, le vieil homme reprit, en désignant la bague.

— Comment osez-vous parler d'honneur, vous qui vous parez des armes d'un Ranreuil ? Oui, j'ai encore assez bonne vue pour reconnaître le blason d'un gentilhomme qui servit avec moi, et j'ai encore assez de cœur pour m'indigner de voir un sicaire s'oublier de la sorte.

— Monsieur le comte, du marquis de Ranreuil, je tiens le sang et les chevrons, et je vous conseille de mesurer vos propos.

Nicolas n'avait pu se maîtriser. C'était bien la première fois qu'il faisait état d'une naissance dont il avait souhaité écarter le privilège

— Ainsi le fruit du péché se complaît dans des occupations abjectes. Qu'importe, d'ailleurs, c'est la folie du temps ! Un siècle où les fils se dressent contre les pères, où l'aspiration au bien conduit à se vautrer dans le mal, un mal qui est partout, au plus haut, au plus bas...

Le visage du comte de Ruissec était l'image livide de la haine, il porta la main à son front. Nicolas remarqua les ongles recourbés et striés. Le vieil homme lui montra la porte de la main.

— Il suffit, monsieur. Je constate que, digne serviteur de Sartine, vous ne répondez ni aux souhaits d'un père, ni au respect que ma position devrait vous inspirer. Sortez. Je sais ce qu'il me reste à faire.

Il se retourna faisant face au trompe-l'œil, et Nicolas crut un moment le voir s'y fondre et s'éloigner dans le parc figuré. L'impression fut encore renforcée lorsque le comte, s'appuyant à la muraille, plaqua les mains sur l'une des rampes de marbre.

Rien ne retenait plus Nicolas en ces lieux où, désormais, seul le chagrin avait sa place. Ses pas résonnèrent sur les dalles du vestibule, puis l'air frais de la cour le surprit avec son odeur de poussière et de pourriture végétale. Un petit vent s'était levé qui faisait tournoyer en sarabande les feuilles mortes sur le pavé. Il rejoignit le fiacre sans doute envoyé par M. de Sartine. Le cheval de Bourdeau était attaché par un licol à l'arrière de la voiture. Sous la lueur de la lanterne, le profil renversé de l'inspecteur se découpait, la bouche ouverte, abandonné au sommeil. Au moment de prendre place, Nicolas, comme si quelque chose le retenait, se retourna et leva la tête. Au premier étage de l'hôtel, la silhouette d'une femme tenant un bougeoir apparaissait derrière l'une des croisées. Il sentit son regard peser sur lui. Dans le même instant, une toux discrète appela son attention. Sans un mot, Picard lui glissa un petit pli carré dans la main. Quand son regard se reporta vers l'étage, Nicolas crut avoir rêvé ; l'apparition avait disparu. Troublé, il monta dans le fiacre dont les ressorts grincèrent sous l'effet de son poids. Le cocher fit claquer son fouet et l'équipage quitta à grand bruit la cour de l'hôtel de Ruissec.

Nicolas serrait le pli dans sa main et résistait à l'envie d'en prendre aussitôt connaissance. Auprès de lui, Bourdeau endormi oscillait au gré des cahots. Le chemin récemment tracé et empierré traversait une campagne à demi détruite où se devinaient terrains vagues, chantiers et jardins. Nicolas s'interrogeait sur ce qui avait pu pousser le comte de Ruissec à acquérir cet hôtel neuf dans cet endroit isolé. Était-ce la modicité d'une vente effectuée par voie de justice pour payer les dettes d'un partisan failli, ou tout autre raison ? Peut-être l'explication la plus simple résidait-elle dans la proximité de la route de Versailles. Elle convenait à la situation d'un courtisan appelé par ses fonctions à se partager entre la ville et la Cour, à n'être jamais tout à fait éloigné ni de l'une ni de l'autre et, sans doute aussi, pour un vieil homme, comme l'avait suggéré Picard, à jouir, après des années passées dans la rigueur des camps, des douceurs d'un foyer. « Il faudra s'intéresser de plus près à toute cette famille », songea-t-il.

Son entretien avec le comte de Ruissec lui avait fait percevoir une étrange amertume qui ne coïncidait pas avec la douleur de la disparition d'un enfant. Il lui faudrait aller plus loin dans l'interrogatoire du comte de Ruissec, mais le faire avec habileté s'il voulait contourner les défenses de ce fauve. Ce caractère tout de violence paraissait rétif à toute espèce de séduction. L'ostentation dévote, quasiment puritaine, le couplet sur l'honneur n'avaient pas convaincu Nicolas. Il gardait de cet entretien l'impression presque physique d'un homme cruel et dissimulé.

Dans sa main crispée, le petit carré de papier brûlait comme une braise ; la sensation tira Nicolas de sa méditation. Il abaissa la glace de la portière, un vent frais et humide le souffleta au visage. Il se pencha pour profiter de la lumière du fanal et rompit le pain à cacheter. Quelques lignes d'une grande écriture tremblée et plutôt féminine, avec des lettres courbées se chevauchant, apparurent. Le texte était court et précis :

Monsieur,
Trouvez-vous demain à quatre heures à l'église des Carmes, rue de Vaugirard, dans la chapelle de la Vierge. Une personne vous y attendra qui souhaite bénéficier de vos lumières.

Machinalement, il porta le message à ses narines et

en respira le parfum. Il avait déjà senti ces odeurs chez de vieilles personnes, ces vieilles douairières de la bonne société de Guérande qui fréquentaient son tuteur le chanoine ou qu'il rencontrait chez le marquis de Ranreuil. Il reconnaissait le parfum à peine dissipé de la poudre de riz et de l'« Eau de la reine de Hongrie ». Il examina le papier de couleur vert amande, vergé, sans chiffre ni marque gravés. Ces observations le conduisirent à faire le lien entre l'auteur de ce pli et l'apparition à la croisée de l'hôtel de Ruissec. Ce message, transmis par le fidèle majordome de la famille, émanait sans doute de la comtesse de Ruissec et manifestait clairement la volonté de lui confier quelque secret en confidence. Un détail pourtant l'intriguait : c'était moins une volonté de l'éclairer lui-même sur la mort du vicomte qui était l'objet du rendez-vous, qu'une supposée demande de conseils. Il se rassura en se disant que les deux choses n'étaient peut-être pas si éloignées l'une de l'autre.

Bourdeau ronflait discrètement avec des expirations ponctuées de petits gémissements. Nicolas tenta de reposer un moment son esprit, mais il ne parvenait pas à se laisser assoupir par les mouvements de la voiture. Des pensées incertaines le poursuivaient. Plusieurs points auxquels il avait songé s'étaient évanouis ; il en éprouvait une agaçante obsession, se reprochant de ne pas les avoir notés au fur et à mesure qu'ils lui apparaissaient. Il serrait avec irritation le petit calepin qui ne le quittait jamais et sur lequel il notait ses réflexions et ses constatations. Il n'oubliait pas qu'il lui faudrait rédiger un rapport et rendre compte au lieutenant général de police. La voix pincée de M. de Sartine résonnait en lui, avec son sempiternel : « Précision et concision. » Mais Nicolas n'avait jamais eu de difficultés sur ce plan, et son chef appréciait son style allègre et efficace. Il pouvait remercier les jésuites de Vannes qui avaient cultivé son don de plume, mais aussi le notaire chez qui il avait fait ses premières armes et qui lui avait appris le poids et la conséquence du choix des mots.

À force de ratiociner, Nicolas oubliait de rechercher ce qu'il avait oublié. C'est alors qu'il se rappela ne pas avoir vérifié s'il existait un double de la clef de la chambre du vicomte. Il se mordit les lèvres ; il faudrait s'en assurer. La chose le tracassait, mais il se réconforta en remarquant que si un double avait été disponible, Picard l'en eût averti au lieu de le laisser forcer la serrure.

La voiture s'arrêta brusquement dans les cris et les hennissements des bêtes malmenées par les mors. Des lumières mouvantes surgirent et il entendit le cocher parlementer. En ce temps de guerre, les entrées et les sorties nocturnes de la capitale du royaume étaient réglementées. Nicolas dut se faire reconnaître pour obtenir l'ouverture des portes. La route fut ensuite plus rapide dans un Paris vidé par la nuit. Il déposa Bourdeau chez lui, près du Châtelet, et repartit vers Saint-Eustache et la rue Montmartre pour rejoindre l'hôtel de Noblecourt. C'était toujours pour lui un réconfort de voir apparaître la demeure où il avait été si généreusement accueilli un matin de désolation. Hôtel, d'ailleurs, était un grand mot pour la solide maison bourgeoise dont le rez-de-chaussée sur la rue était occupé par une boulangerie.

Nicolas aimait être accueilli par l'odeur chaude de la première fournée de la nuit. Elle chassait en lui l'angoisse de la journée et la fatigue d'un esprit toujours animé de supputations et de calculs. Elle l'environnait comme une présence familière et consolante. Elle faisait la transition entre l'extérieur menaçant et le retour dans un lieu amical et préservé.

Négligeant l'escalier dérobé qui, depuis la cour intérieure, conduisait directement jusqu'à sa chambre, il ouvrit la porte sous la voûte de l'entrée cochère. Une boule de poils frétillante lui sauta dans les bras ; Cyrus, le chien de M. de Noblecourt, lui réservait toujours cet accueil chaleureux. Il gémissait de bonheur de retrouver un ami adopté dès leur première rencontre. Après ces débordements de tendresse, il reprit sa dignité de bichon de procureur et, la tête relevée comme une cavale, il le précéda dans le logis, seule l'irrépressible agitation de sa queue témoignant encore de son plaisir.

Il se dirigeait vers l'office, vérifiant régulièrement que Nicolas le suivait. Celui-ci en déduisit que M. de Noblecourt dormait déjà. De plus en plus souvent torturé par des accès de goutte, le vieux magistrat aimait à s'entretenir avec son protégé, même lorsque celui-ci rentrait tard. Il était friand du récit des journées du policier, et tout aussi curieux des nouvelles et des ragots de la ville et de la Cour. Comme il recevait beaucoup, cela en faisant l'un des hommes les mieux renseignés de Paris ; ses avis et ses conseils, Nicolas avait pu le vérifier à maintes reprises, étaient loin d'être à négliger. Lorsqu'il veillait encore dans son fauteuil à oreillettes, Cyrus était le messager chargé d'intercepter Nicolas et de le conduire vers son maître.

Une maigre chandelle éclairait chichement l'office. Sur une chaise basse, près du potager, une masse affaissée se soulevait au rythme paisible de sa respiration. Nicolas reconnut Catherine, la cuisinière. À sa vue, le pédant de collège qui sommeillait encore en lui se réveilla et lui fit souvenir d'un vers de Boileau : « Son menton sur sein descend à double étage. » Il se reprocha aussitôt cette facétie commise au détriment d'une femme qui lui avait manifesté une invariable fidélité.

Après la chute de la maison Lardin[5], Catherine Gauss avait été tout d'abord recueillie par le docteur Semacgus, à Vaugirard. Mais celui-ci disposait déjà de sa cuisinière africaine, Awa, et même si les deux femmes s'étaient liées d'amitié, il ne pouvait garder Catherine. Nicolas avait trouvé la solution. Marion, la gouvernante de M. de Noblecourt, se faisant vieille, elle avait été ravie de voir Catherine prendre en main les fourneaux. Nicolas, que ses fonctions de commissaire et les profits des vacations attachés à sa fonction avaient placé dans une honnête aisance, avait lui-même engagé sa vieille amie et participait ainsi pour une part aux dépenses de l'hôtel de Noblecourt. Le vieux procureur avait protesté, pour la forme, mais il avait été sensible au geste de Nicolas.

Cyrus tira le bas de la jupe de Catherine qui se réveilla en maugréant. Avisant Nicolas, elle voulut se lever ; il l'en empêcha.

— Je me suis assoupie en t'attendant, mon betit, soupira-t-elle.

— Catherine, combien de fois faudra-t-il te répéter de ne pas m'attendre !

— Tu étais à l'Opéra. Il ne pouvait rien arriver.

Nicolas sourit en pensant au début de sa nuit à Grenelle. Mais Catherine s'agitait déjà, dressant le couvert et posant sur la table une tourtière odorante.

— Tu dois avoir faim. J'ai du pâté froid et une bouteille d'irancy que monsieur a légèrement tutoyée à son souber. Il a mangé de fort bon abbétit.

Nicolas s'attabla pour un de ces médianoches solides et savoureux dont Catherine tenait le secret de ses origines alsaciennes. La croûte dorée du pâté était encore tiède et un fumet de vin rouge et de laurier lui fit venir l'eau à la bouche. Elle le considérait avec appréhension, guettant ses moindres réactions. La viande moelleuse fondait sous la dent.

— Tu m'avais caché ce plat, Catherine ! Quel délice, c'est de chez toi ?

— Non bas, c'est la tourte. La viande est hachée et marinée au vin blanc. Ce plat-là, c'est champenois. Tu coupes du borc et du veau, et surtout tu ajoutes de la gorge pour le fondant. Tu fais tremper dans un bon vin rouge avec des épices, du sel, du poivre, deux jours, bas blus. Tu fais ta bâte. Tu ébonges ta viande. Tu étales le fond dans la tourtière avec la viande dessus, et tu couvres avec un rond de bâte doré à l'œuf. Tu tiens au four deux bonnes heures. C'est meilleur tiède ou froid. On peut le faire aussi avec du labin sans désosser. Chez moi, on tirait au sort qui aurait la tête. Yo yo, c'était comme ça !

Nicolas, rassasié, regardait Catherine éteindre le potager et serrer les restes du repas dans le buffet. Il lui sourit avec reconnaissance et lui souhaita le bonsoir. Il gagna sa chambre où, tout habillé, il s'allongea sur son lit pour sombrer aussitôt dans le sommeil.

III

LE PUITS DES MORTS

« Les malheurs sont souvent enchaînés l'un à l'autre. »

RACINE

Mercredi 24 octobre 1761

Un grattement éveilla Nicolas. Il comprit, après avoir consulté sa montre, que Catherine venait de déposer un broc d'eau chaude devant la porte de sa chambre. Depuis son entrée en service chez M. de Noblecourt, elle avait pris cette habitude. Sans doute avait-elle décidé de son propre chef de lui octroyer un petit supplément de sommeil. Sept heures avaient déjà sonné. Depuis sa prime jeunesse, été comme hiver, il se levait à six heures ; enfant, il servait la messe du chanoine, son tuteur, mal réveillé dans le froid humide de la collégiale de Guérande. Il constata, amusé, qu'il avait dormi tout habillé. Par chance, sa garde-robe s'était considérablement accrue depuis son arrivée à Paris. Maître Vachon, son tailleur et celui de M. de Sartine, y avait pourvu. Il se souvint avec attendrissement de cet habit vert, un laissé-pour-compte, porté à Versailles lors de sa présentation au roi.

Il se sentit dispos et l'esprit libre jusqu'au moment où la chaîne des événements de la veille lui remonta en mémoire. Le bonheur du matin — si rare — laissa la place aux préoccupations et aux dispositions du chasseur qui s'apprête à se mettre en quête. Il aperçut son tricorne à terre. Heureusement, il ne s'était pas couché avec ; cela portait malheur disait-on. Cette remarque fugitive eut un écho lointain dans ses souvenirs, mais il ne réussit pas à la raccrocher à quelque chose de tangible. Torse nu, il s'activait à une énergique toilette avec une eau déjà froide. L'été, il usait de la pompe placée dans la cour de l'hôtel et s'ébrouait dans de grands éclaboussements, mais l'automne pointait déjà avec ses froidures matinales. Il se remémora ce qu'il avait à faire.

En premier lieu, il devait se rendre à l'hôtel de police et faire à Sartine un récit exact de ce qui était advenu après son départ la veille au soir. Peut-être son chef aurait-il, de son côté, quelques lumières sur la manière dont, en haut lieu, on envisageait le traitement de cette affaire. Il n'était même pas exclu qu'on ne la voulût point traiter du tout. Il fallait s'attendre à affronter un lieutenant de police de fort méchante humeur.

Il s'empresserait ensuite de retourner au Châtelet. Il maugréa à part lui sur le peu de commodité de la dispersion de ces lieux de haute police, situation qu'il jugeait peu propice à l'exécution rapide des tâches. L'inspecteur Bourdeau serait dépêché à Grenelle afin de revoir d'un œil neuf les lieux du drame, et s'enquérir de l'existence d'un double de la clef de la chambre du vicomte. Il se demandait si son adjoint avait déjà procédé à l'ouverture du corps avec Sanson, l'exécuteur des hautes œuvres. Le recours, peu orthodoxe, à ses talents et à son expérience, gênait un peu Nicolas, mais il avait trop éprouvé la routine et l'incurie des médecins légistes attachés au Châtelet. Il préférait donc cette formule qui permettait de garder secrètes de redoutables découvertes.

Nicolas devrait aussi examiner avec Bourdeau les conditions de son rendez-vous avec l'inconnu en l'église des Carmes déchaux. Il était de plus en plus convaincu d'avoir affaire à Mme de Ruissec. Enfin, il serait utile d'aller à la pêche du côté de la hiérarchie et des camarades du vicomte dans les gardes françaises.

Satisfait de ce programme, il acheva ses apprêts par un vigoureux brossage de sa chevelure qu'il noua avec un bout de ruban de velours. Il ne portait perruque que dans les circonstances exceptionnelles, ne goûtant guère cet emprisonnement de sa tête et le nuage de poudre qu'il fallait répandre sur cette coiffure.

Un air de flûte égrenait ses trilles dans le lointain de la demeure. Que M. de Noblecourt s'attachât de bon matin à « tâter l'ivoire », comme il avait coutume de dire, était une indication favorable sur l'état de sa santé ; la goutte ne devait pas trop le tourmenter. Nicolas décida d'aller le saluer. Ces entretiens matinaux avec l'ancien procureur étaient toujours pleins d'enseignements et de cette sagesse que donnent aux hommes la longue pratique des affaires et la connaissance de l'âme humaine. Il descendit au premier pour rejoindre la belle pièce aux lambris vert pâle rehaussés d'or qui servait de chambre et de salle d'audience à M. de Noblecourt.

Quand il entra, il vit le magistrat campé dans son fauteuil, redressé et presque cambré, la tête inclinée sur la gauche, les yeux fixes et mi-clos ; sa calotte pourpre était en bataille, sa jambe gauche reposait sur un pouf en damas, tandis que le pied droit battait la mesure dans sa pantoufle. Les doigts agiles virevoltaient sur les trous d'une flûte traversière. Fasciné, Cyrus, debout sur ses pattes arrière, un bout de langue rose dépassant de sa gueule, écoutait son maître. Nicolas s'arrêta pour savourer ce moment charmant d'intimité domestique. Mais déjà le chien bondissait vers lui et M. de Noblecourt arrêta net sa mélodie à la vue du jeune homme. Nicolas, le tricorne à la main, salua d'une demi-révérence :

— Comme il me plaît de vous voir, si dispos et si en bouche de bon matin !

— Le bonjour, Nicolas. Je vais mieux en effet. Je ne sens presque plus les douleurs de ma jambe gauche et je serai debout pour souper, si je parviens à maîtriser les pièges de cette sonate.

— Je gage que vous en êtes l'auteur ?

— Ah ! le coquin ! Ah ! le flatteur ! s'étouffa le procureur. Que non pas, hélas ! C'est une pièce de Blavet, première flûte de l'Académie royale de musique. Qui n'a entendu ce virtuose ne peut imaginer ce que sont une embouchure nette, les sons les mieux filés et une vivacité qui tient du prodige.

Il posa son instrument sur la petite table à jeux placée devant lui.

— Foin de tout cela, j'espérais vous voir pour ma collation.

Il sonna et, comme une ombre, Marion, la gouvernante, surgit. Il avait été convenu avec Catherine que la vieille servante conserverait le privilège du premier service de son maître. Catherine apportait le lourd plateau jusqu'à la porte de la chambre et le confiait à Marion, qui savait gré de cette bonne manière.

— Marion, mon festin du matin. Vous ne le connaissez pas, je l'ai étrenné il y a deux jours. La même chose pour Nicolas.

Le triple menton tremblait de rire et ses yeux se plissaient de malice.

— Il ne manquerait plus, monsieur, que pour la tranquillité de vos tendons et de vos muscles, vous condamniez ce grand jeune homme à votre portion congrue !

— Comment, portion congrue ! Traitez avec plus de respect un régime que Fagon réservait au grand roi aïeul de notre souverain.

Marion sortit pour reparaître aussitôt avec un grand plateau où s'entrechoquaient l'argent et la porcelaine. Elle disposa devant son maître une assiette de pruneaux cuits et une tasse d'un liquide ambré. Nicolas eut droit, comme à l'accoutumée, à son chocolat mousseux, aux pains mollets de la boulangerie du rez-de-chaussée et à un confiturier débordant d'une gelée vermeille. M. de Noblecourt s'agita dans son fauteuil, et reposa avec précaution et quelques gémissements son pied gauche à terre. Son nez fort et coloré paraissait frémir, caressé par les volutes odorantes du breuvage exotique.

— Ne serait-on en droit... vu l'état amélioré de mes jambes... de m'autoriser, chère Marion, un entracte de la sauge et des fruits en compote ?

Marion grommela quelques fortes paroles.

— Bien, bon, soupira M. de Noblecourt, inutile d'en faire un drame, mes arguments ne valent pas tripette au tribunal domestique. Je vois que je m'égare et que je ne serai point suivi sur ce chemin-là. Je m'incline, je me résous, je rends les armes !

La servante soupira elle aussi et, après un sourire complice à Nicolas, disparut aussi vite que le lui permettaient ses vieilles jambes. M. de Noblecourt reprit son sérieux et considéra le jeune homme.

— Ou je me trompe fort, Nicolas, ou il y a du nouveau. Vous avez l'air faraud du braque qui part à la chasse. Primo, monsieur, vous rentrâtes fort tard au logis. Non que je vous espionne, mais dans mon insomnie j'ai entendu battre la porte cochère.

Nicolas prit un air contrit.

— Or, comme l'opéra ne s'achève pas si tard, je présume, secundo, qu'un de ces sujets, qui font espalier dans le fin fond des décors, a été l'objet d'une étude dûment approfondie, ou qu'un événement inattendu du service vous a retenu.

— Avec le respect que je vous dois, dit Nicolas, j'ai toujours admiré chez vous, monsieur, une sagacité qui est à la mesure de votre sensibilité...

— Allez au fait, je brûle de curiosité, je sèche sur pied.

Nicolas entreprit un récit circonstancié des événements de la nuit que son hôte écouta, les yeux clos, les mains croisées sur la bedaine, un sourire béat aux lèvres. Il demeura silencieux à l'issue du récit et Nicolas le crut assoupi. C'était mal connaître M. de Noblecourt. Ni l'histoire ni la sauge ne l'avaient endormi ; il méditait. Nicolas avait maintes fois observé que le résultat des réflexions de l'ancien procureur sortait toujours de l'ordinaire et se saisissait du réel par un tour inattendu et parfois surprenant. Il ouvrit les yeux.

— Sur ce pied-là, ce n'est pas grand-chose qu'être honoré, puisque cela ne signifie pas qu'on soit honorable.

Cette sentence sibylline fut suivie de la dégustation minutieuse de quelques pruneaux.

— Vous voilà, mon cher enfant, confronté à la pire engeance de Cour, espèce qui mêle sans vergogne la feinte dévotion et l'ambition. De ces êtres redressés qui rampent autour des grands. Tirez leurs grotesques à certaines figures, elles s'effondrent.

Tout en prononçant ces phrases lourdes de sens, M. de Noblecourt approchait sournoisement sa cuillère du confiturier. Cyrus sauta sur les genoux de son maître et coupa court à la manœuvre.

— Le comte de Ruissec n'est pas le noble vieillard arc-bouté sur ses certitudes et ses délires d'honneur que vous me décrivez. J'ai entendu souvent parler de lui dans le monde. Il est issu d'une famille de huguenots, il a abjuré fort jeune et s'est évertué à faire oublier ses origines. Entré au service, il s'y est montré fort courageux. Mais qui ne l'est ? Et ce type d'homme ne connaît pas la peur.

— On peut la connaître et la surmonter, l'interrompit le jeune homme. Pour ma part, j'ai souvent eu très peur.

— Vous êtes émouvant, Nicolas. Fasse le ciel que vous conserviez longtemps cette candeur qui fait l'un de vos charmes ! M. de Ruissec était donc réputé bon militaire, mais dur et cruel avec le soldat. Des rumeurs de rapine l'ont gêné et il n'a pu obtenir les grands emplois militaires qu'il était en droit d'attendre. Il aurait eu partie liée avec des munitionnaires et des traitants aux armées ; cet agiot lui aurait permis d'arrondir son viatique. Il a quitté le service, vendu son domaine en Languedoc et le château de ses pères. « Les murs des villes ne se forment que du débris des maisons des champs. » Il s'est installé à Paris, d'abord place Royale, puis récemment à Grenelle où il a racheté, dans des conditions suspectes, l'hôtel d'un partisan ayant fait banqueroute. On le dit aujourd'hui plongé dans le milieu de la finance et de la spéculation, où ses cordons font impression. À cette activité secrète correspond ouvertement une vie des plus réglées. Tenant du parti dévot, il s'y est assimilé par sa femme, admise dans le cercle des filles du roi. Il a obtenu une charge dans la maison de Madame Adélaïde. Quelle meilleure couverture pouvait-il trouver ? Par celle-ci, il a approché le dauphin qui, jugeant sur les apparences, lui a donné sa confiance et l'ouverture de ses abords.

— Qu'en attend-il ?

— Bonne question ! Tous ceux qui ont eu à se plaindre de la Cour s'attachent à l'héritier du trône. Ainsi, celui-ci, sans le vouloir et même sans en prendre conscience, se trouve à présent le chef d'un parti de frondeurs. Le roi, qui le voit environné de dévots, vrais ou faux, qui censurent sans relâche sa conduite et stigmatisent la favorite, s'est éloigné insensiblement de son fils et le traite avec froideur. Mme de Pompadour le considère comme un ennemi. Vous avez rencontré Sa Majesté, Nicolas. Il aborde fatigué le seuil de sa vieillesse. Nul ne saurait prédire l'avenir, mais chacun parie déjà dessus. Quant à Madame Adélaïde, bonne fille mais tête légère, les encens de la dévotion le disputent chez elle au plaisir de son équipage de chasse aux daims. Que n'obtient-on pas par une bonne reconnaissance des brisées ? M. de Ruissec a plu aussi par ce côté-là. Quant à ses fils...

— Ses fils ?

— Comment, vous ignorez que votre suicidé a un frère cadet ? Je vous l'apprends donc. Le vidame de Ruissec a été de tout temps promis à la tonsure, sans que jamais son père n'ait consulté son goût ni sa vocation. Frais émoulu du collège, il essuya toute une litanie de persécutions et n'eut bientôt d'autre choix que de se jeter au séminaire pour échapper aux obsessions paternelles. Rien n'est définitif, ce n'est qu'un petit collet qui n'a reçu encore aucun ordre. Séduisant et séducteur il n'a, par ses paroles et par ses actes, jamais cessé de marquer son aversion pour l'état ecclésiastique qu'on lui veut faire embrasser. Eh ! foutre, je le comprends. On le dit libertin à l'excès, il y met sans doute un peu de provocation. Il aurait des inclinations vicieuses et cet étourdi sans principes aurait recours à des procédés violents et à des démarches aussi contraires à l'honneur de son nom qu'à la simple décence de l'habit qu'il porte.

— Il y a des faits ?

— Rien de positif, on clabaude beaucoup dans les salons sur ce godelureau qui alimente la chronique et les nouvelles à la main. On l'imagine sortir de beaucoup de ruelles... Tête brûlée ou bête vicieuse, voilà la question. À côté, son frère paraît bien terne. Il jouerait gros jeu, mais tout cela sous l'étouffoir. Il serait fiancé, mais j'ignore avec qui ; c'est même un mystère qui tracasse les salons. Quant à leur mère, c'est, dit-on, une personne discrète et effacée, écrasée par son mari, perdue de dévotion. Voilà, mon cher Nicolas, ce qu'un podagre cloué sur son fauteuil peut apporter comme contribution modeste aux prémices de votre enquête.

Il s'enveloppa dans sa robe de chambre en perse fleurie, jetant un regard mélancolique par la fenêtre sur la rue Montmartre d'où montait la rumeur de la ville.

— Les hommes de mon âge n'aiment guère l'automne et la tisane de sauge n'est pas un bien grand remède.

— Allons, allons, si tout va mieux vous aurez droit

à un royal verre d'irancy. Et puis, vous êtes comme Perséphone, vous reparaissez plus éclatant au printemps.

M. de Noblecourt sourit.

— Sans doute, mais auparavant je dois traverser le royaume d'Hadès, dieu des morts. « Je verrai le Styx et saluerai les Euménides. »

— Je connais, moi, une autre version où Perséphone, aimée de Zeus, donne naissance à Dionysos, dieu du vin et des plaisirs. Je vous imagine assez bien, couronné de pampres et entouré d'amours jouant du chalumeau !

— Ah ! le fourbe ! Ah ! l'habile homme qui veut soigner l'hypocondriaque ! Les jésuites de Vannes peuvent se féliciter de l'éducation qu'ils vous ont dispensée. D'ailleurs, au train où vont les choses, il ne leur restera plus grand-chose d'autre. Tiens, vous me remettez en joie.

Nicolas fut heureux d'avoir déridé son vieil ami et chassé les ombres passagères qui obscurcissaient un caractère toujours enjoué.

— Un dernier mot, Nicolas. Vous savez la justesse de mes pressentiments. Prenez garde où vous mettez les pieds. Ces dévots frondeurs sont de la pire espèce. Prenez vos précautions, doublez vos mesures et n'agissez pas en solitaire comme vous n'avez que trop tendance à le faire. Cyrus et moi tenons à vous.

Sur ces mots affectueux, Nicolas prit congé. Rue Montmartre, il chercha une brouette afin de rejoindre au plus vite la rue Neuve-Saint-Augustin où se trouvait l'hôtel de Gramont, résidence du lieutenant général de police.

Déjà une presse affairée emplissait les rues étroites. Sa chaise fut retardée et il eut le temps de réfléchir à ce que venait de lui apprendre M. de Noblecourt. Il regardait sans les voir les chalands et les mille incidents du théâtre de la rue.

Sa belle humeur s'en était allée, remplacée par une

angoisse diffuse et d'autant plus pesante qu'il n'en discernait pas l'origine. Il finit par s'avouer que sa vanité écornée y prenait une large part. Il s'en voulait d'avoir jugé un peu rapidement le comte de Ruissec, de l'avoir rangé comme une marionnette étiquetée. Son inexpérience — M. de Noblecourt aurait dit sa candeur — tenait de la naïveté. Le vieux gentilhomme, pour violent et insultant qu'il ait été, l'avait impressionné ; son habituelle intuition n'avait pas fonctionné. L'évocation hautaine des qualités ou privilèges d'un milieu auquel, malgré lui, il était sensible, par les souvenirs d'une enfance passée au milieu de la noblesse bretonne, l'avait engagé dans une fausse voie. L'officier général, garde du corps de Madame Adélaïde, lui avait offert une représentation nourrie de toute l'astuce d'un homme de Cour, le tout dissimulé par l'habituelle brusquerie des camps, et il s'était laissé prendre à ce jeu. Il ne pouvait, en effet, imaginer que ce père eût quelque motif d'en vouloir à son fils, si la thèse du suicide se trouvait infirmée. Mais, à bien y réfléchir, M. de Ruissec gardait par-devers lui bien des secrets.

Du cadet, il faudrait au plus vite se mettre en quête pour parfaire le tableau de cette famille. Là encore, il s'irritait contre lui-même de n'avoir pas recueilli cette information et d'avoir dû l'apprendre de la bouche de l'ancien procureur. Plus graves de conséquences apparaissaient les tenants et les aboutissants de la position du comte à la Cour. Nicolas risquait de heurter des intérêts élevés. Il savait, l'ayant déjà éprouvé, que M. de Sartine ne se trouvait pas toujours en mesure d'étendre son ombre protectrice sur lui. Restait le roi. Après tout, songea-t-il, c'est le souverain qui avait souhaité le voir attaché à des enquêtes sortant de l'ordinaire. Celle dans laquelle il venait d'entrer appartenait-elle à cette catégorie ? Il fallait la mener avec prudence, mais ne pas hésiter à évoquer l'autorité de qui tout dépendait. C'est sur cette pensée réconfortante qu'il fit son entrée à l'hôtel de Gramont.

Un laquais le conduisit aussitôt dans le bureau du maître des lieux. Souvent, alors qu'il venait prendre les ordres ou faire le point d'une procédure, il avait pu y admirer la grande armoire où étaient serrées les perruques de toutes formes et de toutes origines, qui formaient la collection de M. de Sartine. Tout Paris jasait de cette innocente manie et guettait les changements de coiffure du haut magistrat. Il n'était pas jusqu'aux ministres du roi dans les cours étrangères qui ne fussent sans relâche mobilisés et relancés afin de lui adresser de nouveaux modèles. On savait ainsi s'attirer ses bonnes grâces et faire la cour à un homme, certes réputé incorruptible, mais qui, bénéficiant de l'immense privilège d'une audience hebdomadaire avec le roi, pouvait d'un mot ruiner une réputation et briser une carrière.

Quand Nicolas entra dans la pièce, Sartine n'était pas seul. D'un coup d'œil, il lui fit comprendre de demeurer en arrière et de prêter l'oreille. Nicolas observa la scène. Le lieutenant général, debout derrière son bureau, considérait pensivement plusieurs têtes de mannequins d'osier recouvertes de perruques. Nicolas supposa qu'il avait été interrompu dans sa manipulation matinale. Il avait l'air à la fois déférent et excédé. Assis dans un fauteuil, un gros homme courtaud et ventripotent, vêtu d'un habit de velours feuille-morte, discourait d'un ton aussi haut que sa perruque à l'allemande. Son français parfait étonnait pourtant par un fort accent que Nicolas imagina tudesque. Il portait à la main gauche une bague avec un gros brillant qui étincelait chaque fois qu'il soulignait son propos d'un mouvement péremptoire du bras. Nicolas prêta l'oreille.

M. de Sartine soupira

— Puis-je présenter à Votre Excellence le commissaire Nicolas Le Floch, que je compte charger de l'affaire qui me vaut l'honneur de vous recevoir ?

L'homme se retourna à peine, jeta un regard furibond sur le jeune homme, et reprit aussitôt la parole.

— Je vais donc devoir me répéter... Ce qui m'est

advenu m'afflige au plus haut point et je voudrais que vous saisissiez combien je suis désolé d'avoir à vous informer d'un événement d'autant plus désagréable que j'avais pris toutes les précautions possibles pour le prévenir. Hier soir, entre six et sept heures, je rentrais de Versailles quand mon carrosse fut arrêté par des commis à la porte de la Conférence. L'un d'eux vint à la portière me dire qu'il savait que ma voiture était remplie de contrebande. Vous imaginez l'étonnement qui fut le mien ! Je répondis à ce personnage — un exempt, je crois — qu'il n'avait qu'à me suivre et que je la ferais fouiller en sa présence, et que s'il y trouvait en effet de la contrebande, il n'aurait qu'à s'en saisir. Il accompagna donc mon carrosse et c'est alors, chemin faisant, que la réflexion me détermina d'une part, à écrire à M. de Choiseul sur la manière dont était traité le ministre de l'Électeur de Bavière à Paris et, d'autre part, à vous demander audience, monsieur, afin de vous rendre témoin de ce qui m'est arrivé et de vous prier de faire mettre en prison ceux de mes gens qui se révéleraient coupables, pour les obliger à découvrir d'où procédait cette contrebande.

La tête du lieutenant général oscillait, s'abaissant et se relevant alternativement comme celle d'un cheval qui essaie de se débarrasser de sa bride.

— Et de fait, qu'en était-il d'une si hasardeuse et insultante supposition ?

— Arrivé à mon hôtel, j'ai abandonné l'homme de police à ses recherches. Mon valet de chambre, qui m'avait accompagné à Versailles et qui avait questionné mon cocher, m'assura qu'il lui avait avoué être le seul coupable. L'exempt en question demanda à me voir et m'informa que mon carrosse était rempli de tabac et que ledit cocher accusait le postillon du nonce de le lui avoir remis. Il fut impossible d'en tirer autre chose. Entre-temps, mon cocher s'était enfui. Quant au nonce, que j'allai voir incontinent, il refusa absolument d'avoir à livrer son postillon.

Nicolas observa que son chef était en train de procéder à des translations latérales d'objets sur son bureau comme s'il jouait aux échecs et que, dans la perspective d'une offensive adverse, il se fût décidé à roquer. Cette attitude était le signe indubitable d'une irritation croissante.

— Et que puis-je faire au juste pour Votre Excellence ?

Le ministre, à qui le manège de M. de Sartine n'avait pas échappé, reprit, un ton au-dessous :

— Tel est l'état de cette affaire dont j'aurais voulu épargner l'ennuyeux détail à votre attention. Mais je n'ai pas cru pouvoir m'en dispenser. Si quelqu'un eût dû être à l'abri de pareils désagréments, c'est bien moi, par la précaution que j'ai cent fois prise d'ordonner à mes gens de ne jamais me laisser monter en carrosse sans en faire au préalable la visite. J'insiste, monsieur, pour que vous fassiez chercher et arrêter mon cocher. Il m'est bien cruel de me trouver en quelque façon compromis et exposé aux traits de la méchanceté par le fait de cette canaille. Je vous supplie, monsieur, de bien vouloir suivre cette affaire avec toute la vivacité nécessaire. Si M. de Choiseul croit que je suis en droit d'exiger une satisfaction, je me flatte qu'il voudra bien me la proposer.

— Monsieur l'ambassadeur, je ne peux mieux faire que de demander à Votre Excellence de faciliter l'accès auprès de vos gens à M. Le Floch, ici présent. Il agira en mon nom et ne rendra compte qu'à moi seul. Je suis trop sensible aux inquiétudes que cette aventure vous crée pour ne pas tout mettre en œuvre afin de l'éclairer et je puis vous assurer que nous sommes loin de soupçonner un ministre étranger d'avoir la moindre part à cette fraude. Les mesures seront prises pour retrouver votre cocher et découvrir les vrais instigateurs de cette condamnable entreprise.

La suite ne fut plus que ballet de cour, mouvements, avancées et reculs, demi-révérences et bruissements de paroles courtoises. M. de Sartine raccompagna son hôte jusqu'au degré de l'hôtel et revint, le teint fort animé.

— Peste soit du fâcheux ! Voilà une matinée bien mal commencée. Mon barbier me coupe, mon chocolat me brûle et le baron Van Eyck m'assomme.

Il déroulait les boucles d'une perruque marronnée.

— Et pour couronner le tout, le temps tourne à l'humide et défrise mes perruques !

On gratta à la porte.

— Quoi encore ?

Un laquais entra et lui remit un pli. Il en rompit le cachet après l'avoir examiné, lut le message et le répéta à Nicolas.

— Que vous disais-je ! Écoutez : « Versailles, le 24 octobre 1761. Vous apprendrez, monsieur, l'aventure arrivée à M. le comte Van Eyck en revenant hier de Versailles. L'intention du roi est que vous suiviez cette affaire avec toute la célérité nécessaire pour en découvrir la source et que vous m'informiez exactement de ses progrès. » Signé : « Choiseul. » Et tout cela comme si on était allé gâcher le souper du roi avec cette peccadille !

Nicolas imaginait déjà la suite. Il tenta de parer le coup.

— M. de Noblecourt, qui connaît son monde, me disait ce matin...

Mais Sartine ne l'écoutait pas. Il feuilletait avec fièvre un volume relié en maroquin et frappé de ses armes, les fameuses « sardines » qui témoignaient de son ironie vis-à-vis de ses origines et de son mépris à l'égard des rieurs parisiens. Il trouva ce qu'il cherchait.

— Il n'est pas comte ; Choiseul l'a flatté, je l'aurais parié. « M. le baron Van Eyck, envoyé extraordinaire de l'Électeur de Bavière et du cardinal de Bavière, évêque, prince de Liège », hum... il demeure à l'hôtel de Beauvais, rue Saint-Antoine. L'*Almanach royal* est irremplaçable ! Nicolas, vous allez me débrouiller cette affaire et trouver de quoi apaiser immédiatement M. de

Choiseul, satisfaire le baron et faire retomber toute cette agitation pour quelques paquets de mauvais tabac. Vertudieu, le zèle est parfois l'ennemi du bien !

— Puis-je vous faire observer, monsieur, qu'une autre enquête nécessite la poursuite d'investigations urgentes et que...

— Et que, rien du tout, monsieur. Je vous veux rue Saint-Antoine ; l'affaire en question attendra.

Sartine piqua du nez vers la perruque marronnée dont il contemplait avec désolation les boucles dévastées. Il ne restait plus à Nicolas qu'à saluer et à disparaître.

Il gagna les écuries pour y choisir une monture. Il était loin le temps où les rabrouements de son chef le contraignaient à user d'un mulet ou d'un âne. Maintenant, les meilleurs chevaux étaient en permanence à sa disposition ; c'est à ces choses-là qu'on mesure le chemin parcouru.

Un hennissement joyeux l'accueillit. Une grande jument alezane piaffait et encensait dans son box, sa longue tête tournée vers lui. Il s'approcha et flatta la surface soyeuse et tiède autour de ses naseaux ; il la sentit toute frissonnante et impatiente de se dégourdir. Des ondulations amples traversaient son corps, comme une eau faiblement troublée. Un valet d'écurie sella la bête. Après quelques caracoles sur le pavé de la cour, elle se calma, mais l'agitation de ses oreilles continua à marquer son humeur mutine. Nicolas rêvait de grands espaces et de galops à perdre le souffle, mais la ville et ses embarras n'autorisaient pas de telles fantaisies.

Une fois en selle, Nicolas laissa son esprit vagabonder dans la lumière dorée de ce matin d'automne. Une brume légère voilait les perspectives ; de grands pans lumineux, autour desquels flottait un monde de particules animées, partageaient obliquement la vision, renvoyant dans un triangle d'ombre les façades opposées au soleil. Au sol, de nouvelles volutes de poussière se soulevaient et montaient pour rejoindre en se dissipant les masses ascendantes. Il rejoignit les rives de la Seine. Le lit du fleuve disparaissait sous une brume plus dense qui se déchirait par endroits, laissant voir les chalands ou les bacs traversiers. Vers les ponts, cette brume s'accumulait, comme tassée et bloquée sous les voûtes humides. Les maisons du pont au Change dominaient l'ensemble, comme suspendues dans le vide. Une femme qui accrochait du linge à sa fenêtre disparut soudain, avalée par un recrû de ces nuées qui s'étalèrent en dessinant la forme d'un arbre. Nicolas obliqua vers le grand Châtelet et, après avoir confié sa monture à la garde du gamin préposé à cet office, il rejoignit le bureau des inspecteurs.

Bourdeau l'attendait en fumant sa pipe. Nicolas parcourut hâtivement le cahier de permanence. Il releva, outre quelques incidents de routine, la mention de l'interception, à la porte de la Conférence, du carrosse du ministre de Bavière. Y figurait aussi le lot habituel de noyés, restes de cadavres repêchés pris dans les filets de Saint-Cloud, membres épars et fœtus, tous promis à la même exposition lugubre sur les tables de pierre des caveaux glacés de la Basse-Geôle. Tout cela le laissait indifférent ; c'était la vie et la mort de chaque jour à Paris.

Son entretien avec Bourdeau fut bref : compte rendu succinct de la rencontre avec Sartine et instructions diverses. L'inspecteur ne croyait pas au désintérêt de leur chef pour l'affaire qui les occupait : rien n'était plus trompeur que cet éloignement affiché dans les débuts d'une enquête.

Ils envisagèrent les priorités. Bourdeau retournerait à Grenelle pour élucider la question du double de la clef. Il informa Nicolas que Sanson procéderait à l'ouverture du corps du vicomte de Ruissec dans la soirée. Le bourreau était en effet requis toute la journée par une question extraordinaire donnée à des contrefacteurs.

Quant au rendez-vous de l'église des Carmes, il fut

décidé d'y dépêcher Rabouine. Celui-ci, l'une des mouches les plus discrètes et les plus efficaces du service, avait montré, dans une affaire récente, tout son savoir-faire et sa diligence. Il surveillerait les abords du couvent et veillerait à toute éventualité. Ainsi, Nicolas pourrait disposer d'un auxiliaire pour lui prêter main-forte en cas de besoin et lui servir de messager le cas échéant.

Il proposa à Bourdeau de se retrouver pour dîner, à la demie de midi, à la boucherie Saint-Germain. Le lieu était bien choisi, à équidistance du quartier Saint-Paul et de la plaine de Grenelle. Il était, de surcroît, proche de l'église des Carmes où son mystérieux correspondant l'attendrait. Ils avaient tous deux leurs habitudes dans un de ces estaminets riches en vins de bon aloi et nourritures roboratives. La mère Morel, tripière de son état, se ferait une joie de les régaler. Le premier arrivé attendrait l'autre. Passé deux heures, chacun reprendrait sa liberté et vaquerait à ses occupations. Cette disposition était plus prudente, ni l'un ni l'autre ne sachant à l'avance ce que leur réserveraient les investigations du matin.

Cela réglé, Nicolas salua le père Marie, le vieil huissier auquel le liait une affectueuse complicité. À sa sortie, il retrouva le gamin qui, les rênes passées dans un bras, s'évertuait, empourpré par l'effort, à bouchonner la jument ; elle paraissait y prendre goût et soufflait dans le cou du garçon. Il y gagna une poignée de sols reçue avec un éclatant sourire édenté.

Nicolas reprit le bord de Seine, traversa la place de Grève et atteignit le port Saint-Paul. Comme chaque matin, l'agitation y était grande et une foule bigarrée se pressait pour monter dans les coches d'eau. Ces grands bateaux couverts, que des chevaux tiraient sur la berge, partaient à heure et à jour nommés pour la commodité des voyageurs et du commerce. Nicolas avait eu l'occasion d'emprunter le coche royal qui, chaque jour, remontait le fleuve en amont pour gagner Fontaine-bleau. Il arrêta sa monture, se dressa sur ses étriers et contempla l'immense rassemblement de bateaux disposés tout au long de la rive. Quelques instants après, il s'arrêtait devant l'hôtel de Beauvais, résidence du ministre de Bavière, non loin de l'église Saint-Paul. Il se souvint que les prisonniers décédés à la Bastille recevaient leur sépulture dans ce sanctuaire. Les guichetiers de la forteresse d'État portaient les cercueils et, seuls, les membres de l'état-major assistaient à l'office et à l'ensevelissement.

Un portier monumental, dont l'arrogance visait sans aucun doute à honorer la dignité de son maître, l'accueillit avec hauteur, et fit plusieurs allers et retours avant d'ouvrir la porte cochère et d'admettre le cavalier dans la cour intérieure de l'hôtel de Beauvais. L'attention de Nicolas fut aussitôt attirée par l'activité d'un jeune homme aux cheveux jaunes, en chemise, caleçon et pieds nus, qui nettoyait à grands coups de baquet d'eau une voiture aux armes de Bavière couverte de boue. Un majordome à l'accent prononcé fit entrer Nicolas dans une antichambre. Nicolas le jugea court sur la politesse ; l'irritation le gagna mais, conscient qu'il n'avait rien à gagner à se mettre en colère, il se convainquit de tout supporter et demeura glacial et insistant. *On* lui répéta du bout des lèvres ce qu'il savait déjà : que le cocher incriminé du plénipotentiaire de Bavière avait pris la fuite et qu'*on* ignorait l'endroit où il pouvait s'être réfugié. Comme il n'était pas dans ses possibilités ni dans ses intentions d'interroger à nouveau le baron Van Eyck, Nicolas demanda à rencontrer le laquais qui accompagnait la voiture lors du voyage à Versailles. *On* lui désigna d'un geste dégoûté l'homme en chemise qui s'évertuait dans la cour. *On* appela l'homme et *on* lui intima l'ordre d'avoir à répondre aux questions de « ce monsieur ». *On* demeura là car on souhaitait entendre ce qui allait être dit, mais *on* resta sur sa faim, car Nicolas entraîna le valet vers une remise.

Il ouvrit sa tabatière, la tendit à l'homme qui, après s'être essuyé les mains, en prit une pincée avec gaucherie et en se dandinant d'un pied sur l'autre. Il avait un bon gros visage rougeaud sur lequel transparaissait l'inquiétude d'avoir affaire à une autorité. Nicolas se servit à son tour et respira la prise sur le dos de sa main. Un moment fut occupé par une séance commune d'éternuements. Nicolas se moucha dans un de ces carrés de fine batiste que Marion lui repassait chaque jour avec un soin maniaque ; l'homme après quelques hésitations usa de sa chemise sans trop de vergogne. Il se rasérénait, et son trouble se dissipait. On ne soulignera jamais assez, songeait Nicolas, le caractère rassurant et fraternel de l'exercice sternutatoire. Un jour, il avait évoqué la question avec son ami le docteur Semacgus. Le chirurgien de marine estimait que cette réaction évacuatoire participait des « politesses de la tribu » ; tout comme le jeu ou le manger, elle dissipait les esprits confus et évacuait les vapeurs et humeurs déprimantes. Le plaisir ressenti suscitait la confiance réciproque.

Toujours est-il que le laquais prit un visage épanoui et dilaté et écouta avec une ouverture marquée les préliminaires prudents de Nicolas. Après quelques dévoiements destinés à donner le change, celui-ci l'interrogea sur son pays d'origine, la Normandie, et développa diverses considérations élogieuses sur ladite région, ses chevaux, ses vaches, la richesse de ses herbages et la beauté de ses femmes. Puis il en arriva à l'essentiel.

— C'est vous qui conduisez ce carrosse ?

— Mon Dieu non, monsieur. Je le voulions bien, mais pour l'heure c'est derrière la caisse que je me tiens. Oui, pardié, je le voulions bien pour les bottes et tout le galon du pied à la tête...

Ses yeux poursuivaient un rêve impossible peuplé de chevaux fringants, de coups de fouet et d'exaltantes cavalcades sur les chemins et dans les rues. Il s'imaginait trônant sur son siège et dominant la route.

— Il a pris le large, le bougre ! Mais il sera remplacé par un autre tout aussi hausse-col.

— Hausse-col ?

— À force d'être assis au-dessus des autres, on se croit plus malin ! N'était pourtant que sur son cul, sauf vot'respect.

Il parut méditer cette forte parole, puis reprit, l'air pensif.

— L'était le mieux gagé d'entre nous, et avec le passage du tabac, il pouvait accumuler les écus.

— Vous connaissiez son trafic ?

— Nous tous, mais pas un pour parler. Il nous aurait fait jeter à la rue, c'était sa parole contre la nôtre.

— Vous plairait-il de me faire le récit de la soirée d'hier ?

— Je pourrions rien refuser à un monsieur aussi honnête avec un tabac aussi fin.

Nicolas saisit l'allusion et l'invita à se resservir. Plusieurs éternuements suivirent, précédant une nouvelle maculation de la chemise.

— Nous rentrions de Versailles par la grand-route de Paris, reprit l'homme. Le Guillaume, not'cocher, n'était pas à son aise. Peut-être bien qu'il n'avait pas la conscience tranquille avec le tabac. Mais il y avait aussi la jument de tête, à droite, qui s'était fait coincer la jambe au sortir du château par la voiture du nonce qui voulait passer outre. La chair était à vif. Arrivés au pont de Sèvres, le cocher a demandé la permission à not' maître d'approcher la rivière pour laver la plaie ; la pov'bête boitait bas. Ne voilà-t-y pas qu'on s'embourbe ! Je sautions à terre après avoir tiré mes souliers et troussé mes chausses. C'était tout gadoues et ordures, cela puait comme une sentine. J'y avions gâché une belle paire de bas.

Nicolas écoutait avec attention.

— La nuit tombait. Près de l'eau, on arrive pile sur

une autre voiture. Deux hommes plongeaient un corps dans l'eau. Il paraissait mal en point. Le Guillaume leur a demandé ce qu'ils faisaient. Ils revenaient de partie fine. Leur ami était pris de boisson et avait perdu connaissance. Fallait-y qu'il en ait avalé pour être ainsi raide comme un passe-lacet ! M'est avis que ces godelureaux n'étaient pas très catholiques. Ils ont remonté vite fait leur lascar dans la voiture et ont filé le feu aux fesses, sauf vot'respect. La bête a été soignée, l'eau l'avait soulagée. Nous sommes repartis sur Paris et, à la porte de la Conférence, le guet nous a arrêtés et le tabac a été découvert. Je parions mes gages que c'est toute la boue que j'étions en train de décrasser sur la voiture à votre arrivée qui nous a mis dedans. A-t-on jamais vu carrosse d'ambassadeur crotté d'aussi belle manière de Versailles à Paris ? Les gabelous ne pouvaient que sauter sur l'occasion.

— Tout cela est fort clair, fit Nicolas, vous racontez à merveille.

L'autre, flatté, se rengorgea et tira sur sa chemise l'air béat.

— Ces gens que vous avez dérangés sur la berge, vous les avez bien vus ?

Les yeux mi-clos, l'homme parut rassembler ses idées.

— Ils étaient sombres.

— Agités par quelque chagrin ?

— Non, entre chien et loup. C'était ben difficile de les dévisager. Manteaux et chapeaux, c'est tout ce que j'ai vu.

— Et l'homme ivre ?

— Je n'ai rien vu, sauf une perruque basculée sur le visage. Pour sûr que dans son état, même le noir lui faisait mal au crâne.

Nicolas réfléchissait. Des pensées informulées lui traversaient l'esprit. Un mécanisme intérieur s'était déclenché, mais la fragilité de ses rouages et de ses engrenages imposait de ne rien faire qui entraverait son mystérieux mouvement. Le but de son enquête lui revint.

— Et votre cocher ?

— Les exempts ont escorté le carrosse jusqu'ici. À peine dételé, voilà le Guillaume qui prend la poudre d'escampette. J'avions pensé voir un chat échaudé tant prestement il a disparu.

Nicolas estimait avoir accompli son devoir. L'enquête avait été diligentée, rapport serait fait à M. de Sartine, qui lui-même rendrait compte à Choiseul. Des assurances seraient adressées au ministre de Bavière et tout rentrerait dans l'ordre. Un petit incident de barrière se dissiperait dans le néant ; seuls l'orgueil et la susceptibilité en étaient la cause, et l'escalade des conséquences retomberait tout aussi vite qu'elle s'était établie. Il n'y avait pas de mystère. Les nom et signalement du cocher seraient envoyés aux commissaires et aux intendants dans le royaume et, avec un peu de chance, l'homme serait rattrapé et envoyé aux galères. Nicolas récupéra sa jument qui, du bout des lèvres, décapitait quelques roses tardives le long d'un mur blanchi à la chaux.

Elle le conduisit sans encombre par le Pont-Neuf et la rue Dauphine jusqu'au carrefour de Bussy. Dans la rue des Boucheries-Saint-Germain, il retrouva des lieux familiers. Le quart d'une heure venait de sonner. Dans la petite auberge aux vieilles tables usées et tailladées de coups de couteau, la mère Morel le serra sur sa vaste poitrine. Ses dignités nouvelles de commissaire de police au Châtelet n'avaient pas désarmé l'affection qu'elle lui vouait. C'était une satisfaction pour elle de le tenir pour un habitué et, qui sait, pour un recours en cas de besoin. Il est vrai qu'elle servait clandestinement des abats de porc au mépris des règlements de police et des privilèges reconnus des charcutiers. Elle connaissait ses goûts et lui apporta aussitôt un verre de cidre accompagné d'une assiette de couenne frite taillée en bâtonnets qui croustillaient sous la dent. Bourdeau fit son apparition quelques instants plus tard.

L'un et l'autre tenaient pour affaire sérieuse l'organisation d'un dîner. L'hôtesse réapparut, à qui ils demandèrent conseil.

— Mes gamins, dit-elle avec cette familiarité maternelle qui était l'un de ses charmes, j'ai sur le coin de mon potager deux plats que je vous réservais sans savoir que je vous verrais. Primo, un potage d'abattis d'agneau...

Elle s'interrompit pour remettre en place une partie de sa poitrine dérangée par sa manifestation d'affection.

— Pour des amateurs comme vous, je vais dévoiler mes secrets. Je mets dans un pot quatre ou cinq livres de bon bœuf de l'endroit qui vous plaira...

— Du paleron ? dit Bourdeau.

— Du paleron si vous voulez ; c'est une bonne pièce, bien goûteuse. Quand il est bien écumé, j'ajoute du lard et les abattis d'un agneau. Il ne faut pas pleurer le sel, le girofle, le thym et même quelques laitues pommées ou oseille à poignées, encore que cette dernière aurait tendance à changer la couleur et, bien sûr, quelques oignons blancs. Bien écumé et bien réduit, je donne du corps et de l'appétissant en jetant dans le tout quelques jaunes d'œufs délayés dans un bon vinaigre. En prime, cela vous réchauffera car il commence à faire sacrément frisquet en dépit de ce soleil insolent.

— Et en seconde ? dit Nicolas.

— En seconde, un de mes plats de derrière le fourneau : des hâtereaux de foie de porc. Je suis bonne fille et vais tout vous dire : je hache un foie avec la tierce partie de lard, fines herbes, clou pilé, poivre, muscade, ail et trois jaunes d'œufs. Je fais des boulettes que j'enveloppe étroitement dans de la crépine. Je les fais cuire dans une tourtière avec un peu de lard fondu et une jetée de vin blanc. Avec de la moutarde, c'est à s'en lécher les doigts.

Les deux amis applaudirent et la matrone disparut. Ils pouvaient parler à leur aise.

— Votre visite à Grenelle a-t-elle apporté du nouveau à notre affaire ? demanda Nicolas.

L'inspecteur fit une moue dubitative.

— J'y fus fort mal reçu par le maître de maison, toujours aussi outrecuidant, réplique fidèle du portrait que vous m'en aviez tiré. N'eût été l'aide de Picard, j'aurais été bien en peine d'obtenir quoi que ce soit. Pour la clef, les choses sont peu claires. Il y a bien eu un double qui aurait été perdu au moment des travaux qui ont suivi le rachat de l'hôtel. De ce côté-là, nulle certitude.

— D'autres constatations ?

— Pas précisément. J'ai refait le tour général de l'appartement du vicomte. Il est impossible d'y rentrer ou d'en sortir autrement que par les issues normales, la porte ou les fenêtres. J'ai même vérifié le conduit de la cheminée, au plus grand péril de ma tenue.

Il se frotta le devant du pourpoint où subsistaient encore quelques traces noirâtres.

— En revanche, j'ai été frappé par les titres des livres contenus dans le réduit bibliothèque. Curieux mélange, pour un jeune homme, que celui de la dévotion et de la théologie.

— Ainsi, la chose vous a également frappé ? Il faudra examiner cela.

— Et quant au cabinet de toilette...

Bourdeau laissa sa phrase en suspens d'un air entendu.

La mère Morel réapparut avec une soupière fumante. Ils se jetèrent sur son contenu et, pendant un long moment, ne pensèrent plus à autre chose.

— Vraiment, fit Bourdeau, il manque à ce mangement quelque savoureux flacon ! Le cidre a bien piètre allure sur d'aussi goûteux morceaux.

— Notre hôtesse n'a pas le droit d'en servir. Déjà en butte à la méfiance des charcutiers, elle ne veut pas se mettre à dos les marchands de vin. Elle m'a confié qu'ils lui envoyaient des espions pour vérifier si les règles étaient respectées dans son échoppe.

— M'est avis, dit Bourdeau, qu'elle réserve à certains des pichets de vin franc.

— Pas pour nous. Elle estime nous tenir par la gueule sur la question...

— Je connais votre raffolement pour sa fricassée de pieds de porc. Et la loi de violer la loi...

— C'est sans doute ma fonction qui lui en impose, et sur le chapitre du vin, elle n'ose.

Bourdeau soupira. Son visage, tout empreint d'une bonace à laquelle certains se laissaient prendre, offrait l'image d'un homme heureux. Il appréciait ses agapes en tête à tête avec Nicolas.

— Revenons à notre affaire, Nicolas. Que pensez-vous trouver à l'église des Carmes ?

— Tout laisse à penser que le message émane de la comtesse de Ruissec. L'écriture est féminine et de bonne tenue. Qui d'autre ?

— Lorsque j'ai quitté Grenelle, le comte demandait son équipage pour Versailles.

La mère Morel apportait un grand plat de terre cuite où grésillaient les hâtereaux dans leur crépine dorée par la cuisson.

— Alors, mes gamins, qu'en dites-vous ? Et voilà la moutarde !

— Nous disons que c'est bel et bon comme toujours, et mon ami Bourdeau ajoutait il y a un instant que tout cela mériterait d'être arrosé...

L'hôtesse mit un doigt sur les lèvres.

— Il ferait beau voir que j'en risque pour un pichet qui appéterait le matou à l'affût ! Non que je vous crois capable de me chercher noise, mais il y a toujours quelque malfaisant qui traîne ses basques ici et qui serait trop content de me prendre en défaut, à la grande joie de qui vous savez.

Elle jeta un regard terrible autour d'elle et se retira.

— Vous aviez raison, Bourdeau, elle n'a pas mordu

à l'hameçon... Que disions-nous ? Ah ! oui, Versailles... Cela ne présage rien de bon. Notre homme va aux nouvelles et se plaindre à ses protecteurs.

— Hélas oui, c'est un homme qui a bouche à Cour !

Ils demeurèrent un instant silencieux.

— Vous demeurez persuadé qu'il s'agit d'un meurtre ? demanda enfin Bourdeau.

— Oui, c'est ma conviction. Je n'entrerai pas dans les détails qui la fondent ; j'attendrai les conclusions de Sanson. Une fois que nous serons sûrs, nous aurons marqué un point sur le meurtrier, et gagné du temps sur ceux qui voudraient s'opposer au cours de la justice. Tout restera à faire ; le pourquoi, le qui, le comment...

Les boulettes de porc fondaient sous la langue ; les assiettes furent nettoyées à grands coups de croûtons. Bourdeau, repu, alluma sa pipe.

— L'ouverture est prévue vers neuf heures ce soir. N'oubliez pas votre tabac à priser...

Nicolas sourit ; c'était une vieille plaisanterie entre eux. Pour les ouvertures des corps à la Basse-Geôle, l'inspecteur avait conseillé à Nicolas d'user et d'abuser du tabac.

À trois heures, ils se séparèrent. Nicolas choisit de rejoindre au pas le couvent des Carmes. Dès son arrivée dans la capitale, il était tombé amoureux de la ville et appréciait plus que tout la déambulation rêveuse dans Paris. Sa connaissance des quartiers touchait aux détails de ceux-ci et avait étonné Sartine en plusieurs occasions. Cela le servait beaucoup dans ses fonctions. La carte de la grande cité était inscrite dans sa tête. Il pouvait dans la minute s'y transporter en imagination et y retrouver le moindre cul-de-sac. Par la rue du Four et celle du Vieux-Colombier, il rattrapa la rue Cassette, passa devant le couvent des Bénédictines du Saint-Sacrement et gagna la rue de Vaugirard, sur laquelle donnait la porte principale des Carmes. Les pas de son cheval résonnaient dans la rue déserte. Il s'arrêta, ému du spectacle d'un lieu qui avait vu ses premiers jours à Paris. C'est de là qu'un matin, il était parti pour être reçu au Châtelet par le lieutenant général de police.

Rabouine était bien toujours la mouche la plus discrète de son équipe. Pas la moindre trace de sa présence ; où diable pouvait-il se cacher ? Il était là, pourtant, qui l'observait ; Nicolas sentait son regard sur lui. Il disposait du temps nécessaire pour aller saluer le père Grégoire, son vieil ami. Après avoir attaché sa jument, il remit ses pas dans les couloirs familiers du couvent, traversa une cour et entra dans l'apothicairerie submergée par l'odeur des simples. Un moine âgé, besicles sur le nez, pesait des herbes sur une balance. Nicolas retrouva les senteurs fortes qui, naguère, l'avaient abruti. Il toussa, le religieux se retourna.

— Qui ose me déranger, j'avais bien spécifié...
— Un ancien apprenti, Breton de basse Bretagne.
— Nicolas !

Il serra le jeune homme dans ses bras puis l'éloigna pour le considérer.

— Les yeux clairs et hardis, la mine haute, le teint vermeil. Les humeurs sont en place. J'ai appris ton élévation. Te souviens-tu que je l'avais prophétisée ? Je pressentais que M. de Sartine inclinerait le cours de ta vie. J'en ai souvent remercié le Seigneur.

Ils se perdirent dans les souvenirs d'un passé encore proche. Nicolas expliqua au père Grégoire les raisons de sa venue au couvent et apprit de son ami que la comtesse de Ruissec y avait ses habitudes et se confessait à l'un des pères carmes. Le temps passait et, tout au plaisir de leurs retrouvailles, Nicolas attendait les quatre coups au clocher de l'église. Il lui parut bientôt que ceux-ci tardaient. Ayant consulté sa montre, il bondit ; les cloches étaient en retard de plusieurs minutes. Le père Grégoire l'informa qu'elles ne sonnaient plus les heures afin d'épargner le repos d'un de leurs frères à l'agonie.

Le jeune homme arriva dans l'église, essoufflé par sa course. Elle était vide. Il respira, il était encore en avance. L'odeur d'encens, de cierges éteints et celle, plus insidieuse, de décomposition le saisirent. Il examina les quatre chapelles latérales : elles étaient également vides. Il admira, dans la croisée, la belle statue de la Vierge en marbre blanc dont le père Grégoire lui avait si souvent répété qu'elle avait été sculptée sur un modèle du Bernin. Au-dessus de lui, il reconnut la peinture du dôme où le prophète Élie est représenté enlevé au ciel sur un char de feu. Devant l'autel, le puits par lequel on descendait les corps des moines défunts était ouvert. Nicolas le connaissait bien, c'était par là qu'on jetait aussi l'eau bénite dans la crypte.

Nicolas perdait à nouveau le souffle ; l'encens lui procurait souvent ce malaise. Il s'assit sur un prie-Dieu et tenta de maîtriser sa sensation d'étouffement. Soudain, un cri suivi de pas précipités l'alertèrent. Ils résonnaient dans l'édifice, sans qu'on puisse déterminer leur provenance. Ils s'apaisèrent bientôt, pour laisser la place à un silence si profond qu'il entendit distinctement le grésillement des cierges et chaque craquement des boiseries. De nouveaux cris se firent entendre ; le père Grégoire surgit, le visage empourpré, suivi de trois moines. Il prononçait des mots sans suite.

— Il s'est passé... Oh ! mon Dieu, Nicolas, une chose terrible...

— Calmez-vous et dites-moi les faits par leur commencement.

— Lorsque vous m'avez quitté... On est venu m'annoncer la mort de notre prieur. En l'absence du père abbé, c'est moi qui prends les dispositions. J'ai demandé que l'on prépare la crypte pour les funérailles. Là, là...

— Là, quoi ?

— Le frère Anselme est descendu et a découvert...
Il a trouvé...

— Mais quoi ?

— Le corps de la comtesse de Ruissec. Elle est tombée dans le puits des morts.

IV

OUVERTURES

Autour des corps qu'une mort avancée
Par violence a privés du beau jour
Les ombres vont, et font maint et maint tour.

Philippe DESPORTES

Nicolas eut l'impression qu'un abîme s'ouvrait devant lui ; l'angoisse le submergea. Quelle serait la réaction de Sartine à cette nouvelle ? Oui, assurément les morts se ramassaient à tous les coins de rue, dès qu'il touchait à une affaire. Il se reprit très vite, prêt à répondre, en mécanique intelligente, à tout ce que la situation imposait.

D'abord, rassurer le père Grégoire, que l'émotion étouffait et dont le teint cramoisi l'inquiétait. Ensuite, envisager toutes les hypothèses sans rien précipiter, après avoir bien examiné les circonstances du drame. Et d'abord, il convenait de vérifier si Mme de Ruissec était morte. Dans le cas contraire, il fallait calmer la panique des moines et prendre les dispositions nécessaires pour lui porter secours.

Il secoua le frère Anselme qui, hébété, se signait machinalement, et lui intima de le conduire dans la crypte. Ils durent sortir de l'église, emprunter une entrée latérale et un petit escalier. Une lanterne sourde abandonnée sur le sol leur servit d'éclairage. Nicolas eut tout d'abord du mal à s'y reconnaître, puis, une fois habitué à l'obscurité, il se vit entouré de bières accumulées les unes sur les autres. L'air était raréfié et la flamme de lampe se consumait avec des hoquets qui lui firent craindre de se retrouver dans l'obscurité au milieu du sépulcre. Le frère Anselme éprouvait sans doute les mêmes impressions, et la lanterne tremblait de plus en plus dans sa main. Sa lueur projetait des ombres mouvantes sur les parois de pierre ou révélait, au fond de réduits, les crânes rangés des morts plus anciens.

Après deux ou trois détours, ce qui les environnait disparut dans l'ombre. Le regard était désormais absorbé par un flot de lumière tombant à la verticale du puits des morts. Sur la dalle de marbre où étaient habituellement déposés les défunts gisait, disloqué comme une poupée de chiffon, un corps sans vie apparente. Nicolas s'approcha et pria le frère d'éclairer la scène, ce qu'il fit avec force tremblements. Agacé, le jeune homme se saisit de la lanterne, la posa près du corps et demanda au frère d'aller chercher du secours, un brancard et un médecin.

Resté seul, il considéra avec attention le corps et ses alentours. Vêtue d'une robe de satin noire — tenue de deuil pour son fils ou volonté de passer inaperçue — la comtesse de Ruissec semblait comme cassée, sur le dos, les deux bras ouverts ; la tête, dissimulée par des voiles noirs maintenus par un gros peigne de jais, faisait un angle étrange et horrible avec le reste du corps. Le doute n'était pas permis.

Nicolas s'agenouilla et souleva délicatement le voile. Le visage de la vieille femme apparut tourné de manière anormale vers la gauche ; il était blême, avec un peu de sang aux lèvres, et les yeux ouverts. Il posa sa main à la base du cou, aucune pulsation n'était sensible. Il sortit un petit miroir de poche qu'il plaça devant la bouche ; il demeura vierge de toute vapeur. Nicolas, avec douceur et respect, ferma les yeux de la vieille dame. Il frémit : la peau était encore tiède. Il palpa le corps sans le bouger. Il n'y avait trace d'aucune autre blessure que cette rupture évidente de la nuque.

Il se releva et récapitula ses constatations, qu'il prit le soin de noter sur son petit calepin. La comtesse paraissait être tombée du puits des morts. Celui-ci était donc ouvert. Pourquoi ? Était-ce l'habitude ?

Au vu de la disposition du puits, il y avait deux possibilités : soit Mme de Ruissec, dans la semi-pénombre du sanctuaire et sans doute distraite par la perspective de son rendez-vous, n'avait pas vu le trou béant et avait chu par accident. Mais alors, songea Nicolas, les deux ou trois toises de profondeur auraient dû occasionner des fractures aux jambes ou une plaie au visage, compte tenu du léger rebord du puits et du fait que la tête entraîne le corps. Celui-ci, de plus, aurait dû se trouver sur le ventre. Or, Mme de Ruissec était sur le dos, jambes intactes. Soit elle était tombée en arrière, mais pour cela elle devait se trouver entre le puits des morts et le chœur, ou en train d'admirer le tableau de la présentation du Christ au Temple. Dans ce cas, la position du corps s'expliquait. Il restait que la circonférence du puits et son rebord auraient dû accrocher le corps, et notamment la tête. Il vérifia sous la nuque : aucune blessure n'apparaissait.

En se relevant, il aperçut sur une aumônière de fils et de perles, que Mme de Ruissec portait au bras gauche, un petit carré de papier imprimé. Il ne l'avait pas remarqué jusque-là. Il le saisit et l'approcha de la lanterne. Sa surprise fut grande de découvrir un billet pour une représentation de la Comédie-Italienne.

Il vérifia que l'aumônière était bien fermée. De fait, le cordon coulissant était coincé dans la main crispée, et rien n'aurait pu s'en échapper. Il le dégagea et, avec ce tremblement qui le prenait toujours lorsqu'il entrait par effraction dans l'intimité d'une victime, se mit à en inventorier le contenu. Il trouva un petit miroir d'argent, un morceau de velours amarante avec des épingles, une ampoule en verre filé contenant ce qui lui parut être du parfum et plus précisément de l'« Eau de la reine de Hongrie » (il se rappelait avoir décelé cette odeur sur le billet lui donnant rendez-vous dans l'église des Carmes), une petite bourse métallique contenant quelques louis, un chapelet et un petit livre de piété relié aux armes des Ruissec.

Cet inventaire le déçut ; rien qui ne fût habituel pour une femme de cet âge et de cette distinction. Il remit tout en place. Le billet de théâtre continuait à l'intriguer comme une incongruité. Ce billet ne pouvait se trouver par pur hasard dans la crypte d'un couvent, et, propre et intact, il n'avait pas non plus été apporté, collé à quelque soulier. Compte tenu de l'endroit où il l'avait découvert, il ne pouvait avoir été posé sur le corps qu'après sa chute.

Des pas se faisaient entendre. Nicolas rangea le billet dans son calepin. Le père Grégoire, remis de son émotion, surgit, la chandelle à la main, suivi de deux hommes et de deux porteurs de brancard dans lesquels Nicolas devina des exempts de police. L'un des hommes lui tendit la main ; il reconnut M. de Beurquigny, commissaire de police du quartier, dont les bureaux se trouvaient rue du Four. Il fut heureux d'avoir affaire à ce confrère amène et respecté. L'âge de Nicolas, sa rapide promotion, la rumeur persistante qui le présentait comme le protégé de M. de Sartine ne lui avaient pas valu que des amitiés dans la compagnie ; il ne pouvait pas mieux tomber que sur cet aîné bienveillant.

Le père Grégoire lui présenta l'autre inconnu, c'était le docteur Morand, de la rue du Vieux-Colombier, qui avait la pratique exclusive des Carmes et qui fut nommé avec un clin d'œil expressif et un haussement de sourcils encore plus éloquent.

— Monsieur, dit Nicolas, je crains que votre aide ne soit inutile, la victime est décédée. En revanche, je serais heureux d'avoir votre avis sur les causes de cette mort.

Le médecin se pencha sur le cadavre et refit à peu près les examens auxquels Nicolas avait déjà procédé. Il prêta l'oreille en faisant pivoter le crâne, observa le cou de la comtesse après avoir ôté la perruque ; enfin, il considéra le puits des morts.

— Avant que je ne me prononce, fit-il, pourrions-nous remonter dans la chapelle ?

— Je vous accompagne, dit Nicolas.

Il ajouta à voix basse :

— Moi aussi je souhaitais voir s'il y a des traces là-haut.

Le docteur Morand hocha la tête.

— Je vois, monsieur le commissaire, que vous n'avez pas perdu votre temps.

Ils remontèrent en silence dans l'église. Le puits des morts et son rebord ne leur apprirent rien. Morand réfléchit longuement.

— Je ne vous cacherai pas ma perplexité, dit-il enfin : tout laisse supposer, à s'en tenir à l'apparence des choses, que cette dame est morte d'une chute dans ce puits.

— Vous avez dit : en apparence ?

— En effet, et j'irai rapidement au fait car je vous soupçonne d'avoir déjà tout compris. Si la comtesse avait buté sur le rebord du puits, il était difficile qu'elle tombât. Et si elle l'avait fait, elle se serait heurté la nuque au passage. Vous pourriez m'opposer que la perruque a pu faire bourrelet, mais pour le coup elle eût été dérangée. Or, vous avez constaté qu'elle est en place et que, de plus, la victime est sur le dos. Je constate entre le crâne et le reste du corps une mobilité contre nature et une crépitation lorsque la tête est manipulée. Un peu de sang aux lèvres, trace d'un épanchement interne d'une blessure qui n'a pas trouvé d'issue. Ainsi, je déduis et soutiens que la victime a été attaquée, qu'on lui a brisé la nuque et que le corps a été jeté dans le puits des morts.

Il s'approcha de Nicolas, se plaça derrière lui, et disposa son bras droit pour lui envelopper la poitrine de telle sorte que sa main porte sur l'épaule gauche, et de la main gauche saisit la tête de Nicolas et la tourna vers la gauche.

— Voilà comment on a procédé. Je force un peu et je vous brise les vertèbres, et pourtant vous êtes un vigoureux jeune homme ; la comtesse était une vieille femme...

Une pensée traversa Nicolas, mais il se retint de l'exprimer. Le docteur respecta sa méditation. Il fallait se décider sans délai. Le choix était décisif, et lui seul pouvait en assumer la responsabilité : Bourdeau n'était pas là, dont le conseil aurait été utile.

Cette fois encore, il s'agissait d'un crime. Quelqu'un avait tout fait pour empêcher la comtesse de lui parler. Il éprouva comme une tristesse de ne pas avoir pris des dispositions plus efficaces pour éviter le drame. Pourtant, il pressentait que rien n'aurait pu être évité : eût-il paru dans l'église le premier, c'est Mme de Ruissec qui n'y serait sans doute pas parvenue. Le moment était à l'action, pas au remords, celui-là reviendrait dans les nuits sans sommeil. L'essentiel était d'agir vite.

Son devoir imposait de déférer la cause à un magistrat, de faire dresser un procès-verbal et d'auditionner les témoins. Son esprit échauffé se remémorait les termes des ordonnances royales de 1734 et de 1743. La publicité du crime entraînerait l'ouverture du corps à la Basse-Geôle. Il mesurait le risque, vu l'impéritie manifeste des médecins attachés au Châtelet. De surcroît, cette nouvelle affaire se croisant avec le crime de Grenelle, tout pouvait être mélangé au grand risque de n'y plus rien comprendre. « Après tout, conclut-il, je suis préposé aux enquêtes extraordinaires. » Il suffisait de convaincre le docteur Morand et le commissaire de faire passer provisoirement ce crime pour un malheureux accident. Ainsi, peut-être, parviendrait-on à ne pas donner l'éveil à l'assassin.

Nicolas entraîna le docteur Morand dans la crypte.

Les moines étaient en prière autour du corps. Il fit signe au commissaire Beurquigny de venir le rejoindre.

— Mon cher confrère, je serai franc. Les constatations du médecin recoupent les miennes. La victime n'est pas tombée par accident, elle a été précipitée dans le puits après avoir eu la nuque rompue de main d'homme. J'avais rendez-vous avec elle dans le cadre d'une autre affaire criminelle, qui touche les intérêts d'une famille proche du trône. La publication du meurtre peut faire échouer la recherche sur le premier crime. Je ne vous demande pas d'abandonner cette affaire, mais d'en différer l'éclat. Pour le bien de la justice, il faut que l'on continue à croire à l'accident. Je vous signerai toutes les décharges que vous voudrez et M. de Sartine en sera dûment informé dès ce soir. Puis-je compter sur vous ?

M. de Beurquigny lui tendit la main en souriant.

— Monsieur, je suis votre serviteur et votre parole me suffit. J'entends votre souci. Je ferai tout pour que soit accréditée cette version provisoire, c'est sans dire, et je vous fais confiance sur ce point. En outre, vous ignorez peut-être les conséquences de la perpétration d'un meurtre dans une église ?

— Je l'ignore en effet.

— Le lieu cesse d'être consacré et la messe y est interdite. Considérez le scandale.

— Mon cher confrère, je suis sensible à votre compréhension et ce dernier argument me conforte dans ma décision.

— Songez que je suis entré dans notre compagnie en 1737, et que j'ai longtemps eu comme adjoint un inspecteur que vous connaissez bien.

— Bourdeau ?

— Lui-même. Il m'a tant parlé de vous et avec une telle chaleur, lui qui est si méfiant, que je crois vous connaître assez bien.

Décidément, Bourdeau était toujours utile...

— Et M. Morand ?

— J'en fais mon affaire, c'est un ami.

— Je tiens d'ailleurs à ce qu'il dresse procès-verbal que nous signerons tous les trois et que vous conserverez par-devers vous jusqu'à plus ample informé. Encore une chose, mais j'ai le sentiment d'abuser : pouvez-vous faire porter le corps de la comtesse à son hôtel, plaine de Grenelle, et vous y rendre vous-même ? J'ai quelque raison pour ne pas me montrer. Elle se confessait aux Carmes, donc point de questions ni d'explications : un funeste accident...

Confiant dans la parole des deux magistrats, le médecin accepta de se taire ; il rédigea et signa le document demandé. Le corps fut relevé et conduit sous bonne escorte à Grenelle. Nicolas alla retrouver le père Grégoire dans son officine. Encore sous le coup du drame, il se réconfortait de quelques verres de liqueur de mélisse, spécialité de sa maison. Il lui confirma la thèse de l'accident. Le religieux se lamenta, jamais pareille chose n'était survenue. Le puits était ouvert en prévision des funérailles prochaines d'un de leurs frères.

— Mon père, existe-t-il d'autres entrées du couvent que la porte de Vaugirard ?

— Notre clôture est percée de trous, mon pauvre Nicolas ! Outre l'entrée principale, il existe des portes ouvrant sur nos dépendances, jardins, vergers et potagers. Il y a en outre plusieurs issues, donnant sur la rue Cassette, et enfin nous avons une porte commune avec les bénédictines du Saint-Sacrement. Sans compter celle qui rejoint les tenures de Notre-Dame-de-la-Consolation. Depuis cette dernière, tu peux aisément gagner la rue du Cherche-Midi. Notre maison est ouverte aux quatre vents, et d'ailleurs qu'aurions-nous à protéger d'autre que la vertu de nos novices... pour qui cette situation demeure une tentation. Mais pourquoi cette question ?

Nicolas ne répondait pas, il réfléchissait.

— Qui confessait Mme de Ruissec ?

— Le prieur. C'est notre défunt.

Nicolas n'insista pas et laissa son vieil ami pensif devant ses cornues. Il lui restait à examiner ce que Rabouine, sa mouche, avait pu observer de l'extérieur du couvent. La jument récupérée, qui manifesta son impatience par des ébrouements et des hennissements, il prit la rue de Vaugirard et se mit à imiter le merle, signal convenu, pour faire sortir l'homme de sa cachette. Une porte cochère s'entrouvrit en grinçant face à l'entrée du couvent. Rabouine en sortit, enveloppé dans une cape informe. Les petits yeux gris brillaient d'amitié dans un visage en lame de couteau. Il se serait jeté au feu pour Nicolas. Il demeura dans l'ombre tandis que son chef, les rênes passées dans son bras, s'approchait puis s'arrêtait, feignant de resserrer la sous-ventrière. La jument les séparait et dissimulait Rabouine.

— Au rapport, dit Nicolas.

— Je suis arrivé à trois heures. À la demie, je vous ai vu entrer. Quelques minutes avant quatre heures...

— Tu es sûr ? Les cloches n'ont pas sonné.

Nicolas entendit la sonnerie discrète d'une montre à répétition. Il sourit.

— À quatre heures moins cinq, donc, une voiture est arrivée et une femme âgée en est descendue et a gagné l'église.

— Le cocher ?

— N'a pas bougé de son siège.

— Ensuite ?

— La rue est demeurée déserte jusqu'au moment où un moine affolé s'est précipité au-dehors pour revenir avec deux hommes habillés en noir.

— Merci, Rabouine, tu peux lever la guette.

Il prit une pièce d'argent dans la poche de son habit et la jeta par-dessus la selle. Elle fut saisie au vol, car il ne l'entendit pas tomber.

Nicolas partit au grand trot. Il devait voir au plus vite M. de Sartine et lui rendre compte des événements pour justifier devant lui sa grave décision. Le principal motif de cette entorse aux règles était son souci d'éviter toute provocation vis-à-vis du comte de Ruissec et de ses protecteurs. Il n'oubliait pas non plus que la comtesse était dame d'honneur de Madame Adélaïde. Tout scandale ne pouvait qu'éclabousser le trône, et cela sous le regard de l'ennemi en ce temps de guerre. Plus il réfléchissait, plus il était convaincu du bien-fondé de sa démarche et certain de l'approbation de son chef.

Rue Neuve-Saint-Augustin, Sartine n'était pas là. Un commis confia à Nicolas que le lieutenant général de police avait été appelé à Versailles par M. de Saint-Florentin, le ministre de la Maison du roi. Il conduisit sa monture aux écuries en recommandant au palefrenier de lui octroyer un double picotin, puis s'enfonça dans la nuit tombante pour gagner le Châtelet.

La masse informe de la vieille prison faiblement éclairée se perdait dans l'obscurité et, déjà, la statue de la Vierge au-dessus du portail, tout érodée et noircie par les vapeurs et intempéries de la ville, se perdait dans l'ombre. Après avoir échangé quelques mots avec le père Marie, il rejoignit le bureau de permanence pour consulter les derniers rapports et écrire un billet à M. de Sartine relatant le détail des événements survenus aux Carmes. Après l'avoir raturé et recopié plusieurs fois, il le scella aux armes des Ranreuil, seule entorse qu'il autorisait à sa modestie, et le confia au vieil huissier en lui recommandant de le faire porter au plus vite ; il y avait toujours un gamin de confiance qui traînait sous la voûte dans l'attente de quelque course mercenaire.

Le tricorne abaissé sur les yeux, Nicolas s'accorda une pause et s'endormit. Bourdeau, qui venait le chercher pour leur rendez-vous avec Sanson, le trouva assoupi et hésita à l'éveiller. Le jeune homme sursauta en découvrant le visage de l'inspecteur.

— Nicolas, vous êtes comme les chats, vous ne dormez que d'un œil !

— Hé ! cela peut parfois nous sauver la vie, mon ami. Mais pour le coup, je dormais comme un sourd !

Il lui conta par le menu les derniers événements. L'inspecteur avait le visage crispé par la réflexion.

— Voilà un billet de comédie bien incongru et j'en déduis, vous connaissant...

— Que j'irai demain faire un tour à la Comédie-Italienne, les cryptes de nos couvents ne produisant pas spontanément du papier de ce genre.

Nicolas une fois de plus se perdait dans des pensers informulés ; cette affaire de comédie lui rappelait vaguement quelque chose. Pourtant il fallait abandonner cette recherche pour l'instant, le déclic se produirait plus tard, s'il devait se produire.

Ils s'enfonçaient maintenant dans les caves de la vieille forteresse. La salle de la question jouxtant le greffe du tribunal servait ordinairement aux examens d'ouverture des corps. Chaque fois qu'il approchait de ce lieu de souffrances, Nicolas se sentait envahi par une lourde tristesse, même s'il avait une fois pour toutes surmonté ses répugnances, convaincu que son métier imposait qu'il fît violence à ses sentiments de compassion.

Bourdeau ayant sorti sa pipe, lui-même plongea la main dans son habit pour en tirer une tabatière. La fraîcheur du lieu et le salage des corps n'empêchaient pas toujours l'œuvre de la nature, et les remugles insidieux de décomposition, les relents de sueur et de sang des torturés l'emportaient sur l'âcre odeur de la pierre humide des murailles moisies et salpêtrées.

Ils débouchèrent bientôt dans la salle d'examen éclairée par des flambeaux fixés à des anneaux. Deux hommes s'y tenaient, dont les ombres mouvantes se découpaient sur les murs. Le plus jeune, vêtu de son sempiternel habit couleur puce, portait perruque blanche et désignait du doigt quelque chose que l'autre, plus âgé et plus massif, observait, incliné les deux mains sur les genoux. L'objet de leur attention gisait sur une grande table. Dès l'abord, il avait reconnu Charles Henri Sanson, l'exécuteur des hautes œuvres, et le docteur Semacgus. Ce dernier, chirurgien de marine et grand voyageur, était l'ami et l'obligé de Nicolas qui l'avait tiré d'un fort mauvais pas en établissant son innocence dans une affaire d'assassinat, alors que tout conspirait à l'accabler : ses réticences à parler, ses imprudences et jusqu'à son goût du beau sexe.

— Voici, dit Nicolas, l'expérience appuyée sur la Faculté !

Un ton détaché et ironique présidait de tradition à ses rendez-vous avec la mort. Il créait la distance nécessaire en renforçant la carapace des témoins de ces scènes cruelles. Les deux hommes se retournèrent. Sanson, son visage juvénile animé par un doux regard, sourit en le reconnaissant. Il attendit que Nicolas lui tende la main pour la serrer. Ordinairement, on ne serrait pas la main du bourreau, mais la sympathie née dès leur première rencontre autorisait le geste. Le visage plein et toujours haut en couleur du docteur Semacgus s'épanouit à la vue de son ami.

— Docteur, reprit Nicolas, il est dit que je vous trouverai toujours errant dans les souterrains du Châtelet !

— Monsieur Nicolas, intervint Sanson, c'est moi qui ai demandé à notre ami de me prêter assistance pour ce cas qui, je ne vous le cache pas, pose quelques problèmes au modeste artisan que je suis.

— Nicolas, dit Semacgus, vous n'allez pas nous faire accroire que vous n'avez pas noté l'extraordinaire de ce sujet ?

Ses yeux bruns brillaient de malice et de contentement. Il tira une pipe d'écume de sa poche et demanda du tabac à Bourdeau.

— C'est même ce qu'on appelle un sujet de poids, ajouta-t-il en éclatant de rire.

Devant l'expression interdite de Nicolas et de Bourdeau, Sanson, après avoir longuement considéré les ongles de sa main gauche, entreprit d'expliquer les propos du docteur.

— Ce que M. Semacgus veut vous faire comprendre, commença-t-il, c'est que le cadavre qui gît sous nos yeux possède une masse spécifique sans relation avec son appartenance à l'espèce humaine. Nous avons tous deux soulevé la dépouille, ou plutôt, devrais-je dire, tenté de le faire. Nous n'y sommes parvenus qu'avec un maximum d'efforts qui ne correspondait nullement à ce à quoi la manipulation des corps nous avait jusque-là accoutumés. Mes aides m'avaient d'ailleurs signalé la chose.

Sanson tira sur les revers de son habit, comme s'il avait voulu dissimuler son gilet noir aux boutons de jais et fit un pas en arrière, se rejetant dans l'ombre.

— Et à quoi attribuez-vous ce phénomène ? demanda Nicolas. Je n'avais pas constaté que le corps fût revêtu d'une cuirasse, ni ses habits lestés de quelque manière que ce fût.

Sanson avança d'un pas, remua la tête et désigna Semacgus qui tirait sur sa pipe.

— Avez-vous considéré le visage du mort, Nicolas ?

— Jamais je n'ai vu spectacle plus horrible. Il m'est apparu comme rétréci et semblable à ces têtes réduites figurées sur un ouvrage d'un père jésuite consacré aux peuplades sauvages des Indes occidentales que j'ai lu un jour que je faisais antichambre dans la bibliothèque de M. de Sartine.

— Notre ami Nicolas trouve moyen de faire sa cour aux disciples de Loyola même en faisant antichambre, plaisanta Semacgus. Cette apparence monstrueuse nous a aussi frappés.

Il disparut dans l'ombre et reparut, tenant à la main une lancette qu'il introduisit délicatement dans la bouche du cadavre. Ils s'étaient tous penchés sur le corps et tous entendirent distinctement l'instrument tinter contre une masse métallique. Semacgus ressortit la lancette, puis fourragea dans la poche de son habit pour en sortir une petite pince qu'il inséra à son tour dans la bouche du cadavre. Ils frémirent en entendant grincer les dents sur du métal. Le docteur s'efforça un long moment à sa tâche. Quand il ressortit la pince, il avait réussi à prélever un morceau gris-noir qu'il éleva au-dessus de sa tête.

— Lourd et ductile ! Du plomb, messieurs. Du plomb.

Il frappa de son autre main sur la poitrine du mort.

— Cet homme a un ventre de plomb. Il a été tué, torturé, massacré... On lui a fait boire du plomb fondu ; l'intérieur a été consumé, la tête réduite, les viscères détruits !

Il y eut un lourd silence, que Nicolas rompit enfin d'une voix qui tremblait un peu.

— Et la balle, demanda-t-il, et le coup de pistolet ?

Comme dans un ballet bien réglé, Semacgus recula d'un pas et fit signe à Sanson d'avancer et d'expliquer.

— Il y a, en effet, impact d'une arme à feu, dit-il. Le docteur et moi avons sondé la plaie. La balle est logée dans les vertèbres, mais elle n'a pas été à l'origine de la mort pour les raisons qui viennent d'être exposées.

— Mais encore... fit Nicolas.

— C'est à vous de nous dire ce que vous aviez constaté.

Nicolas sortit son calepin, tourna quelques pages et se mit à lire :

— « Visage réduit, convulsé, effrayant. Coup de feu à bout portant. Tissus de mousseline de la cravate et de la chemise brûlés. Plaie noire. Ouverture de la largeur de la balle à demi fermée sur l'épiderme. Un peu de sang coagulé visible, mais surtout épanché dans les chairs. »

Semacgus applaudit.

— Excellent. Je vous engage comme assistant. Quel œil ! Maître Sanson, quelles conclusions ?

Le bourreau regarda à nouveau sa main gauche et, après cette inspection, rendit sa sentence.

— Cher monsieur Nicolas, je partage le sentiment de mon confrère... je veux dire de M. le docteur Semacgus. Ses travaux font autorité, c'est un maître en la matière...

Il rougit. Nicolas sentait son trouble et souffrait pour lui. « Monsieur de Paris » n'avait en effet d'autres « confrères » que les « Messieurs » des grandes villes du royaume, tous commis aux mêmes sinistres travaux et condamnés à la même solitude...

— Vos observations si pertinentes nous rendent la tâche aisée, poursuivit Sanson. Il est presque impossible de confondre les blessures occasionnées peu avant la mort avec celles faites plusieurs heures après.

Il se pencha à nouveau sur le cadavre.

— Voyez cette rétractation de la plaie et l'ouverture en voie de disparition de l'épiderme. Vous avez noté, je crois, du sang épanché dans les chairs, ce qui tendrait à prouver que la blessure par balle a été commise peu de temps après la mort.

— Pouvez-vous nous préciser ce délai ?

— Quelques heures, mais pas plus de six. J'ajouterai ce que nous savons déjà, que la blessure ne peut pas être celle d'un suicide. On a tiré à bout portant sur un cadavre étouffé par absorption de plomb en fusion. J'ai vu beaucoup de choses et appliqué pour le service du roi de terribles supplices, mais cela me passe...

Il s'arrêta, livide, et s'épongea le front. Nicolas songea au récit terrible que Charles Henri Sanson lui avait fait du supplice du régicide Damiens, lors de leur toute première rencontre. Cet homme était une énigme dans sa douceur et sa sensibilité. Bourdeau paraissait impatient que Nicolas intervienne.

— Je vois que l'ami Bourdeau me presse de vous donner le fond de mes pensées, qu'il partage sans doute. Je vais tout vous dire.

Il jeta un coup d'œil autour de lui, bien que personne ne pût les entendre dans les entrailles nocturnes du grand Châtelet, et commença :

— Lorsqu'une fois entré dans la chambre du vicomte, j'ai examiné le corps, j'ai immédiatement noté, outre la déformation horrible du visage, que le coup avait porté à la base *gauche* du cou. Je n'y ai tout d'abord pas attaché d'importance. Ensuite, j'ai trouvé un écrit en capitales d'imprimerie — j'insiste, *en capitales*. La disposition du papier, celle de la lampe bouillotte et de la plume déposée *à gauche* de l'écrit ne m'ont pas étonné de prime abord. Les choses ont commencé à se compliquer lors de ma visite dans le cabinet de toilette. Je suis demeuré longtemps devant un élégant nécessaire de vermeil et nacre. Quelque chose m'intriguait et j'ai laissé mon esprit vagabonder. Je pensais que seule la beauté de l'ensemble m'avait frappé...

— Notre limier était à l'arrêt, dit Semacgus.

— C'est mon âme de chasseur et la fréquentation des meutes. Bref, au bout d'un instant, ce sont les brosses et les rasoirs qui m'ont donné la solution et j'ai compris. Je suis certain que Bourdeau va vous dire la suite.

Nicolas souhaitait laisser ce plaisir à l'inspecteur. Il savait pouvoir compter sur sa fidélité. Vieux serviteur de la police, son adjoint avait accepté sans réticences apparentes et avec bonne humeur l'incroyable ascension d'un jeune homme de vingt ans son cadet. Il lui avait appris son métier, lui en avait découvert les arcanes, et lui avait même sauvé la vie en une notable occasion. Il éprouvait pour lui non seulement de l'attachement mais aussi du respect. Ce qui n'était rien pour Nicolas serait, pour Bourdeau, une manière de satisfaction, une de ces onctions nécessaires à l'amour-propre d'un homme convaincu de sa propre valeur.

— Ce que le commissaire veut vous faire entendre, dit Bourdeau avec gravité, c'est que naturellement, rasoirs et brosses sont placés du côté de la main qui les utilise, en particulier lorsqu'ils sont disposés pour l'usage quotidien par un valet. Or, le nécessaire en question — brosses et rasoirs — était bel et bien disposé à droite. Mais, monsieur, achevez, je vous prie, votre belle démonstration.

— Il appert, messieurs, que le vicomte a bel et bien été tué dans les conditions que nous connaissons, que son cadavre a été ramené à l'hôtel de ses parents dans des circonstances que nous ignorons, qu'ensuite un inconnu a tiré une balle sur le corps pour faire croire au suicide, mais il a tiré *à gauche*. Il a ensuite simulé une fausse confession, sans même avoir à imiter l'écriture du vicomte, puisqu'il a usé de capitales. Là aussi, erreurs : plume à gauche, lampe à droite. Le vicomte de Ruissec était droitier, il ne pouvait se suicider d'un coup de feu à gauche.

— J'ai vérifié la chose à Grenelle auprès du vieux Picard, dit Bourdeau. Il m'a confirmé que la disposition du nécessaire correspondait bien à cette caractéristique.

— Voilà qui est plus que péremptoire. Ce cadavre, messieurs, ne nous apprendra plus rien. Une investigation d'ouverture plus poussée ne me semble pas opportune.

— Toutefois, dit Semacgus, il semble que votre homme ait été plongé dans l'eau. Il ne peut s'agir de pluie. J'ai retrouvé — vous connaissez ma marotte pour la botanique — des fragments d'algues.

— De mer ? dit Nicolas, chez qui le Breton des marches océanes resurgissait aux moments les plus inattendus.

— Non pas, monsieur Le Floch, d'eau douce. De pièce d'eau ou de rivière. Je vous donne le détail pour ce qu'il vaut, à vous d'en tirer profit.

Nicolas se souvint avoir été frappé par l'odeur particulière imprégnant les vêtements du vicomte.

— Hé ! pardi, dit Bourdeau, on a lesté le cadavre pour qu'il reste au fond ! Mais on a dû changer d'avis ou se trouver contraint de changer ses plans.

— Il y a des moyens plus faciles de se débarrasser d'un cadavre, observa Secmagus.

— À voir, fit Bourdeau. L'immersion, si elle est garantie, demeure le moyen le plus assuré. Imaginez qu'on plonge le corps dans la Seine sans lest, il risque fort de se retrouver pris dans les filets de Saint-Cloud, tendus en travers le fleuve précisément pour récupérer les corps des noyés.

Nicolas réfléchissait. Des éléments se mettaient en place. Ce corps mouillé que les gens du ministre de Bavière avaient vu près du fleuve... Au moment où il allait formuler les résultats de sa réflexion, un bruit semblable à un roulement de tonnerre éclata. Surpris, les trois hommes se regardèrent. Sanson se recula jusqu'à se confondre avec les murailles dans le fouillis des instruments de supplice. Les voûtes du vieux palais répercutaient des pas pressés. Une vive lumière accompagnait la rumeur grandissante. Bientôt un groupe d'hommes surgit dans la Basse-Geôle, les uns portant des torches et les autres une bière sur un brancard. Celui qui dirigeait la procession et était habillé d'une robe de magistrat s'adressa à Nicolas.

— Monsieur, vous êtes bien l'un des médecins en quartier ?

— Non, monsieur, je suis Nicolas Le Floch, commissaire de police au Châtelet, chargé d'une enquête au criminel.

L'homme salua.

— L'ouverture de sieur Lionel, vicomte de Ruissec, lieutenant aux gardes françaises de Sa Majesté, a-t-elle été consommée ?

— Non, dit froidement Nicolas, je me livrais seulement à quelques constats superficiels. Considérez, monsieur, cette figure d'épouvante.

L'homme observa la face du cadavre, encore plus effarante à la lumière des torches, et recula.

— Ainsi, elle n'a point commencé. C'est fort heureux. J'ai à vous notifier au nom du roi la décision prise par ordre de M. le comte de Saint-Florentin, ministre de la Maison du roi, chargé de la Ville et de la Généralité de Paris. Elle requiert le prévôt de la ville d'avoir à surseoir à toutes investigations, enquête et ouverture sur le corps de ladite personne et de le remettre aux mandants de sa famille. Je suppose, monsieur, que vous ne songez pas à vous opposer aux ordres du roi ?

Nicolas s'inclina.

— Point du tout, monsieur. Procédez, vous constaterez vous-même que le corps est, si j'ose dire, intact.

Les hommes posèrent le brancard portant la bière sur le sol. Ils ôtèrent le couvercle, écartèrent les pans du suaire qui avait été préparé à l'intérieur puis, avec une visible répugnance, l'apparence du corps ayant à nouveau jeté l'effroi, ils le soulevèrent avec peine. Nicolas entendit le porteur le plus proche de lui jurer et marmonner sourdement : « Il bouffait des cailloux, le bougre ! »

— Monsieur, reprit Nicolas, auriez-vous l'obligeance de m'indiquer ce qui a conduit à cette décision ?

— Rien ne s'y oppose, monsieur. M. le duc de Biron, colonel des gardes françaises, saisi par la famille, est intervenu auprès du ministre lui-même. Nous sommes de la même maison ; je puis vous confier que M. de Ruissec a apporté des éléments nouveaux. Il s'agissait, au bout du compte, d'un accident lors du nettoyage d'une arme. Chacun peut se tromper.

Nicolas se maîtrisa. Bourdeau, inquiet, le regardait, prêt à le retenir. Le jeune homme avait éprouvé l'envie de prendre le magistrat par le bras et de lui plonger la tête dans le cercueil afin de lui faire entendre, dans un horrible tête-à-tête, la vérité. Le cortège se reforma et, après de nouveaux saluts, il disparut et sa rumeur se dissipa dans le lointain. La voix grave de Semacgus rompit le silence.

— Le devoir des juges est de rendre la justice ; leur métier, de la différer. Quelques-uns savent leur devoir et font leur métier !

Nicolas se taisant, ce fut Bourdeau qui répondit :

— S'il se fût agi d'un bourgeois, on aurait diligenté, et la loi eût été respectée. Il faudra bien qu'un jour la justice soit la même pour tous, grands ou petits.

— Mes amis, dit Nicolas, je suis désolé, mais le nécessaire avait été fait grâce à vous et je sais ce que je voulais savoir.

— Vous n'allez pas continuer cette enquête ? dit Semacgus. Vous vous jetteriez dans la gueule du loup.

— Je sais, je ne fais pas mon métier, je m'opiniâtre ! Je n'ai reçu aucune nouvelle instruction de M. de Sartine, et ce n'est pas cette mascarade qui me déviera de mon chemin. Je découvrirai le coupable de ce crime odieux.

— Alors, à la grâce de Dieu ! Et vous, ami Bourdeau, je vous le confie. Veillez sur lui.

Ils remontèrent jusqu'à la voûte d'entrée. Semacgus proposa vaguement d'aller prendre quelque réconfortante mangeaille autour d'une bouteille. Le premier, Sanson pria qu'on l'excusât et salua ses amis avant de se perdre dans la nuit. Nicolas s'inquiéta pour le docteur, qui devait regagner sa maison de Vaugirard. Il risquait de ne pouvoir franchir le contrôle du guet. Mais il comprit vite que le fringant chirurgien n'y songeait pas, et devait avoir quelque bonne fortune en ville. Le docteur lui souhaita le bonsoir en l'engageant à être prudent. Lui aussi disparut dans l'ombre, seul et pressé.

Nicolas resta un long moment à parler avec Bourdeau. Il lui confirma qu'il conduirait son enquête jusqu'à son terme, à moins d'une instruction formelle du lieutenant général de police d'avoir à renoncer. Jusquelà, il estimait conserver carte blanche dans cette affaire, et il ne dévierait pas de sa route, dût-il tirer quelques bords pour y parvenir. Comme un navire qui a pris son erre, il était lancé et rien ne l'arrêterait.

L'inspecteur, qui n'avait rien à objecter, observa que si le meurtre du vicomte était désormais avéré, cette certitude élargissait d'autant plus le champ des interrogations que les motifs d'un crime aussi exorbitant étaient toujours aussi obscurs, et enfin que le mystère du corps rapporté dans une chambre close demeurait inexpliqué. À quoi s'ajoutait désormais la mort de la comtesse.

Pour Nicolas, lorsqu'un nœud compliqué se présentait, et à moins d'être Alexandre, la solution consistait à saisir le fil le plus lâche pour commencer à démêler l'ensemble. C'est ainsi qu'ils procéderaient. Pour sa part, il irait à la pêche à la Comédie-Italienne. Il le ferait le nez au vent, sans en avoir l'air, et sous le premier prétexte venu. Après tout, le lieutenant général de police avait les théâtres dans son domaine de compétence. Il fouinerait et ferait parler. Ce billet de comédie n'était pas venu par l'effet du seul hasard sur le corps de la comtesse de Ruissec. Cette femme âgée et dévote, de la Maison de la fille aînée du roi, pouvait accompagner sur ordre une princesse à l'Opéra, mais elle ne s'abaissait pas aux saynètes des Italiens.

Enfin, Nicolas informa Bourdeau de ses soupçons sur le lieu d'immersion du corps du vicomte. Il fallait retrouver le cocher en fuite du ministre de Bavière. Et, brochant sur le tout, il éviterait de rencontrer Sartine, le service de renseignements de son chef étant suffisamment au point pour le retrouver si le besoin s'en faisait sentir : ce serait autant de temps gagné sur une éventuelle suspension de l'enquête en cours.

Quant à Bourdeau, il était chargé d'une mission particulièrement délicate à l'hôtel de Ruissec. Il s'y rendrait à nouveau et se présenterait benoîtement sous le prétexte de lever les scellés sur l'appartement du vicomte. Nicolas était sûr que la chose avait déjà dû être effectuée d'autorité, mais ce n'était qu'un moyen de pénétrer dans la place. Il faisait confiance à l'inspecteur pour se livrer à une perquisition discrète. Il avait suffisamment de métier et d'astuce pour parer au coup par coup aux difficultés et aux objections qu'on ne manquerait pas de lui opposer. Nicolas aimerait qu'il lui dressât une liste complète des livres de la bibliothèque du vicomte.

Il proposa à Bourdeau de l'escorter jusqu'à son domicile. Celui-ci déclina en lui recommandant d'aller de suite prendre un repos mérité. Il ne mêlait jamais son activité de policier et son existence familiale. Et pourtant, Nicolas se rappelait qu'un jour qu'il était à la rue, Bourdeau n'avait pas hésité à lui proposer de venir s'installer chez lui. Ils se séparèrent. Chacun partait avec sa solitude, songea Nicolas ; c'était, en ce monde, le bien le mieux partagé. Chacun en éprouvait les atteintes et les chagrins. Pour Sanson, c'était l'horreur de son office, pour Semacgus son goût effréné du plaisir, pour Bourdeau la blessure jamais refermée de la mort injuste d'un père. Quant à lui, il ne souhaitait pas trop s'interroger.

Ces réflexions douces-amères l'occupèrent jusqu'à la rue Montmartre. À l'hôtel de Noblecourt, tout le monde semblait dormir, y compris Cyrus. Catherine seule veillait et préparait un pâté de lapin. Elle voulut qu'il soupât, mais les événements de la soirée l'avaient contrarié et il n'avait pas d'appétit. Il écouta un moment la cuisinière lui recommander de ne jamais user du couteau pour couper un lapin. Il convenait d'inciser la chair jusqu'à l'os et de la rompre par une torsion, de manière à éviter les esquilles si dangereuses. Elle illustra son propos en séparant la tête du corps.

Nicolas gagna vite sa chambre, épuisé par une journée d'émotions, mais il se retourna longtemps avant de trouver le sommeil.

V

COMMEDIA DELL'ARTE

Là se trouvent les mignardises
Les attraits, les ris, les surprises
Les ruses de son fils Amour
Les plaisirs, les douces malices
Les soupirs, les pleurs, les délices
Suite ordinaire de sa cour.

Rémi BELLEAU

Jeudi 25 octobre 1761

Nicolas pourfendait la masse des ribauds. Il frappait d'estoc et de taille en poussant des cris auxquels répondaient les hurlements des assaillants. C'en était fait pour eux, ils tombaient les uns sur les autres, blessés ou morts, et ceux qui en réchappaient s'enfuyaient dans l'étroit escalier du donjon. Il éprouvait le même plaisir qu'à abattre un arbre, mais soudain, il se sentit glisser dans un trou sans fond et se retrouva, étourdi, au bord d'un étang dont la surface s'animait d'étranges mouvements ralentis. Sur une île couverte d'algues, un jeune homme en habit puce portant un masque de métal entassait des fagots autour d'un bûcher. Une vieille femme à tête de lapin à demi séparée du corps tendait les bras à Nicolas. Il voulut entrer dans l'eau. À peine y avait-il plongé le pied qu'il tomba à nouveau et se retrouva au pied de son lit.

Éberlué, il constata que le jour était déjà levé depuis longtemps et que le soleil entrait de biais dans sa chambre. Sa montre indiquait neuf heures passées. Le pot d'eau chaude à sa porte était froid. Il décida d'aller s'ébrouer à la fontaine de la cour. La température était encore clémente, à condition de se tenir au soleil.

Sa toilette achevée, il se rendit à l'office. Marion s'inquiétait de son retard inhabituel et le gourmanda : comment pouvait-il se couvrir le corps d'eau froide sans risquer mille morts ? Elle lui servit son chocolat et ses pains mollets. M. de Noblecourt était parti de bon matin avec Poitevin. Il devait assister à la réunion de la fabrique de la paroisse Saint-Eustache, dans laquelle ce vieux voltairien occupait les dignes fonctions de marguillier. Elle grommela que ces sorties matinales n'étaient plus de son âge, tout en convenant que cette escapade prouvait que l'accès de goutte était terminé.

Nicolas s'enquit de Catherine. Elle était partie au marché aux poissons afin de profiter de l'arrivée de la marée, et de patauger à l'ouverture des baquets d'eau de mer pour dénicher la plus belle pièce. Elle avait promis une sole à la Villeroy à son maître, la veille au soir. Aidée par Marion, elle entendait fêter la convalescence du procureur. Outre le poisson, la recette exigeait de trouver du fromage de parmesan, des moules et des crevettes roses. Marion espérait que Nicolas serait présent au souper du soir, il ne laissait pas sa part au chien, et ainsi la gloutonnerie de son maître serait maintenue dans des bornes raisonnables. Elle comptait sur son bon cœur et sur son appétit, pour épargner trop de tentations à M. de Noblecourt.

Écoutant d'une voix distraite le babil de Marion, Nicolas relisait les notes de son calepin. Il restait encore sous l'impression de son cauchemar. Pour Semacgus, le vide était aussi nuisible à la santé que le trop-plein.

Voilà ce qu'il en coûtait de se coucher sans manger. Ce soir, le festin de Catherine y pourvoirait si rien d'inattendu ne venait troubler cette promesse. Marion s'étonna de le voir s'attarder. Il musardait et prenait son temps, savourant un reste de pâté que la gouvernante crut devoir ressortir de la réserve pour répondre à la voracité du jeune homme.

Repu enfin, il se réfugia dans la bibliothèque de M. de Noblecourt. Tout maniaque que fût l'ancien procureur au Parlement avec ses collections en général et avec ses livres en particulier, au nombre desquels figuraient quelques trésors dont même le Cabinet du roi se serait enorgueilli, il en avait octroyé le libre accès à Nicolas.

Celui-ci savait ce qu'il cherchait. Parfois, il se carrait dans une bergère pour consulter plus à l'aise un vénérable in-folio. À plusieurs reprises, il prit des notes dans son petit calepin. L'air satisfait, il remit tout en place, referma soigneusement la grille de l'armoire qui contenait les volumes les plus précieux et replaça la clef sous un sujet en porcelaine de Saxe représentant un berger de comédie charmant de son flûtiau une bergère pâmée toute vêtue de rose. Enfin, conformément aux recommandations du maître de maison, il tira les rideaux, la lumière violente du matin se révélant « mordante, décapante et meurtrière » pour les reliures et les gravures. C'était la marotte du procureur.

Midi sonnait et il était temps de se mettre en route vers la Comédie-Italienne. La fréquentation des théâtres avait appris à Nicolas l'inutilité d'y rôder dans la première moitié de la journée, sous peine de n'y rencontrer que frotteurs et balayeurs. De surcroît, les comédiens étaient réputés se coucher tard et se lever en conséquence. Il estimait, en jouant les chalands, mettre une petite heure pour rejoindre à pied la Comédie-Italienne.

Lorsqu'il sortit, un air frais animé par un petit vent

chassait les miasmes de la cité. Il emplit avec bonheur ses poumons des senteurs de l'automne qui, pour une fois, l'emportaient sur celles des ordures et déchets qui empuantissaient l'atmosphère et concouraient à l'élaboration de ces boues fétides, pétries de charognes, dont les particules constellaient bas et culottes de mouchetures grasses et indélébiles.

Nicolas hésita un moment sur le choix de son itinéraire puis, en souriant, et après avoir jeté un regard autour de lui, s'engagea dans l'impasse Saint-Eustache. Cette venelle sombre et humide menait à une porte latérale du sanctuaire enserré dans les maisons. Des expériences anciennes lui avaient enseigné que le départ de son domicile pouvait toujours être à l'origine d'une tentative de filature. La prudence imposait donc des précautions permettant de couper court à ces façons. Ce cul-de-sac en entonnoir s'était déjà révélé providentiel. À peine entré dans le silence et l'ombre du sanctuaire, Nicolas accélérait le pas et, suivant l'inspiration du moment, se précipitait soit dans un confessionnal, soit dans une chapelle latérale spécialement obscure d'où, le cœur battant d'excitation, il vérifiait si quelqu'un le suivait. Expert lui-même en déguisements et faux-semblants, il ne se laissait abuser par aucune apparence, fût-ce celle d'une vieille femme infirme, les plus invraisemblables étant souvent les plus probables. Parfois aussi, il ressortait par la ruelle pour éviter toute répétition routinière qui aurait pu conduire à le piéger à la grande porte de l'église.

Ce matin-là, il ne remarqua rien d'anormal : quelques dévotes abîmées en prière, un cul-de-jatte affalé auprès du grand bénitier d'entrée et l'organiste qui répétait un motif en bourdon. En sortant, il retrouva l'animation de la ville.

Son étonnement demeurait intact depuis son arrivée à Paris. Il était toujours effaré des dangers que les embarras de la circulation faisaient peser sur les passants. Il observa que la vie urbaine reproduisait les rapports entre les individus dans l'échelle de la société. Le grand toisait le petit de haut en bas, des équipages éclatants se frayaient la voie à grands coups de fouet. Ceux-ci n'étaient pas toujours réservés aux chevaux, mais s'égaraient trop souvent sur de petits équipages ou même sur le dos de malheureux gagne-deniers tirant des voitures à bras. Sans les bornes que l'autorité publique avait eu la sagesse de disposer aux coins des rues et des voies, seuls obstacles opposés à la frénésie meurtrière des équipages, le bourgeois, la femme, le vieillard et l'enfant eussent été broyés sans vergogne et écrasés contre les murailles. Ce peuple poussé à bout par tant d'avanies l'émouvait par sa patience. Les mots étaient vifs et les horions pleuvaient quelquefois entre gens du peuple, mais, tant que le pain ne manquait pas, la masse acceptait beaucoup de choses. Qu'il disparût des boutiques, alors tout était possible.

Il atteignit plus rapidement que prévu l'angle des rues Mauconseil et Neuve-Saint-François, où se trouvait l'annexe de l'hôtel de Bourgogne dans laquelle était installée la Comédie-Italienne. Après avoir secoué la grille, frappé des coups sonores sur la vitre à l'aide d'un morceau de bois, il finit par voir apparaître une masse informe. Une clef fourragea dans une serrure, la porte s'entrouvrit, la grille fut tirée et une voix rauque et furieuse lui cria d'avoir à déguerpir.

Nicolas, sur le ton le plus suave, déclina son identité et sa fonction. L'être graillonna et libéra le passage. La grille déverrouillée, Nicolas put le contempler à loisir. L'homme était immense et paraissait fiché en terre. Une redingote d'un bleu foncé, fermée jusqu'au col par une multitude de boutons de cuivre étincelants, enserrait un visage buriné comme celui d'une idole païenne. Une perruque jaunâtre dissimulait à peine un crâne chauve enveloppé par un foulard rouge mal noué. Le bras gauche manquait et la manche vide repliée était agrafée sur le devant du corps. Avait-il affaire au concierge, ou à quelque personnage extravagant de théâtre ? L'être le toisa et s'effaça lourdement. Une foule de chats, les queues droites, l'escortait en miaulant ; certains se poursuivaient et passaient entre ses jambes. Il leva un de ses souliers et le laissa retomber lourdement sur le sol ; la gent féline se dispersa un court instant.

— Foutue engeance, fit l'homme, mais on a besoin d'elle pour cavaler les rats et les souris. Sauf ton respect, tu es bien bleu pour un commissaire. Celui du quartier est plus chenu. Au moins, tu es assez jeune pour tirer le canon dans la cale, foutre oui !

Nicolas comprit qu'il n'avait pas affaire à un comédien, mais à l'un de ces réformés de la marine qu'employaient les théâtres. Le maniement des décors à transformation, l'animation des machines, la nécessaire déambulation dans les combles, la science des nœuds et des cordes faisaient rechercher les anciens matelots. Cette pratique leur permettait d'échapper au triste sort réservé aux vétérans abandonnés au coin du chemin ou laissés pour compte sur le quai d'un port.

— Cap sur ma cambuse ! Je t'offre un verre et en échange, tu vas me dire quel vent te conduit dans les parages.

Il s'arrêta et se retourna.

— T'es pas comme le chef de la pousse [1] du quartier. Il est toujours en robe comme un frappart. Un grand flandrin, blanc comme un cierge.

Ils s'engagèrent dans un couloir sombre où brûlait un quinquet. L'homme poussa une porte ; Nicolas fut saisi par l'odeur de tabac froid et d'eau-de-vie. Une table, deux chaises, une paillasse, un poêle de faïence qui ronflait avec une marmite dessus. Une natte tissée couvrait le sol et donnait un peu de chaleur à l'ensemble, au demeurant parfaitement propre. Une lucarne à hauteur d'homme donnait sur le couloir ; les chats refoulés s'agglutinaient et griffaient avec rage la vitre qui les séparait de la pièce. Près de cette lucarne, un tableau de bois portait, alignées, des dizaines de clefs. L'homme alla touiller sa mangeaille et en remplit deux écuelles de terre, posa le tout sur la table cirée, sortit deux gobelets d'étain étincelant de dessous la paillasse et une bouteille qui, ouverte, laissa échapper un fort parfum de rhum.

— Tu me feras bien l'honneur de faire carré avec moi et pendant que nous dînerons, tu m'expliqueras ce qui t'amène. Le tout de bon cœur.

— Bien volontiers, dit Nicolas.

Il appréhendait un peu ce qu'on allait lui servir, mais il sentait que l'acceptation d'une offre aussi généreusement faite et le repas pris en commun simplifieraient les préliminaires. Il fut heureusement surpris devant un bon morceau de porc salé qui nageait au milieu d'une portion de haricots. Le rhum n'aurait peut-être pas été son choix pour arroser ce festin, encore que les fins de soirée chez le docteur Semacgus, autre habitué des vaisseaux de Sa Majesté, l'eussent peu à peu conduit à apprécier ce breuvage viril, franc et sans traîtrise.

— Mes compétences sont générales et s'étendent à la ville, déclara-t-il.

L'homme se tirait les poils de la barbe tout en regardant, perplexe, ce jeune homme investi de tant de pouvoir. Il lui rappelait sans doute ces jeunes messieurs qui, sur la dunette, à peine sortis du collège, représentaient, comme lieutenants, l'autorité du capitaine. Comparé à eux, Nicolas lui paraissait âgé et digne de respect.

— Cela tient au ventre et le salé est sain, fit-il. À bord, c'était le plus souvent du biscuit au charançon et de la viande à l'asticot. Mais je cause, et c'est à toi de me dire ce que tu cherches.

Nicolas plaça sur la table une pièce d'or. Son vis-à-vis tremblait d'émotion ; sa main s'était avancée, puis avait arrêté son mouvement.

— Je suis sûr que vous en ferez bon usage, pour votre tabac ou pour cet excellent rhum, dit Nicolas.

La pièce disparut sans commentaire. Un grognement aimable tint lieu de remerciement. Nicolas s'en satisfit.

— Voilà mon problème, reprit-il. Un billet de la Comédie-Italienne est venu en ma possession. Y a-t-il moyen de savoir sa provenance ? Il ne porte aucune indication particulière : pas de date, seulement un numéro. Peut-être est-ce celui d'une loge, ou d'un jour ? Mais je suis sûr que rien, ici, n'échappe à votre œil averti.

Nicolas se mordit les lèvres ; l'expression lui avait échappé. Or le vieux marin n'était pas seulement manchot, il était borgne, ou plutôt une taie blanchâtre occultait entièrement son œil gauche.

— Depuis la fosse à voiles jusqu'à la grande hune, c'est mon domaine !

— Voici le papier.

L'homme approcha une chandelle fumeuse et plaça le billet à proximité de son œil utile.

— Ouais, ouais, ouais, la petite mijaurée se répand.

— La petite mijaurée ?

— La Bichelière. Mlle Bichelière. Enfin, c'est son nom de guerre. Elle a dû battre le chausson et rôtir le balai fort jeune. Un morceau de roi, croquante et croqueuse. Les jaunets trébuchants, elle les avale au fur et à mesure. Tous les cousus d'or, barbons ou godelureaux, elle les vide. Elle met en place, écouvillonne, charge, refoule, se ramène en batterie et fait feu. Elle n'abandonne jamais, et si la proie résiste elle renouvelle et refait feu par succession.

— Vous étiez canonnier, je présume ?

— Et fier de l'être, monsieur. J'ai perdu mon bras à la bataille de Minorque en 56, avec M. de La Galissonnière sur une frégate de haut bord de soixante canons.

— Et donc ce billet...

— La coutume est de donner des billets de faveur aux comédiens, qui en disposent à leur gré. Enfin... en petit nombre, faut pas bouffer le fonds.

— Et comment savez-vous que ce billet a été donné par Mlle Bichelière ?

— Tu ne perds pas ton cap, hein, mon gars ! Le petit numéro que tu vois correspond à la ration de places allouées à la jouvencelle. Quand elle n'a pas galant en tête, c'est plutôt une bonne fille. Autrement, elle a des retours violents.

— Vraiment ?

— Tu n'imagines pas ! Elle vire lof sur lof, jaillit sur sa victime et tire à démâter. Dans le milieu, on la surnomme Marie la Sanglante.

— À ce point ? Contre qui en a-t-elle pour l'instant ?

— Oh ! Tout est déjà rompu, le pauvret a reçu son paquet. Tiens, juste après la représentation de jeudi dernier. Ce soir-là, un élément du décor s'est enflammé. Avec elle, c'est tout un : ou les membrures craquent de passion ou l'ancre dérape de colère. Dès qu'un gandin lui suce la peau, elle se tient plus, une chatte de gouttière un jour de pleine lune.

— Et ce gandin, comme vous dites, vous connaissez peut-être son nom ?

— Aussi vrai qu'on m'appelle « l'Horloger ».

— Curieux surnom.

— Ouais, j'ai une horloge dans la tête. Avec moi, les retards sont toujours notés. Manquerait plus que quelqu'un rate son quart.

— Ainsi donc, il ne vous est pas inconnu.

— Un jeunot un peu pâlichon, tout poudré. L'épaulette seule lui donne un peu de carrure.

— C'est un officier ?

— Je veux ! Et pas n'importe où : dans les gardes françaises ! Ceux qui se pavanent à Paris et qu'on voit jamais en ligne. Ceux qui montent à l'assaut au bal de l'Opéra. Je connais point son nom. C'est pas faute de lui avoir demandé quand il passait devant ma cambuse, mais il tirait sa ligne. C'est un vicomte je crois.

— Lui était-il fort attaché ?

— Comme la bernique au rocher ! Le pauvret croyait à une vraie amour, et jeudi dernier elle lui a balancé son congé.

— Y avait-il quelqu'un de nouveau sur les rangs ?

— C'est fort possible ; j'ai vu passer un gaillard plusieurs fois depuis.

— Vous le reconnaîtriez ?

— Sûrement pas : il ne cherchait pas à se faire reconnaître, gris-noir, couleur de muraille. J'ai tenté de l'arrêter une fois, il m'a dit qu'il portait une lettre à la galvaudeuse.

— Rien d'autre ?

L'homme se gratta la tête.

— J'ai juste noté une mèche jaunasse qui dépassait de la perruque.

Nicolas se leva.

— Un grand merci, ce que vous m'avez dit me sera fort utile.

— Tu m'as fait plaisir, mon gars ! Arrive quand tu veux. Chez moi, c'est la maison de tout le monde ! Si tu as besoin de moi, je me nomme Pelven, dit « l'Horloger ».

— Encore une chose : à quelle heure Mlle Bichelière arrive-t-elle au théâtre ?

Pelven réfléchit un moment.

— Il est deux heures après midi. Elle est encore chez elle et ne pointera son museau que vers les quatre heures. Mais si vous voulez la voir, elle habite un coquet logis dans une maison au coin de la rue de Richelieu, à l'angle du boulevard Montmartre.

Un peu étourdi, Nicolas apprécia l'air frais qui lui fouetta le visage. Sa recherche prenait soudain un tour nouveau. La description de Mlle Bichelière imposait d'agir avec prudence. Qu'avait-elle à dire sur sa liaison avec Lionel de Ruissec ? Pourquoi l'avait-elle quitté ? Ces événements avaient-ils un lien avec l'assassinat du jeune officier et celui de sa mère ? Il y avait beaucoup d'inconnues dans cette trame qui mêlait les deux mondes du théâtre et de la Cour.

Nicolas réfléchit longuement et se retrouva soudain dans l'agitation des boulevards. Les feuilles des arbres, plantés sur trois ou quatre rangées, achevaient de tomber, leur chute accélérée par les gelées nocturnes. Sur la partie centrale du cours, une foule d'équipages et de cavaliers défilait à petit trot. Un peu partout, des tréteaux permettaient à des bonimenteurs et des bateleurs de haranguer la foule des curieux. Des femmes aux tenues voyantes circulaient d'un pas lent. Il fut dévisagé crûment par des visages maquillés à l'excès. Il était toujours frappé par le mélange encore sensible de la ville et d'endroits presque campagnards. Celui-ci juxtaposait ainsi les distractions populaires et quelques hôtels particuliers habités par la bourgeoisie ou la noblesse.

Il repéra facilement la maison de la comédienne. À l'entrée, il fut arrêté par une maritorne enveloppée d'un vaste caraco en peau de lapin qui, trônant sur un tabouret paillé, proposait aux passants de petits pantins articulés et tout un éventaire de peignes, aiguilles, épingles et cartes à jouer. Elle étendit une jambe épaisse et entourée de bandages pour lui barrer la route. Nicolas avait l'habitude de cette espèce de cerbère. Il ne voulait pas donner d'éveil en excipant de ses fonctions. Il savait qu'une politesse humble, un sourire discret et, surtout, quelques liards permettaient de se la concilier et d'apaiser bien des méfiances. C'étaient là les règles d'étiquette obligées de la politesse parisienne. La portière lui décocha un sourire salace qui découvrit des dents gâtées, une langue grisâtre et une œillade qui le fit rougir. « La Bichelière » était au logis.

À l'entresol, il souleva le marteau d'une porte fraîchement revernie. Elle laissa passer aussitôt le bout du visage en lame de couteau d'une soubrette visiblement habituée à recevoir les visiteurs sans leur poser de questions. Elle lui jeta toutefois un regard inquisiteur qui dut se révéler satisfaisant. Après l'avoir débarrassé de son tricorne et de son manteau, elle le fit entrer dans un petit salon où dominait encore une forte odeur de peinture. Le logis semblait récemment installé et rafraîchi. Il songea aux rumeurs sur les ennuis d'argent du vicomte, réputé dispendieux et ruiné au jeu. Ce n'était pas seulement le pharaon ou le biribi qui dérangeaient les affaires du jeune homme. L'avide Bichelière participait pour une bonne part au délabrement de sa fortune. Tout ce luxe déployé n'était d'ailleurs pas du meilleur goût, et évoquait ce que Nicolas avait pu observer dans des lieux qui, eux, ne dissimulaient pas leur destination galante. On vint le chercher pour le conduire dans la chambre de la comédienne.

Les croisées étaient encore fermées et seul un feu mourant jetait des lueurs incertaines dans une pièce dont le caractère oppressant le saisit aussitôt. Nicolas n'appréciait que les lieux aérés ; le resserrement et l'enfermement l'angoissaient toujours.

Il distingua sur la droite une alcôve à baldaquin. La couronne de cet édifice était ornée de plumes blanches. N'eût été le ton pastel des tissus, le meuble monstrueux aurait fait songer à quelque fantastique catafalque. Sur le côté gauche de la chambre, un paravent à motifs fleuris cachait une partie de la pièce. Il remarqua le haut d'une psyché. Au fond de la chambre, à droite de la fenêtre, une ottomane couverte de coussins accumulés et de draperies en vrac faisait face à un pouf d'où un chat gris fixait Nicolas de ses yeux verts. D'épais tapis étouffaient les sons. Aux murs tendus de papier où s'alignaient en quinconce vases et talapoins, quelques gravures étaient accrochées. Tout cela accentuait l'impression d'étouffement. La soubrette s'était retirée avec une grimace sur son visage de musaraigne qui se voulait sans doute un sourire. Une voix s'éleva enfin de derrière le paravent.

— Que me vaut, monsieur, le plaisir de votre visite ?

S'il s'agit d'une note de fournisseur, l'audience est à cinq heures.

« Et pour cause, pensa-t-il, à cette heure-là elle est au théâtre. »

— Point du tout, mademoiselle, j'ai seulement besoin de vos lumières. Oh ! seulement un petit renseignement... Je suis Nicolas Le Floch, commissaire de police au Châtelet.

Un silence suivit au cours duquel il eut l'impression d'être examiné des pieds à la tête.

— Vous êtes bien jeune pour être commissaire.

Le paravent devait posséder un petit trou pour observer sans être vu.

— Vous êtes vous-même la preuve, mademoiselle, que la valeur...

— Bien, bien. Je ne voulais pas vous offenser. Mais je connais intimement un de vos collègues. Il a ses bureaux face à la Comédie. Il adore le vaudeville et, à l'occasion, me fait porter du vin.

Cela était énoncé d'un air égal mais il sentait l'avertissement sous-jacent : « J'ai des protecteurs, y compris dans la police, prêts à se compromettre pour moi. Je ne sais ce qui vous conduit ici, mais sachez que je saurais le cas échéant me défendre... »

— Mademoiselle, seriez-vous assez bonne pour examiner un papier en ma possession et sur lequel j'aimerais recueillir votre sentiment ?

Une main aux ongles roses repoussa l'un des battants du paravent. Le spectacle était charmant. Mlle Bichelière était à sa toilette. Elle était coiffée à l'enfant avec un ruban qui relevait la masse légère de ses cheveux châtain très clair. Une chemise de toile bâillait largement sur une poitrine délicate, que sa posture laissait entrevoir en dépit du peignoir de mousseline jeté sur les épaules. Elle regardait Nicolas, agitant un pied dans une cuvette de porcelaine, l'autre dissimulé par une serviette reposait sur un petit tabouret. Ses yeux, plutôt petits, étaient d'un bleu profond. Les sourcils tracés comme au pinceau accentuaient la régularité du visage et son contour parfait. De petites fossettes aux joues animaient une physionomie ouverte. La bouche, un peu grande mais spirituelle, laissait entrevoir des dents petites et parfaites. Le nez était relevé avec un bout légèrement aplati. Sans ce léger défaut, l'ensemble eût été idéal, mais Nicolas était de ceux qui estimaient qu'une petite imperfection ajoutait plus qu'elle ne retranchait à la séduction d'une femme. Sur une coiffeuse, des flacons, des brosses, des peignes, des rubans, des pots de fards, des houppettes s'accumulaient. Près de son fauteuil, un cabaret en bois précieux renfermait une douzaine de petites bouteilles aux couleurs différentes. La comédienne prit un air confus.

— Monsieur, vous pardonnerez, je l'espère, un sans-gêne qui, sans doute, vous choque. Mais pourriez-vous pousser l'obligeance jusqu'à m'aider à essuyer ce pied ?

Nicolas monta bravement en ligne. Le cœur lui battait un peu. Il saisit une serviette à terre, s'agenouilla et présenta le linge tendu à la jeune femme, tout en se disant qu'il faisait là curieuse figure. Elle tendit la jambe pour sortir le pied de la cuvette et, ce faisant, le pan de sa chemise s'écarta doucement. Nicolas empourpré pressait le petit pied et le trouvait bien lourd. Il crut bon de pousser la complaisance jusqu'à le chausser d'une mule rose. L'autre jambe bougea à son tour afin de recevoir sa jumelle. Il se releva et recula d'un pas. La jeune femme enfila son peignoir et alla s'allonger sur l'ottomane, invitant Nicolas à prendre place sur le pouf. Le chat se déplaça, gronda sourdement et finit par sauter sur le lit. Nicolas se sentait fort mal sur ce meuble bas, l'estomac plié et les genoux relevés, les haricots et le rhum se rappelant fâcheusement à lui. Il était si près du feu que son dos en ressentait la cuisson.

— Ce papier, mademoiselle...

Elle releva la tête, comme agacée, et se mit à faire

des volutes avec une boucle de ses cheveux. Il lui tendit le billet ; elle le regarda sans le prendre.

— J'en fais profiter mes amis. Je dispose de certaines places.

Il réfléchissait avec désespoir à ce qu'il pourrait bien trouver pour mettre en avant le nom du vicomte. Elle n'était sans doute pas au courant de sa mort. Il pouvait se risquer à...

— Je crains de vous déplaire, mademoiselle, ce qui ferait mon désespoir. Mais, je vais devoir tout avouer...

Ce fut à son tour de paraître intriguée.

— Tout avouer ? Qu'avez-vous donc à m'avouer ?

— Un mien ami, le vicomte de Ruissec, m'a remis ce papier, et il m'avait tant parlé de votre beauté et de vos charmes que j'ai pris ce prétexte pour...

Tout cela ne tenait pas debout. Dans le cas où elle lui demanderait en quoi le billet était un prétexte, il serait bien empêché d'y répondre. Mais il n'aurait pas imaginé les réactions que ses propos déclenchèrent. Elle se dressa comme saisie du haut mal, arracha le haut de son peignoir comme si elle étouffait. La chevelure dénouée, dépoitraillée comme une bacchante, la petite porcelaine délicate se transforma en furie. Elle sauta sur le sol, les deux poings appuyés sur les hanches et, semblable à une harengère de la halle, se mit à dégoiser un torrent d'injures et d'horreurs.

— Que venez-vous me parler de ce maquereau, de cette ordure ! Un cochon à qui j'ai sacrifié mon principal et qui après m'avoir baisée tout son soûl m'abandonne... Si j'avais su, je me serais fait pourrir, oui pourrir, pour lui foutre mes épices ! Je l'aurais poivré ! Je lui ferai rentrer ses paroles dans la gorge. Oui-da ! On fait le joli cœur, le fidèle, le dévotieux et on court frayer avec une autre !

Elle s'arrêta un moment pour se mordre le poing. Le matou s'était réfugié sous le lit et miaulait désespérément. La suivante avait passé son nez pointu, puis s'était esquivée, sans doute habituée aux scènes de sa maîtresse. Nicolas, interdit, observait avec attention une tasse à café sale sur un guéridon. La trace des lèvres était à droite de l'anse fine de porcelaine.

— Et la trêve avait été de courte durée : avec une putain rancie de la Cour ! Cette Mlle de Sauveté. Oh ! j'ai pris des renseignements. On ne sait pas trop d'où elle vient, on prétend qu'elle peint, c'est tout dire, cela signifie qu'elle est laide à faire peur. Mais elle est riche et je lui prédis qu'elle deviendra encore plus laide étant mariée. Quant à lui, il est à sec, il ne peut plus payer mes dettes. Me veut-il à l'hôpital et en chemise de chanvre ? Je le hais ! Je le hais !

Elle poussa un hurlement et retomba en pleurs sur l'ottomane. Nicolas était à la fois satisfait de ce qu'il venait d'apprendre au cours de cette éruption et désolé de voir Mlle Bichelière dans cet état.

Sa colère épuisée, elle redevint plus humaine. N'écoutant que son bon cœur, il s'approcha d'elle et lui caressa les cheveux en lui parlant doucement. Elle sanglotait et s'accrocha à lui. Il serra ce corps à demi dénudé, dont le parfum lui montait à la tête. Elle releva son visage, tendit sa bouche et l'attira sur elle. Nicolas se laissa aller. L'ottomane faillit s'effondrer sous l'ardeur de leur étreinte. Le chat, affolé par le vacarme, crachait furieusement. Nicolas ne put s'empêcher d'entendre un prénom hurlé à deux reprises par sa compagne au moment où elle enfonçait les ongles dans son dos...

La soubrette revint très vite, apportant une bouteille de vin et deux verres. Son arrivée empêcha la gêne qui aurait pu s'établir entre eux. Pour lui, le moment était délicat, il devait reprendre son rôle officiel dans des conditions particulières même si, en galant homme, il venait de s'exécuter à l'apparente satisfaction de la Bichelière. Mais savait-on, pensa-t-il, ce que les apparences signifiaient en réalité chez une femme ?

— Mademoiselle, au risque de vous déplaire, je dois

vous demander de quand date votre dernière rencontre avec le vicomte.

Elle le regarda, l'air excédé, comme si ce qui venait de se passer devait la dispenser de tout interrogatoire.

— Voilà bien monsieur le policier ! Vous étiez moins curieux il y a un moment. Vous avez eu ce que vous vouliez. Que signifie cette inquisition ?

— Vous m'avez comblé, mademoiselle. Juste quelques questions. J'avoue que je suis ici pour une enquête... M. le vicomte de Ruissec a disparu.

Il verrait bien ce qu'une demi-vérité allait produire. Ou elle avait une force d'âme peu commune, ou elle n'était pour rien dans la mort de son amant : elle ne chercha pas à manifester la moindre inquiétude.

— Qu'il aille au diable, c'est le cadet de mes soucis ! Je l'ai vu jeudi dernier, je lui ai craché le morceau qu'il était fiancé et que j'étais roulée dans la farine. Il voulait s'arranger, disait-il, me conserver. Il aurait fait beau voir. Oh ! je connais la combinaison : il aurait fait le faquin à la Cour avec sa gueuse et ensuite, à temps perdu, il serait venu se rouler dans mes draps. Gratis bien entendu !

Elle était retournée s'affairer à sa toilette, avait retiré le paravent. Il ne la voyait plus. Il entendait des bruits d'eau versée.

— Et mardi soir ?

— Quoi, mardi soir ? Va-t-on passer en serinette tous les jours de la semaine ?

— Ce sera le seul, dit Nicolas qui regardait le chat jouer sous le lit avec une perruque d'homme de teinte claire, auprès de laquelle gisait un rabat blanc.

— Mardi soir ? Mardi soir, il y a eu relâche. Arlequin était malade, et je suis restée ici à me reposer.

Elle n'avait pourtant pas l'allure d'une personne qui se repose.

— Seule ?

— Monsieur, vous passez les bornes. Oui, seule. Seule avec Griset, mon chat.

En entendant son nom, le matou sortit de sa cachette et rejoignit sa maîtresse à pas comptés, la queue en point d'interrogation et le regard fixé sur Nicolas. Il n'y avait plus rien à ajouter et Nicolas prit congé ; on ne lui répondit pas. Il fut reconduit avec cérémonie par la soubrette qui lui tendit sans vergogne une main réclamante. Après une seconde d'hésitation, il paya son obole. Décidément, la maison Bichelière péchait par bien des endroits, mais pas par la pudeur des habitudes.

Il se retrouva dans la rue avec le regret de ce qui s'était passé. « Comment, se disait-il, me voilà en pleine enquête interrogeant un témoin dans une affaire criminelle, qui abandonne toute retenue et me laisse aller sans réfléchir ! » Une petite voix tentait bien d'avancer des circonstances atténuantes : il n'avait pas vraiment voulu cela, la fille était belle et entreprenante, et d'ailleurs réputée facile. À cet examen de conscience s'ajoutait une inquiétude latente. La bourrasque des sens avait été si violente qu'il n'avait pris aucune précaution. Il ne se rappelait que trop les recommandations de son ami Semacgus. Avec l'expérience acquise d'un vieux libertin, celui-ci l'avait mis en garde contre les dangers de fréquenter les comédiennes, filles d'opéra et autres gueuses, trop heureuses ou trop insouciantes pour se soucier de semer à tous vents les fleurs poivrées de leur licence. Le chirurgien l'avait vivement pressé d'user d'un doigt de cæcum de mouton, plus communément appelé condom, qui constituait pour l'homme le meilleur bouclier contre les coups de pied de Vénus. Enfin, qui était ce « Gilles » dont le prénom avait fâcheusement troublé un moment de paroxysme ?

Pour se changer les idées, Nicolas se dirigea vers la place des Victoires. Il ne se lassait pas de la beauté de l'endroit. Il n'avait jamais eu l'occasion de considérer de près le monument qui en ornait le centre. Louis XIV, *Viro immortali*, y trônait en gloire. Protégé par une renommée aux ailes étendues, le monarque dominait des esclaves enchaînés, le globe terrestre à ses pieds, aux côtés de la massue et de la peau de lion d'Hercule. Un jour qu'ils traversaient l'endroit en carrosse, M. de Sartine avait filé l'anecdote comme il aimait le faire. Il lui avait appris qu'un courtisan, le maréchal de La Feuillade, avait édifié cette place, poussant même l'adulation jusqu'à vouloir creuser un souterrain partant de la crypte de l'église des Petits-Pères et rejoignant un caveau placé exactement sous la statue, et dans lequel sa dépouille ferait la cour au roi pour l'éternité. Le lieutenant général de police lui avait signalé que le quartier était jadis mal famé et que le souvenir de ce temps difficile se lisait encore dans le nom de la rue Vide-Gousset.

Nicolas rentra rue Montmartre sur le coup de sept heures. Le logis, d'habitude paisible, était saisi d'une joyeuse agitation. Marion et Catherine s'affairaient à l'office au milieu des bruits et des vapeurs odorantes des préparatifs du souper. Le parfum d'un fumet de poisson et celui d'une croûte beurrée dominaient. Cette ambiance dissipa les derniers restes d'une mélancolie due autant à une digestion difficile qu'à un exercice galant dont les prémices et les conclusions n'avaient pas été à la hauteur du plaisir ressenti.

Poitevin passait et repassait, les bras chargés d'argenterie et de bouteilles. Renseignement pris, tout cela était destiné à garnir la table qui avait été dressée, ce soir-là, dans la bibliothèque. Nicolas demanda de l'eau chaude et, toujours fidèle aux préceptes hygiénistes de son parrain, se livra à une ablution soignée avant de se changer. Quand il entra dans le salon, salué par les bonds de Cyrus, trois voix s'exclamèrent à sa vue.

— Voilà le retour de l'enfant prodigue ! fit M. de Noblecourt, sur pied et coiffé d'une magnifique perruque Régence. La faim l'a chassé des rues !

Nicolas rougit à cette allusion biblique. Il lui faudrait apprendre à négliger les plaisanteries innocentes, ceux qui les énonçaient ignorant les échos qu'elles pouvaient éveiller en lui.

— Mon cher Nicolas, vous arrivez à point nommé. Deux de nos amis m'ont fait ce soir l'honneur de me demander à souper.

Le verre déjà à la main, M. de La Borde et le docteur Semacgus souriaient. Ils ne s'étaient jamais rencontrés et venaient de faire connaissance. La compagnie se congratula. Nicolas s'assit. Le feu crépitait joyeusement dans la cheminée ; il se laissa aller au bien-être et à la chaleur de l'amitié.

— Nicolas, reprit M. de Noblecourt, nous sommes en famille, l'huis est bien clos. Contez-nous par le menu la suite de vos recherches.

Le jeune homme reprit les événements depuis la soirée à l'Opéra, en particulier pour l'édification de La Borde. Travailler sous M. de Sartine imposait de savoir exposer les faits de manière claire et rapide, sans s'appesantir ni lasser. Le lieutenant général ne l'aurait pas toléré, lui dont la parole était toujours un modèle de précision. Il poursuivit son récit en taisant toutefois certains détails qu'il se réservait de vérifier avant d'en faire état. La discrétion de ses amis ne faisait aucun doute, mais Nicolas ne disait jamais tout, même avec Bourdeau. Il rougit bien un peu quand il en arriva à l'épisode de la belle Bichelière. Il pensa soudain qu'il ne savait même pas son prénom, et aussi qu'il lui faudrait chercher à savoir qui était ce nommé Gilles, qui s'était introduit aussi désagréablement dans ses ébats. Le plus surpris par ce récit fut le premier valet de chambre du roi, qui n'avait assisté qu'au départ précipité de Nicolas, lors de la représentation de l'Opéra.

— Je m'explique, dit-il, que M. de Saint-Florentin ait reçu hier toute affaire cessante le lieutenant général de police. Ainsi, de cette audience, il est bien résulté l'ordre d'abandonner l'enquête, le corps vous a été retiré. J'entends cependant que votre diagnostic était établi.

— Depuis hier, dit Nicolas, j'ai longuement réfléchi

à notre problème. Cette mort atroce par ingestion de plomb fondu... On trouve du plomb partout. Reste à trouver ceux qui l'utilisent.

— Les imprimeurs, dit La Borde.

— Tout juste, mais aussi les armuriers, ajouta Semacgus.

— Les couvreurs, dit Nicolas.

— Et les fabricants de cercueils.

M. de Noblecourt leva un doigt doctoral.

— Mes amis, mes amis, je me souviens d'une soirée chez feu le duc de Saint-Simon. Il recevait peu et chichement, étant un peu pleurard de ses deniers, mais d'une si exacte politesse ! Un soir, dans les années trente, il donnait à souper par extraordinaire. J'étais là, l'écoutant. Un de ses amis de passage à Paris, le duc de Liria, ambassadeur d'Espagne en Moscovie... C'était, il faut le dire...

Une longue digression s'annonçait, qui retarderait d'autant la conclusion utile du discours.

— ... C'était le fils du duc de Berwick, lui-même fils de Jacques II Stuart. Je vois Nicolas qui s'impatiente. Ah ! jeunesse. Bref, le duc de Livia contait au duc de Saint-Simon qu'une vieille coutume russe voulait que les contrefacteurs de monnaie fussent exécutés par ingestion de métal en fusion et, ajoutait-il, les corps explosaient ! Sans doute n'usait-on pas du plomb, qui se liquéfie plus vite. En tout cas, pour l'infortuné vicomte, cela a dû nécessiter un tuyau ou un entonnoir pour lui faire ingurgiter cette potion du diable !

— Il me semble, monsieur le procureur, intervint La Borde, que vous avez encore une cinquième et une sixième profession qui manient le plomb. Le bourreau, tout d'abord, et surtout les fonteniers. J'observais l'autre jour à Versailles la réparation des conduits du bassin de Neptune. Le plomb n'y était pas ménagé.

— En somme, ironisa Semacgus, vos suspects sont tout trouvés... Mais enfin, la raison de ce supplice barbare ? Quelle faute méritait une pareille fin ? Naguère, on coupait la langue des délateurs...

Les quatre convives s'égarèrent dans de multiples hypothèses, puis ils s'interrogèrent sur le cas de Mlle Bichelière. Si Mme de Ruissec avait été poussée dans le puits des morts, quel rapport y avait-il entre sa mort et la comédienne ? Leurs supputations furent interrompues par Marion, qui les pressa en bougonnant d'avoir à passer à table. Comme ils se levaient, Semacgus souffla à l'oreille de Nicolas en lui serrant le coude :

— Votre Bichelière, je vous soupçonne, jeune Céladon, d'avoir poussé un peu plus loin votre interrogatoire que vous ne voulez nous le faire accroire...

Le souper intime initialement prévu se transforma en festin, même si, sous le regard suspicieux de sa gouvernante, le vieux procureur s'abstint d'une croûte aux morilles. Il se rattrapa sur la sole à la Villeroy que Catherine apporta religieusement, mais sut résister à la tentation d'un revigorant vin blanc de Mâcon. Eût-il esquissé la moindre velléité d'y goûter que son sourcilleux cerbère l'en eût empêché, tant est de notoriété la réputation néfaste du vin blanc pour les goutteux. La chirurgie, la Cour et le Châtelet s'y consacrèrent, quant à eux, avec méthode, tout en devisant des nouvelles. C'était toujours la guerre, les rumeurs de négociations avec l'Angleterre, l'affaire des jésuites, de plus en plus menacés, la santé chancelante de la favorite qu'aggravaient encore les rumeurs d'un nouveau caprice du roi, enceinte, disait-on, de ses œuvres. Enfin, les dépêches de Moscou signalaient que la santé de la tsarine Élisabeth Petrovna était de plus en plus compromise. M. de Noblecourt évoqua un événement étrange qu'un de ses correspondants suisses lui avait signalé.

— On a vu à Genève un globe de feu très brillant qui, en se dissipant, a fait une explosion et chacun a ressenti un court tremblement de terre accompagné d'un bruit sourd. Mes amis ont cru être plongés dans les ténèbres lorsque la lumière ardente du phénomène a disparu.

— C'est là un conte bien philosophique ! dit Semacgus. Vos calvinistes avaient abusé du fendant... Ne voilà-t-il pas qu'ils imaginent la nuit en plein jour !

M. de Noblecourt hocha la tête, l'air réfléchi.

— C'est parfois dans la trop grande clarté que se dissimule l'erreur. Pour en revenir à l'affaire qui nous occupe, je conseillerai à M. le commissaire au Châtelet de ne pas trop s'attacher aux apparences mais de rechercher plutôt ce que les apparences dissimulent. Le présent est fils du passé, et il y a toujours intérêt à démêler le passé des acteurs d'un drame, ce qu'ils sont en vérité, ce qu'ils désirent paraître, ce qu'ils disent être ou ce qu'ils veulent laisser croire.

Sur ces sages propos, ils se séparèrent. Pour une levée de convalescence, la soirée avait été agitée. Nicolas reconduisit ses amis jusqu'à la rue. Il était heureux de voir La Borde et Semacgus déjà complices. Ces deux hommes de qualité, d'âge et de condition différents, communiaient dans la même amitié pour Nicolas. Le premier valet de chambre du roi, disposant d'une voiture de la Cour, proposa au docteur de le raccompagner à Vaugirard. Il s'effaça devant lui et, se retournant vers Nicolas, lui glissa un mot à l'oreille :

— Mme de Pompadour souhaite vous voir demain en son château de Choisy. Vous serez attendu à trois heures de l'après-midi. Bonne chance, mon ami.

C'est sous le coup de cette étonnante nouvelle que Nicolas acheva sa journée.

VI

LES DEUX MAISONS

> « Quand une fois l'imagination est en train,
> malheur à l'esprit qu'elle gouverne. »
>
> MARIVAUX

Vendredi 26 octobre 1761

Nicolas quitta de bon matin la rue Montmartre. La soirée avec ses amis avait apaisé ses scrupules. Mlle Bichelière s'était servie de lui soit pour satisfaire un caprice passager, soit pour se concilier une autorité de police. Il se persuada que son abandon, succédant à d'autres, l'absolvait en quelque sorte de l'impulsion à laquelle il avait si étourdiment cédé. Il s'avoua y avoir pris quelque plaisir et imagina le ricanement de Semacgus.

Mais Nicolas avait maintenant d'autres préoccupations. Il ne pouvait pas différer plus longtemps une rencontre avec M. de Sartine, et il appréhendait ce que son chef lui dirait. Ferait-il la part du feu en couvrant son adjoint, ou prendrait-il ses distances comme il savait le faire à l'occasion ? Dans ce cas, cette distance équivaudrait-elle à une interdiction de poursuivre l'enquête ? Cette possibilité agitait Nicolas.

Son deuxième souci était la convocation de la favorite en son château de Choisy. La chose lui paraissait incroyable. Que pouvait-elle avoir à lui demander ou à lui ordonner ? Certes, il lui avait rendu naguère un service signalé, mais pourquoi s'adresser à lui, modeste maillon policier et non à Sartine directement ? Ce dernier était-il au courant de cette convocation ? Si oui, qu'en pensait-il ?

Le lieu du rendez-vous offrait un début de réponse. La marquise disposait de nombreux endroits où le rencontrer : ses appartements à Versailles, son hôtel dans la ville royale, l'hôtel d'Évreux à Paris, le château de Bellevue... Choisy paraissait le plus propice à une rencontre discrète, par son relatif éloignement et par l'importance du château et de sa domesticité qui justifiait des allées et venues multiples. Le fait que le message lui était transmis par La Borde, homme de confiance du roi, le rassurait un peu. Sans doute, le souverain était au courant de tout.

M. de Sartine ne lui parut ni de mauvaise ni de bonne humeur. Coiffé d'un tissu de madras moiré, il était occupé à écrire quand Nicolas entra furtivement après avoir gratté à l'huis. Un valet desservait un guéridon. Le lieutenant général leva un œil circonspect sur son visiteur.

— Un Tamerlan, un Attila, un Gengis Khan, voilà, monsieur, ce que vous êtes ! lança-t-il. Là où vous paraissez, c'est la vie qui disparaît, les morts s'accumulent, les familles dépérissent, et les mères succèdent aux fils dans la barque de Charon. Expliquez-moi ce phénomène en un mot.

Le ton enjoué contredisait la force du propos. Nicolas respira et répondit sur le même ton :

— J'en suis au désespoir, monsieur.

— J'en suis bien aise, bien aise ! Bien aise aussi d'avoir à expliquer à M. de Saint-Florentin les désordres de notre bonne ville. Comment on enlève le corps d'un malheureux suicidé, que dis-je, d'une victime d'un accident, contre la volonté de son père pour le livrer à des médicastres et au... passons, qui assouvissent leur macabre dilection en pataugeant dans ses entrailles. Est-ce tolérable, monsieur ? Est-ce explicable ? Est-ce plaidable ? Quelle figure pensez-vous que je puisse faire ? Un lieutenant aux gardes françaises, fils d'un gentilhomme de Madame Adélaïde... Comme je l'avais prévu, le père est monté à l'assaut et le ministre n'a pas résisté à la tempête. Plût au ciel ou au diable que vous ne l'ayez pas ouvert !

— C'était inutile.

— Comment cela, inutile ? Tout ce carrousel pour rien ?

— Que non pas, monsieur. Nos médicastres ont eu le loisir de tout examiner et de tirer des conclusions.

— Ah ! vraiment ! Eh bien, monsieur le dépeceur, qu'en est-il ? Je suis curieux d'ouïr cela...

— Il en est, monsieur, que le vicomte de Ruissec est mort assassiné. Du plomb fondu lui a été versé de force dans la bouche.

M. de Sartine arracha son foulard, découvrant sa chevelure clairsemée où de nombreux fils blancs apparaissaient déjà.

— Fi ! monsieur, quelle horreur ! Évidemment, cela change tout. Je vous crois sur parole, il y a désormais certitude.

Il se leva et traversa son bureau de long en large. Au bout d'un instant, il cessa sa déambulation maniaque et revint s'asseoir.

— Oui, certitude : la fraude est prouvée. Ruissec a désormais vu le corps de son fils et il ne peut se méprendre. Cette expression du visage me transit encore ! Ainsi, pas de suicide... Mais la comtesse ? Vous n'allez pas me dire...

— Je suis derechef au désespoir, monsieur. Les constatations faites par moi-même, le commissaire du quartier, M. de Beurquigny, que vous connaissez, et un médecin sont toutes concordantes. Elles écartent la thèse de l'accident et concluent que la malheureuse a eu la nuque brisée avant d'être précipitée dans le puits des morts de l'église des Carmes.

— Vraiment, cela me dépasse, rien ne pouvait m'être plus désagréable. Est-il possible de déterminer un lien entre les deux crimes ?

— Dans l'état de l'enquête, impossible à dire. Cependant, un détail est troublant.

Nicolas conta rapidement l'histoire du billet de la Comédie-Italienne et les investigations qui avaient suivi.

— Ce qui signifie, monsieur, que vous me demandez licence de continuer votre enquête ?

Le jeune homme acquiesça.

— Je vous demande de m'autoriser à poursuivre la vérité.

— C'est une garce qui vous glisse entre les doigts, votre vérité ! Et quand on la tient, elle vous brûle. Et puis, Nicolas, comment puis-je vous autoriser à poursuivre une enquête alors que le ministre a décrété qu'il n'y avait pas de crime ?

Nicolas nota l'usage retrouvé de son prénom.

— Il faudrait donc fermer les yeux ? Laisser le crime impuni et...

— Allons, ne faites pas l'enfant en me faisant dire ce que je ne dis pas. Nul plus que moi n'est soucieux de démêler le vrai du faux. Mais si vous persistez à mener cette enquête, ce sera à vos risques et périls. Mon soutien cessera dès que s'exerceront des influences plus efficientes que les miennes. Je conçois que vous ne songiez point à abandonner la traque et, si je vous parle ainsi, c'est que je me soucie de votre sécurité.

— Monsieur, vos paroles me touchent, mais comprenez que je ne peux renoncer.

— Autre chose. Soyez exact à votre rendez-vous avec Mme de Pompadour.

Il consulta la pendule de la cheminée d'un coup d'œil. Nicolas ne dit rien.

— M. de La Borde m'en a informé, reprit Sartine. Ne perdez pas cette amitié précieuse et désintéressée.

Il marqua une pause et reprit un ton plus bas, comme s'il se parlait à lui-même.

— Il arrive quelquefois qu'une femme cache à un homme toute la passion qu'elle sent pour lui, pendant que de son côté il feint pour elle toute celle qu'il ne sent pas. Oui, soyons exact et déférent.

— Monsieur, je vous rendrai compte...

— Cela va sans dire, monsieur le commissaire.

Nicolas se mordit les lèvres, il aurait mieux fait de se taire.

— Et M. de Noblecourt, que dit-il de tout cela ?

Nicolas nota que son chef, apparemment, trouvait tout naturel qu'il mît l'ancien procureur au courant d'une enquête en cours.

— Il s'exprime par apophtegmes. Selon lui, ce n'est pas grand-chose d'être honoré puisque cela ne signifie pas qu'on soit honorable, et il me conseille de considérer avec attention le passé des protagonistes. Lui aussi, me presse de prendre garde.

— Je vois que notre ami n'a rien perdu de sa sagacité. Le dernier conseil est bon et les autres ne manquent pas de pertinence. À bientôt, monsieur, une voiture vous attend. N'oubliez pas l'affaire du ministre de Bavière. Qu'on retrouve au plus vite ce foutu cocher !

Nicolas s'inclina et hésita à développer son hypothèse sur l'incident du pont de Sèvres ; il serait toujours temps. Il était déjà à la porte quand il entendit à nouveau la voix du lieutenant général de police.

— Pas d'imprudences, Nicolas. N'écartez pas Bourdeau. On tient à vous.

Sur cette bonne parole, Nicolas se retrouva dans l'antichambre. Un miroir au-dessus d'une commode lui renvoya l'image d'un jeune homme élégant en habit noir, le chapeau sous le bras, bien découplé et l'air insolent. De longs sourcils dominaient des yeux gris-vert plus étonnés que candides. La bouche ourlée et bien dessinée esquissait un sourire et la libre chevelure châtain nouée accentuait la jeunesse du visage, en dépit de quelques cicatrices. Il descendit quatre à quatre l'escalier. M. de Sartine veillait au moindre détail quand il le jugeait utile à ses desseins. La visite à la favorite impliquait que Nicolas pût s'y rendre sans mécomptes, et une voiture l'attendait dans la cour.

Finalement, pour Nicolas, l'entrevue s'était déroulée mieux que prévu. Il craignait d'affronter un homme irrité, incertain et se démarquant des initiatives risquées de son subordonné. En fait, carte blanche lui avait été donnée, « à ses risques et périls » certes, mais avec une sollicitude détournée dont il avait ressenti la chaleur. Il frémit avec retard à l'idée que tout aurait pu s'arrêter là. Plus de cadavres, plus de crimes, plus de victimes, plus de coupables... Peut-être le meurtre de Mme de Ruissec aurait-il dû être publié, mais le résultat eût été identique : le corps aurait été enlevé et l'affaire enterrée en même temps que la comtesse. De fait, elle l'était et lui seul tenait en main le fragile fil d'Ariane qui permettrait peut-être d'aboutir à des conclusions et de démasquer les coupables.

Tout au confort de la voiture, Nicolas s'exerçait à deviner les occupations des passants, tentait de déchiffrer leurs expressions et d'imaginer ce que pouvait penser cette masse qu'on appelait le peuple. Il collectionnait le souvenir des habits, des tenues et des attitudes. Ces images reviendraient un jour ou l'autre se poser sur des êtres réels et établiraient les connexions mystérieuses dont son intuition se nourrissait. Sa connaissance des hommes se renforcerait en feuilletant, au gré des enquêtes, ces archives vivantes. La vue de la masse sombre de la Bastille interrompit sa rumination. Il y avait visité un jour son ami Semacgus, qui y était incarcéré. Il sentait encore le froid humide de la vieille forteresse. La voiture bifurqua vers la droite pour suivre la Seine. Il chassa l'image de la prison.

La campagne succédait sans transition à la ville. Faute de distractions, Nicolas essaya de mettre de l'ordre dans ce qu'il savait de la marquise de Pompadour. Les hôtes bien informés de M. de Noblecourt parlaient beaucoup. À leurs propos s'ajoutait la lecture des écrits saisis par la police ou des lettres ouvertes par le cabinet noir. Pamphlets, libelles, vers graveleux et injures constituaient les éléments d'un tableau contrasté. Chacun la disait malade et exténuée par l'agitation et l'angoisse de la Cour. Le roi, qui ne l'avait jamais ménagée, exigeait sa présence aux veilles, aux soupers, aux représentations et dans ses voyages incessants, surtout durant la période des chasses. La chère trop riche avait détruit son estomac délicat. Semacgus avançait que, pour complaire à son amant, elle avait écouté de mauvais conseils et abusé d'excitants fournis par des empiriques — cela sans compter sa prodigieuse consommation de truffes et d'épices.

Mais de l'avis général, ce qui rongeait la marquise, c'était la hantise permanente de « l'autre femme », celle qui découvrirait le secret de cet homme singulier, si difficile à distraire de son ennui. Elle en était venue à susciter elle-même des rivales séduisantes mais candides, dont elle ne pouvait craindre l'emprise sur le roi. Pour l'heure, et en dépit de ces précautions, une demoiselle de Romans l'inquiétait ; on la disait intrigante et spirituelle.

M. de La Borde, pourtant tenu à la discrétion, avait consenti à répéter en petit comité les propos d'une des amies de la favorite. Voulant la rassurer, elle lui avait dit : « C'est votre escalier qu'il aime, il est habitué à le monter et à le descendre. » Aussi, l'heure n'était plus à la passion ; les tièdes orages de l'amitié l'avaient remplacée.

À cette crainte de perdre le roi s'ajoutait la terreur permanente de voir se répéter une nouvelle affaire

Damiens. La favorite n'oubliait pas qu'elle avait failli être écartée et exilée tant que la santé du roi était demeurée incertaine, et aussi longtemps que le dauphin et les dévots de la famille avaient réussi à l'empêcher de revoir le roi. Quant au peuple, la marquise lui apparaissait comme l'une des trois calamités du royaume, avec la disette et la guerre. La rue se déchaînait en outrages et en menaces de mort.

Nicolas, qui avait une fois approché la marquise, l'avait jugée simple et bienveillante. M. de La Borde, qui la voyait tous les jours, partageait ce sentiment et, selon lui, la bonne dame ne gaspillait ni thésaurisait, et ses dépenses, bien que considérables, trouvaient un usage intelligent au profit des arts. Il est vrai que sa pension et ses revenus n'étaient pas proportionnés aux besoins de sa maison et à cette vocation de mécène. On rapportait qu'elle avait obtenu du roi l'autorisation de disposer à son gré de bons sur le trésor sans avoir à rendre compte de leur utilisation. Et elle possédait de nombreux domaines, depuis le lointain Menars jusqu'au proche Bellevue, à mi-chemin de Paris et de Versailles, bâti en terrasses au-dessus du pont de Sèvres. Mme de Pompadour aimait les positions dominantes.

La voiture suivait le fleuve. Le paysage offrait un ensemble plaisant de guinguettes, de petites fermes où se pressait le bétail que les nourrisseurs engraissaient pour la consommation de la capitale, vendant le fumier comme engrais aux jardiniers et maraîchers des alentours. Des vergers et des serres s'échelonnaient sur de longues parcelles de chaque côté de la route. Ces impressions champêtres le mirent de bonne humeur. Sa méditation lui avait procuré les éléments et informations nécessaires à un entretien dont il ignorait les raisons mais qui revêtait, de toute évidence, un caractère extraordinaire des choses. Que M. de Sartine, toujours si prodigue de conseils, n'ait fait aucun commentaire, en disait long sur sa perplexité.

À l'entrée de Choisy, Nicolas fit arrêter sa voiture

devant une petite guinguette pimpante dont la façade, couverte de vigne et qui portait encore les grappes desséchées de la dernière vendange, le séduisit. Dans une salle chaulée, il se fit servir un pot de vin nouveau, dans lequel des copeaux de bois avaient permis d'éclaircir le jus du raisin fraîchement pressé. Il fit couper quelques tranches d'un jambon qui pendait dans la cheminée et le tout fut accompagné de pain frais. Le breuvage le surprit agréablement. Il s'attendait à l'habituelle piquette, mais le vin, d'un rouge pivoine transparent, surprenait par sa fraîcheur et son arôme de groseille un rien sauvage. Il finit par conclure, en riant de l'incongruité de l'image, que la meilleure comparaison était celle avec une groseille écrasée sur une fourrure de putois. Cette odeur de petit fauve lui demeurait en mémoire depuis son enfance : le marquis de Ranreuil portait un col de cette fourrure sur l'un de ses manteaux, dont rien n'avait pu ôter l'odeur. Ceux des chiens qui n'en avaient pas l'habitude aboyaient à ses basques.

L'attention de Nicolas fut soudain attirée par un jeune homme, en uniforme des gardes du corps, qui, assis à une autre table, l'observait, et qui se détourna sous son regard. Nicolas s'étonna de cette présence sans s'y attacher ; le roi n'était pas à Choisy, mais après tout, ce qui est utile au souverain pouvait l'être également à sa favorite.

À la demie de deux heures, il se remit en route et gagna au pas le château. L'équipage parvint en vue d'une grille magnifique qui ouvrait sur une immense allée à double rangée d'arbres. Il remarqua plusieurs pattes-d'oie percées sur la campagne environnante. Le bâtiment se dressa bientôt avec ses deux ailes décorées de frontons. À gauche, un vaste bâtiment servait de communs et d'écuries. Nicolas se fit déposer au centre de l'édifice devant le grand degré, où un homme, la canne à la main, paraissait attendre, et qui le salua avec cérémonie.

— J'ai, sans doute, l'honneur de parler à M. Nicolas Le Floch ?

— Votre serviteur, monsieur

— Je suis l'intendant du château. Ma maîtresse m'a demandé de vous promener. Elle est un peu souffrante et vous recevra plus tard.

L'homme entraîna Nicolas vers la chapelle. Il put y admirer sainte Clotilde, reine de France, devant le tombeau de saint Martin par Van Loo. Ce fut ensuite la visite des pièces de cérémonie du château, la grande galerie ornée de trumeaux avec son tableau de Parrocel sur la bataille de Fontenoy. Nicolas songea que la marquise marquait sa dévotion pour le roi jusque dans la décoration de ses maisons. La salle à manger était ornée de six vues de maisons royales, et la salle des buffets de scènes de chasse. La guerre, les bâtiments et la vénerie, tous les plaisirs des rois, étaient illustrés dans cette demeure. Son cicérone le conduisit à l'extérieur, afin d'admirer la vue depuis la terrasse, principal agrément du site. La Seine coulait paisible à ses pieds. Un pavillon pouvant servir de salle à manger d'été s'élevait en son centre. Un laquais vint les retrouver, essoufflé : la marquise de Pompadour allait recevoir M. Le Floch.

Il fut introduit dans un boudoir gris et or. Les rideaux tirés, une semi-pénombre baignait la pièce. Quelques bûches achevaient de se consumer dans la grande cheminée de marbre clair. À son entrée, il fut accueilli par un petit barbet noir qui, après un examen rapide mais circonspect, lui fit fête. Ce petit jeu fit diversion.

— Monsieur Le Floch, dit la marquise, tout me porte à compter sur votre fidélité et je constate que Bébé me donne raison !

Nicolas s'inclina et pensa que l'odeur de Cyrus sur ses culottes et ses bas devait être pour beaucoup dans la confiance que lui témoignait Bébé. Il leva les yeux vers la marquise. Le changement, en quelques mois, était notable. Certes, l'ovale du visage se conservait, mais le menton s'alourdissait de plus en plus. Le rouge et le blanc habilement répandus masquaient sans doute d'autres ravages du temps. Les yeux, curieux et vifs, observaient Nicolas avec un peu d'amusement. Le fanchon de dentelle blanche laissait entrevoir la chevelure cendrée. Le mantelet de taffetas blanc couvrait une jupe de soie noire à deux volants. De longues manchettes dissimulaient les mains, qu'elle jugeait imparfaites. Nicolas se demanda si cela expliquait que le roi avait horreur de voir les dames porter des bagues et attirer ainsi les regards sur une partie qu'il ne pouvait admirer chez la marquise. Il jugea l'ensemble un peu triste, un rien austère, conforme à la réputation de dévotion dans laquelle la rumeur la disait être tombée, puis il se souvint que la Cour portait le deuil d'un prince allemand.

— Savez-vous, monsieur, que le roi s'est inquiété de vous, à deux reprises ?

Il y avait là un reproche et un conseil tout à la fois, et aussi volonté de charmer l'interlocuteur par une flatterie. Nicolas ne fut pas dupe. Il n'y avait rien à répondre, il s'inclina.

— Vous êtes trop discret. Songez que pour le roi, vous êtes le marquis de Ranreuil, et il ne tient qu'à vous... Vous ne regrettez pas votre geste ?

Le regard se fit plus insistant. Nicolas sentit le piège : la femme qui s'adressait à lui était née Poisson.

— Le marquis de Ranreuil, mon père, m'avait appris que la valeur ne tient pas à la naissance. Tout dépend de ce que l'on fait de sa vie.

Elle haussa les sourcils en souriant, appréciant sans doute la défausse.

— Enfin, monsieur, suivez mon conseil. Vous êtes chasseur, chassez. Vous y rencontrerez votre maître.

Quelque habitué que commençât à être Nicolas aux usages de Cour, il trouvait bien longue cette entrée en matière. La Borde lui avait déjà fait passer le message d'avoir à se montrer à la chasse du roi.

— Ce propos pour vous signifier qu'on est assuré ici et ailleurs de votre loyauté, reprit la marquise.

Elle lui fit signe de prendre place dans un fauteuil.

— Vous avez été chargé par M. de Sartine d'une enquête sur la mort, disons... inexplicable, du vicomte de Ruissec. Je sais ce qui est advenu et de quelle étrange manière sa mère a également péri. J'ai prié M. de Saint-Florentin et le lieutenant général de police d'épargner au roi le détail de ces morts. Il n'est que trop enclin à s'y complaire.

Elle resta un moment pensive. Nicolas se souvenait de la curiosité morbide du souverain tandis qu'il lui faisait le récit des recherches sur un corps trouvé à Montfaucon, au Grand Équarrissage. Ce goût étrange se confirmait, disait-on, depuis l'attentat de Damiens.

— Monsieur, que pressentez-vous derrière ces morts ?

— Madame, je suis persuadé que nous sommes en présence de deux assassinats. Pour l'heure, rien n'indique qu'un lien existe entre eux, mais rien, non plus, ne dit le contraire. Pour le vicomte de Ruissec, les circonstances sont extraordinaires. J'enquête sur les victimes et sur leur passé, étant entendu, vous ne l'ignorez pas, que ces crimes n'ont pas été reconnus, que le cours de la justice est contrarié et que ma recherche est une action solitaire et risquée.

Elle eut un beau mouvement de tête.

— En tout cas, vous avez ma protection.

— Elle m'est infiniment précieuse, madame.

Il n'en pensait pas un mot. La protection de la favorite valait dans ce boudoir. Dès qu'il aurait quitté Choisy, une bonne épée et Bourdeau seraient infiniment plus sûrs.

— Peut-être, monsieur, devriez-vous penser que cette décision d'arrêter l'enquête n'avait d'autre but que de ne pas effaroucher le gibier que l'on veut piéger ?

Cela, évidemment, ouvrait d'autres perspectives.

Comme c'était souvent le cas — et lui-même procédait parfois ainsi — M. de Sartine lui avait sans doute dissimulé une partie de la vérité. Ou bien la favorite s'était réservé le privilège de l'en aviser. La partie se compliquait décidément. Son camp venait de roquer, pensa-t-il en bon joueur d'échecs. Comme il ne réagissait pas, elle repartit :

— Cela ne paraît pas vous surprendre. Vous y aviez songé déjà. Je dois vous confier mon angoisse... Les malheurs publics m'affligent au plus haut point. On menace le roi, on m'insulte. Que ne puis-je me retirer dans une thébaïde... À Menars, par exemple...

Le bruit d'une bûche qui s'effondrait l'interrompit. Menars, à ce qu'en savait Nicolas, n'était pas une retraite trop austère.

— Je suis lasse et malade, reprit la marquise. Je puis bien vous le dire, monsieur, vous m'avez déjà sauvée une fois. Voyez ce papier que j'ai trouvé à la porte de mes appartements. Et ce n'est pas le premier !

Elle lui tendit un papier imprimé. Il en prit connaissance.

À la putain du roi. Dieu, par un jugement impénétrable mais toujours adorable, pour punir et humilier la France à cause de tes péchés et de tes désordres qui sont aujourd'hui au comble, a permis aux Philistins de nous vaincre par terre et par mer et de nous obliger à demander la paix qu'ils ne nous accorderont qu'à notre très grand et très humiliant désavantage. Le doigt de Dieu a paru visiblement dans ce désastre. Il punira encore.

Pendant que Nicolas lisait, elle avait pris son visage dans ses mains. Le chien sauta sur ses genoux et gémit sourdement.

— Madame, laissez-moi ce torchon. Je trouverai l'officine.

Elle releva la tête.

— Vous trouverez, mais c'est une hydre aux têtes

qui repoussent sans cesse. J'appréhende de plus sourds périls. Cette famille de Ruissec, que le roi n'estime pas, j'ai quelques raisons de la craindre. Elle complote avec les dévots, avec les jésuites et avec tous ceux qui veulent me voir partir. Je ne peux vous en dire plus. Il faut élucider cette affaire. Au vrai, je crains pour la vie du roi. Voyez au Portugal : la gazette annonce l'exécution du jésuite Malagrida. C'est un des complices de l'assassinat du roi du Portugal. On rapporte qu'il aurait rencontré Damiens, naguère, à Soissons. Que de trames ! Et toujours renouvelées !

— Mais, madame, beaucoup de gens autour du roi et autour de vous veillent.

— Je sais. Tous les lieutenants généraux de police ont été mes amis, Bertin, Berryer et maintenant Sartine. Mais ils sont pris par de grands intérêts et dispersés par leurs multiples tâches, tout comme le ministre, M. de Saint-Florentin. Monsieur le marquis, je me fie à vous.

Nicolas estima que la bonne dame aurait pu s'épargner cette nouvelle flatterie, qui donnait cependant la mesure de son désarroi. Elle pouvait compter sur lui, mais il eût souhaité qu'elle développât certaines restrictions apparues dans son discours. Elle ne lui avait pas découvert tous les éléments en sa possession. Il était regrettable que cette accumulation de silences traversât le cours normal d'une enquête. Elle lui tendit la main à baiser, qu'il trouva aussi fiévreuse que lors de leur première rencontre.

— Si vous souhaitez me voir, M. de La Borde m'avertira.

Alors que sa voiture s'avançait dans la grande allée, elle croisa un cavalier dans lequel Nicolas reconnut le garde du corps de la guinguette. Son retour sur Paris fut songeur. Son tête-à-tête avec Mme de Pompadour lui laissait un goût amer. D'une part, il avait trouvé une femme malheureuse et inquiète jusqu'à l'angoisse des menaces qui pesaient sur le roi — mais Nicolas ne poussait plus la candeur jusqu'à croire que dans cette angoisse le propre destin de la favorite ne pesait pas. Plus confusément, il avait observé des réticences et des propos ambigus qui ne laissaient aucun doute sur son information réelle.

L'idée que l'arrêt de l'enquête était une manœuvre, un faux-semblant destiné à tromper l'ennemi lui paraissait trop belle pour être vraie. Il s'agissait sans doute d'un leurre lancé dans la conversation pour l'inciter à poursuivre. Peu importait, au demeurant, puisque, avec la bénédiction de M. de Sartine, il entendait la mener à son terme.

Une dernière question demeurait : ce que la bonne dame souhaitait et ordonnait avait-il l'aval du roi ?

À la porte Saint-Antoine, il donna ordre à son cocher de rejoindre le Châtelet où il espérait retrouver Bourdeau. Le mettrait-il au courant de son entrevue de Choisy ? Le secret de cette rencontre était-il nécessaire ? Il y réfléchit longtemps. L'inspecteur était de bon conseil et la confiance de Nicolas en sa discrétion, absolue. Sartine lui avait recommandé de ne pas l'écarter. De plus, le cocher parlerait sans doute, à qui aucune consigne n'avait été donnée. Quel qu'ait été le choix lointain et discret de Choisy, il avait pu être reconnu ; sa rapide nomination avait attiré sur lui bien des regards.

Il fut retardé par un enchevêtrement de voitures rue Saint-Antoine, où une charrette avait versé, des chevaux s'étant désunis. Un troupeau de vaches de boucherie qui passait par là avait pris peur ; le désordre était indescriptible. Il était plus de sept heures quand il rejoignit le Châtelet. Il trouva Bourdeau placide, fumant sa pipe de terre.

— Bonne chasse, Nicolas ?

Il alla fermer la porte du bureau.

— J'étais à Choisy. La maîtresse des lieux souhaitait m'entendre.

Le visage de Bourdeau demeura impassible. Seules quelques bouffées de fumée s'échappèrent, pressées. D'évidence, Bourdeau était au courant.

— Le propos touchait notre affaire ?

— En plein cœur !

Il lui conta le détail de son entretien avec la marquise.

— Nous serions bien malheureux, dit Bourdeau, si, bénéficiant d'aussi influentes protections, nous n'aboutissions pas. Encore que la bonne dame n'ait pas la main en ce moment. Plus Choiseul grandit, plus son influence à elle diminue. Ajoutez à cela que le ministre est en conflit avec Bertin sur les questions de finances. Or, celui-ci est un protégé de la marquise. Son beau-frère, le comte de Jumilhac, est gouverneur de la Bastille.

— Nous bénéficions et nous ne bénéficions pas. Tout est permis dans une limite inconnue de nous. Et tout n'est pas convenable, ni utile. M. de Sartine ne m'a pas dit autre chose ce matin. Trop de grands intérêts sont en cause qui nous dépassent. Ce crime, ces crimes, dissimulent autre chose. C'est l'avis de la marquise et je ne suis pas éloigné de le partager. Il nous faut recueillir davantage d'éléments sur la personne du vicomte. Il nous faut tout connaître de sa vie, rencontrer son frère, le vidame, sa fiancée, ses chefs, ses amis.

— Et tout cela dans la plus complète discrétion. La tâche va être rude.

— D'autant plus que si j'étais la famille, je ne serais pas dupe de notre renoncement. Le comte de Ruissec ne baissera pas la garde. Et nous ne disposons d'aucun élément nouveau, aucun. Vous-même, Bourdeau, je suppose que vous avez été empêché de procéder à Grenelle ?

— Je me suis vu interdire même la cour de l'hôtel ! Une chapelle ardente a été dressée dans le hall. La pompe funèbre devrait avoir lieu demain, aux Théatins. Les corps seront transportés ensuite à Ruissec, où la famille possède une chapelle dans l'église. Je n'ai pu voir que le luminaire et le grand litre noir portant les armoiries.

— Vous n'avez parlé à personne ?

— Je n'ai pas bronché alors même que j'étais insulté. Mais l'arrogance de ces aristocrates, cette noblesse qui écrase...

Il s'interrompit, et jeta à Nicolas un regard confus. Celui-ci ne releva pas. Au fond, il ne savait pas démêler le sentiment que lui inspiraient ses origines, ayant refusé le privilège. La chevalière qu'il portait n'était que le signe matériel de l'attachement au souvenir du marquis de Ranreuil, et il n'oubliait pas la vénérable figure du chanoine Le Floch qui, lui, était du peuple, et du plus paysan.

— Bourdeau, j'en viens à songer à une expédition. Je vais réfléchir tout haut, comme devant un autre moi-même... Il faut retourner à Grenelle et découvrir un moyen de s'introduire dans la place. Il est essentiel que je revoie certaines choses et que je fouille à nouveau la chambre du vicomte. De nuit, la chose est possible. J'avais bien pensé à la complicité de Picard, le major-dome. Je le crois honnête homme et c'est lui qui m'avait remis le billet de la comtesse, mais je crains de le compromettre. On peut sans doute approcher l'aile du bâtiment par l'arrière, mais comment pénétrer à l'intérieur sans bris et sans bruit ?

— Par l'œil-de-bœuf.

— Quel œil-de-bœuf ?

— Rappelez-vous le cabinet de toilette. Il possède une ouverture ronde montée avec une vitre sur un châssis pivotant. À ma dernière visite, j'en ai dérangé le mécanisme. Si personne ne s'en est aperçu — et il n'y a aucune raison, l'appartement étant inoccupé depuis la mort du vicomte —, il suffit de pousser de l'extérieur pour pouvoir pénétrer. Avec une échelle, la chose est aisée et il doit bien y en avoir une qui traîne dans le parc.

— Dans la cabane du jardin. Bourdeau, je m'incline. Mais par quel miracle ?

— J'ai simplement anticipé un peu. Je me doutais, vu la tournure des événements et la complexité de la cause, que nous nous trouverions peut-être plus vite que prévu dans l'impossibilité de revenir sur les lieux. Il fallait se préserver une voie d'accès. Toutefois, Nicolas, pesons les conséquences. Si nous sommes surpris, il n'y aura pas de quartier et nous serons bons pour aller écouter les ténèbres chez les clarisses ou partir en Nouvelle-France chez les Iroquois.

Nicolas éclata de rire. Bourdeau avait raison, l'entreprise comportait des risques et le scandale serait tel qu'il contraindrait les autorités à baisser les bras. Toutefois, il demeurait convaincu que des éléments importants du mystère se trouvaient à Grenelle. Il s'en voulait de n'avoir pas consacré plus de temps à l'examen des lieux lors de la découverte du « suicide » du vicomte.

— Bravo, Bourdeau, je reconnais là votre métier et votre sens du détail. Pour le reste, il faut s'en remettre à notre bonne étoile. Sans doute, je n'aime pas à me servir de moyens détournés, mais le désir de la solution l'emporte sur tout ! C'est cela la raison d'État... Dressons notre plan de campagne. Une voiture, un cocher. Vous et moi, et peut-être Rabouine en éclaireur et guetteur. Nous laisserons la voiture à quelque distance pour ne pas donner l'éveil. Nous aviserons pour le passage du mur.

— Nous pourrions forcer la porte.

— Certes, et nous avons l'instrument pour cela. Mais c'est à exclure : elle peut grincer ou avoir une cloche. Il faudra retrouver l'échelle. Le reste sera affaire de souplesse et de silence.

— Je propose, dit Bourdeau, visiblement ravi de cette expédition, que nous sortions coiffés.

Nicolas approuva. C'était une vieille plaisanterie entre eux, depuis que l'inspecteur avait un jour sauvé la vie de Nicolas grâce à l'utilisation d'un pistolet en réduction de son invention fixé dans l'aile intérieure de son tricorne. Il avait fait présent d'un exemplaire identique à son chef.

— À quelle heure ? demanda l'inspecteur.

— J'ai déjà la voiture. Trouvez Rabouine qui ne doit pas être loin. Auparavant, j'ai une visite urgente à faire au *Dauphin couronné*.

— Hé, hé ! fit Bourdeau.

— Vous vous méprenez. L'idée m'est seulement venue, en rentrant de Choisy, que je pourrais peut-être glaner quelques informations sur Mlle Bichelière auprès de notre aimable maquerelle. La Paulet n'a plus rien à nous refuser depuis que nous l'avons sauvée de l'Hôpital général. Je la visite régulièrement et son ratafia des îles est loin d'être mauvais. Pour notre maraude, une heure après minuit serait le moment idéal.

— L'idée est bonne. Rien ne lui échappe de ce qui survient dans le monde de la galanterie et dans celui de la cocange [1].

— Quant à notre maraude, conclut Nicolas, une heure après minuit me paraît le moment idéal.

Nicolas laissa donc Bourdeau préparer l'expédition. Avant de quitter le Châtelet il rédigea un nouveau et court rapport à M. de Sartine. Il le confia au père Marie : l'huissier devrait remettre le pli en main propre au lieutenant général de police, si leur descente à Grenelle tournait mal. Dans le cas contraire, il le rendrait à Nicolas le lendemain. Cela réglé, il remonta en voiture.

Réfléchissant aux relations qu'il avait nouées avec la tenancière de la maison galante, il philosopha sur ce qui séparait le policier du citoyen ordinaire. Il exerçait désormais son métier sans scrupules excessifs. M. de Sartine lui avait fait lire un jour l'éloge par Fontenelle de M. d'Argenson, l'un de ses grands prédécesseurs à la lieutenance. Il y avait noté cette phrase : « Ne tolérer une industrie pernicieuse qu'autant qu'elle pouvait être utile, y tenir les abus nécessaires dans les bornes prescrites de la nécessité, ignorer ce qu'il vaut mieux ignorer que punir, pénétrer par des conduits souterrains dans l'intérieur des familles et leur garder les secrets qu'elles n'ont pas confiés tant qu'il n'est pas nécessaire d'en faire usage ; être partout sans être vu et être l'âme agissante et presque inconnue de la multitude tumultueuse de la ville. » Tous ces préceptes conduisaient à des liens étroits et réguliers entre la police et le monde de la galanterie. Chacun y trouvait son avantage bien compris.

Nicolas avait un sentiment étrange chaque fois qu'il soulevait le marteau de la porte du *Dauphin couronné*. Il avait bien failli périr dans cette maison, et lui-même avait tué un homme. Son regard et son visage le hantaient encore certaines nuits sans sommeil. Quelquefois aussi, il revivait le duel à l'aveuglette dans le salon de la Paulet contre un adversaire dont il avait dû anticiper les mouvements.

Il entendit un cri d'étonnement et la porte s'ouvrit sur le visage de la négrillonne qui le considérait, mi-hilare mi-effarée.

— Bonsoir, dit Nicolas, la Paulet est-elle visible pour Nicolas Le Floch ?

— Touzours pour vous, monzieur, zé vous précède.

Elle lui désigna l'entrée du salon en pouffant derrière sa main. Il était encore trop tôt pour que la clientèle habituelle fût déjà réunie, et pourtant des bribes de conversation se faisaient entendre. Nicolas s'arrêta devant la porte et prêta l'oreille. Un homme et une femme discouraient.

— *Ma chère enfant, sais-tu que tu es charmante !
Baise-moi, je t'en prie.*

— *J'y consens de bon cœur.*

— *Tu m'as fait bander comme un chien pendant que je servais à table, je n'y pouvais plus tenir.*

— *Va, je m'en suis bien aperçue, et c'est ce qui m'a fait sortir de table pour venir te trouver.*

— *Il faut sur l'heure que je le mette.*

— *Oui, mais si ton maître nous surprend ?*

— *Qu'importe, mordiou ! Je te foutrai sur une borne, tant j'en ai envie !*

Nicolas entrouvrit doucement la porte. Dans le grand salon aux meubles tapissés de soie jonquille, le rideau de la petite scène était levé. Le décor en trompe l'œil représentait un boudoir. Un sofa et deux chaises constituaient les seuls éléments de l'ensemble. Un jeune homme en débraillé et une jeune fille en chenille se donnaient la réplique. La Paulet, sa masse énorme effondrée dans une bergère, en robe rouge et mantille noire, plus peinturlurée de céruse et de rouge qu'un pantin de la foire Saint-Germain, dirigeait le jeu à coups d'éventail.

— Toi, le bougre, un peu plus de passion ! Ne sens-tu pas que tu es au bord de la crise ? Je sais que c'est une répétition, mais on doit t'imaginer arder. Et toi, gueuse, un peu plus d'abandon et de provocation. Nous avons affaire à des amateurs, ce soir...

Nicolas toussa pour signaler sa présence. La Paulet poussa un cri. Les deux acteurs reculèrent et le rideau tomba. Revenue de sa surprise, la maquerelle se leva lourdement. Elle cria en direction du décor :

— Ne craignez rien les enfants, c'est monsieur Nicolas.

— Je vois que vous n'avez pas abandonné l'art dramatique, fit celui-ci. Quel souffle ! Quelle passion ! Quelle délicatesse ! Mlle Dumesnil, déesse des Comédiens-Français, est-elle annoncée ce soir avec sa cour de seigneurs aventureux ?

La Paulet était tout sourire.

— Il faut bien vivre. Je n'attends que quelques traitants en goguette qui, après souper, veulent se divertir et ranimer des ardeurs déficientes par la vue des jeux de mes jeunes acteurs. De fait, nous répétions. C'est partie privée à minuit. Mes filles, ensuite, étancheront...

— Un spectacle édifiant.

— En quelque sorte. Ainsi, monsieur le commissaire n'a pas oublié sa vieille amie ?

— Ma chère, vous êtes inoubliable. Et votre ratafia aussi.

— Un petit verre ? fit la Paulet ravie. J'en ai du tout frais débarqué des îles.

Pendant qu'elle emplissait deux verres d'un liquide ambré, Nicolas examinait les lieux. La disposition était différente, les tapis à d'autres emplacements. Il comprit que cette modification visait à dissimuler la partie du parquet imprégné du sang de Mauval. Décidément, le passé était long à solder.

— Comment vont les affaires ?

— Je ne me plains pas. Je suis toujours bien achalandée. Le plaisir ici est varié, de qualité et sans surprise.

— Il y a des nouvelles dans la maison ?

— Cela ne manque pas. Les malheurs du temps me ramènent toujours des colombes attirées par les feux de la ville.

— Vous qui connaissez tout le monde à Paris, la Bichelière, Mlle Bichelière de la Comédie-Italienne, cela vous dit quelque chose ?

— Que oui ! Une petite roulure pas vilaine, avec de beaux yeux, qui fait sa pelote aux Italiens. J'ai failli l'avoir, mais elle a préféré faire ses caravanes ailleurs.

— Elle joue pourtant les ingénues.

— Elle les joue peut-être sur scène, mais elle est entrée dans la carrière à peine fille. Ah ! oui, elle peut faire la renchérie... De nos jours, il n'y a plus de morale dans le métier.

Et la Paulet se mit à raconter. La Bichelière était venue toute jeune de sa campagne avec une troupe de bohémiens qu'elle avait abandonnée à Paris pour mendier. Elle ne savait faire que cela, et danser. Elle était tombée dans la plus basse crapule, réduite à vivre du travail d'une main légère et douce qui, la nuit sous le feuillage des Boulevards, distribuait des plaisirs imparfaits mais sans danger, pis-aller des honteux et des pusillanimes. Ensuite, elle avait marchandé son principal avec un financier, tout en multipliant les aventures de cœur ou de tempérament avec des greluchons.

— De fait, ajouta la Paulet, son principal elle l'a négocié à maintes reprises. Les michés s'y laissaient prendre.

— Comment cela ?

— Cela tient de la magie. Un doigt de baume miraculeux. Par exemple, la « Pommade astringente de Du Lac », ou encore une onction de l'« Eau spécifique des pucelles de Préval », et puis une petite vessie de sang de pigeon placée au bon endroit, et le tour est joué. La bonne humeur du naïf y sert de ragoût. C'est une affaire à répétition. Je l'ai croisée un jour rue Saint-Honoré, elle ne se mouche pas du pied. Mais, gare, elle finira à Bicêtre comme les autres de son acabit.

— Et le jeu, demanda Nicolas, toujours florissant ?

La maquerelle prit une figure embarrassée et douteuse. Nicolas, naguère, avait fait fermer le tripot clandestin que la Paulet avait ajouté à ses autres activités. Pourtant, il savait par ses mouches que les parties continuaient. Cela était toléré, à condition qu'elle se montrât compréhensive lorsqu'on faisait appel à elle.

— Je n'ai plus de protecteur, je me garde à carreau.

— Ce qui signifie exactement le contraire ! Me croyez-vous assez sot pour ne pas penser que vous avez trouvé quelque moyen de continuer votre petit négoce ? Allons, vous devriez avoir appris à ne pas me la jouer de cette monnaie-là.

Elle s'agitait comme une limace sous le soulier.

— Soit, monsieur Nicolas, je m'en remets à votre amitié. La Paulet est bonne fille, elle sait ce qu'elle vous doit. Que voulez-vous savoir ?

— Je suis chargé de veiller à l'honneur des familles, c'est-à-dire d'empêcher que certains de nos bons jeunes gens ne soient les dupes de chevaliers d'industrie ou de tricheurs professionnels. Un cas de dérèglement de ce genre me vient à l'esprit, peut-être le connaissez-vous ?

Les petits yeux enfoncés dans les chairs le fixaient sans expression.

— Je ne les connais pas tous par leur nom.

— Pas de cela, la Paulet ! coupa rudement Nicolas. Vous êtes trop fine mouche, pour ne pas vous renseigner quand cela peut être utile.

— Parlez toujours. J'ai de la clientèle fort mêlée.

— Ruissec.

— Attendez, cela me dit quelque chose... Oui, un beau jeune homme. Mes filles se le disputent. Quel dommage de le voir perdu pour le beau sexe !

— Que voulez-vous dire ?

— Oui, c'est un petit collet promis à la prêtrise. Oh ! cela n'empêche rien, mais voir un gaillard comme cela, cela fait pitié, c'est du travail gâché.

Nicolas comprit que la Paulet parlait du frère du vicomte. Noblecourt lui avait déjà signalé ce Ruissec contraint par son père à embrasser une vocation pour laquelle il n'éprouvait qu'éloignement. Il n'avait pas encore prononcé ses vœux, et la mort de son frère en faisait désormais l'aîné du nom, libre désormais d'orienter sa vie dans une direction différente.

— Il ne vient jamais seul, ajouta la Paulet, il est toujours avec un garde du corps, un certain... du Plâtre... Non, de La Chaux. Même que l'autre jour, le petit abbé s'est retrouvé plumé et son compère lui a donné une bague à laisser en gage et, bien entendu, à lui rembourser ensuite. À charge pour moi de la négocier sous quinzaine et de payer le créancier. D'ailleurs, voyez comme je suis ouverte avec vous, je l'ai sur moi, je vais vous la montrer.

La Paulet fourragea dans sa jupe. D'un petit sac attaché au corps de sa robe, elle sortit précautionneusement une bague qu'elle lui tendit. Nicolas fut aussitôt frappé de l'aspect inhabituel du bijou. Il s'agissait d'évidence d'une pièce de grande qualité. Dans le chaton, une fleur de lys en brillants était sertie dans un champ de turquoises. À en juger par la dimension de l'anneau, c'était un bijou de femme ou d'homme aux doigts fins. Il le lui rendit.

— Je souhaiterais que vous conserviez ce bijou par-devers vous quelques jours, dit-il. Cela peut avoir son importance.

Une chose l'intriguait. On lui avait dit à plusieurs reprises que c'était le vicomte le joueur. Son valet, d'abord, ce Lambert, et la chose avait été corroborée par M. de Noblecourt.

La Paulet faisait grise mine.

— Il n'y a pas urgence, monsieur Nicolas. J'avais toujours dit que ce joli cœur ne m'apporterait que des ennuis. Nombre de mes habitués ne voulaient plus jouer avec lui.

— M. de La Chaux ?

— Non, l'autre, le joli abbé, le petit Gilles. Il joue à senestre.

Nicolas tressaillit. Gilles... C'était le prénom surpris sur les lèvres de la Bichelière au beau milieu de leurs ébats.

— Il est gaucher ?

— Et comment ! Et cela ne plaît pas. On dit qu'ils portent malchance au jeu.

— Pour le coup, cela n'avait pas été le cas.

La Paulet se laissa entraîner par la rapidité de leur échange.

— Il n'y avait pas de risque, il fallait bien rétablir l'équilibre. On y avait veillé !

Elle ricana puis tenta de se le concilier en clignant de l'œil. Nicolas détestait qu'elle l'abaisse à son niveau comme s'ils étaient complices.

— Madame, dit-il, d'un ton haut, il y a eu tricherie, et vous osez l'avouer à un magistrat en exercice ! Dans ces conditions, les choses sont différentes. Veuillez me remettre ce bijou sur-le-champ. Rappelez-vous que votre maison de jeu est illégale. Nous la tolérons, et vous savez pourquoi. Mais que les loups chez vous se mettent à tondre les brebis, cela est condamnable. Si l'on en venait à accepter ce crime comme une habileté dont il est de bon ton de faire parade, tout ordre disparaîtrait. Vous direz à votre commanditaire que les mouches ont eu vent du trafic. Mais je ne me fais pas de soucis, vous trouverez une explication.

— Mais, hurla la Paulet, c'est du vol ! Vous voulez ma mort ! Monsieur Nicolas, vous n'avez donc aucune pitié pour votre vieille amie ?

— Je souhaite que ma vieille amie s'en tienne à ses activités habituelles, dit Nicolas, sinon ma vieille amie pourrait faire connaissance avec des lieux moins plaisants, auxquels elle doit à M. Nicolas d'avoir échappé. Il serait opportun qu'elle s'en souvînt.

Il sortit, laissant la maquerelle effondrée. Sa bonne humeur s'était envolée. Il devait digérer les choses qu'il venait d'apprendre. Il s'en voulait aussi un peu d'avoir bousculé la Paulet. Tout en comprenant la nécessité du chantage imposé à ces maisons galantes associées à des tripots de jeu, il se reprochait d'y participer. M. de Sartine répétait souvent que le jeu était une menace pour la société, que cette activité inféconde détournait l'argent de productions plus utiles à l'État.

Décidément, le *Dauphin couronné* ne lui réussissait pas. C'était là qu'il avait perdu ses illusions sur la possibilité d'être à la fois un policier et un honnête homme. Il lui était impossible de se leurrer : tromperies, pressions, chantages, utilisation détournée de l'autorité et des lois, quelles étaient la limite et la frontière entre le bien et le mal ? La vérité ne se révélait jamais simplement. L'essentiel était d'aboutir et de servir la justice par des moyens qui, en d'autres lieux, eussent été jugés déshonorants. Il se demanda enfin si ce n'était pas là ce qui expliquait son refus de porter le nom des Ranreuil, et puis il se dit que, s'il avait accepté, le métier de policier lui aurait été de toute façon interdit. Au mieux, il serait devenu un soldat, au pire, un courtisan. Pour le meilleur et pour le pire, il servait désormais la vérité. Du moins le croyait-il.

VII

GRENELLE

C'est pourquoi vous n'avez qu'un parti qui soit sûr :
C'est de vous renfermer aux trous de quelque mur.

LA FONTAINE

Nicolas et Bourdeau avaient attendu l'heure de leur
l'expédition dans un petit tripot de la rue du Pied-de-
Bœuf, sur les arrières du grand Châtelet, où ils avaient
leurs habitudes. Le tenancier soignait Bourdeau, qui
était originaire de Chinon comme lui. De la sorte,
remarqua l'inspecteur, ils ne s'engageraient pas dans
l'aventure le ventre vide. Nicolas lui raconta avec force
détails sa descente au *Dauphin couronné* et lui commu-
niqua les informations qu'il avait recueillies. Comme
lui, Bourdeau fut frappé de l'aspect du bijou saisi.
L'enquête ne cessait d'apporter des éléments nouveaux
et de plus en plus déroutants.

Le vidame se retrouvait tout d'un coup au centre des
interrogations. Il était gaucher, et c'était la troisième
fois qu'ils rencontraient cette particularité physique.
Tout laissait à penser qu'il connaissait intimement la
Bichelière, maîtresse de son frère aîné. Le mobile d'un
fratricide se dessinait, mais Nicolas répugnait à imaginer qu'un frère en tuât un autre pour un motif, certes
important, mais qui ne justifiait pas à ses yeux ce crime

sacrilège. Et pourtant... Il était désormais urgent de faire connaissance du vidame auquel tout semblait ramener, mais qu'on ne voyait jamais et, aussi, de l'ami commun des deux frères, le garde du corps Truche de La Chaux. Il faudrait donc élargir l'enquête à Versailles, où demeurait aussi, selon les renseignements pris, Mlle de la Sauveté, la fiancée du vicomte.

Quant à Bourdeau, il irait le lendemain à l'église des Théatins observer la messe de funérailles de la comtesse et de son fils. L'inspecteur remarqua que tout cela était bel et bon, qu'il ne connaissait pas la recette pour enquêter sur un crime qui n'était pas officiellement déclaré, et sans aucune décision de justice. Il faudrait improviser.

S'assurant que personne ne les observait, Bourdeau sortit de sa poche une petite boîte que Nicolas prit tout d'abord pour une pendule. En y regardant de plus près, il reconnut une lanterne sourde mais réduite à trois fois sa dimension normale. Bourdeau lui expliqua qu'il avait de nouveau fait appel au vieil artisan qui lui avait si adroitement confectionné les petits pistolets de leur tricorne. Avec ça, remarqua l'inspecteur ravi de sa trouvaille, il serait possible de jouer les chats sans avoir les mains immobilisées par le port de la lanterne. Ce modèle, muni d'une agrafe, s'accrochait sur le devant de n'importe quel vêtement. Il serait d'autant plus utile cette nuit que, pour s'introduire dans l'appartement du vicomte de Ruissec, il faudrait procéder à une escalade suivie d'un rétablissement hasardeux, et qu'ils n'auraient pas trop de leurs deux mains pour s'y livrer.

Ils se mirent en route vers minuit, Rabouine, dépêché en avant-garde, était déjà sur place. Ils franchirent sans encombre le contrôle des barrières et se retrouvèrent bientôt dans la plaine de Grenelle. Nicolas contempla à nouveau cette banlieue à l'aspect sinistre où s'entremêlaient vestiges champêtres, chantiers de démolition, bâtiments neufs et quelques anciennes fermes dont les jours paraissaient comptés. La voiture, toutes lumières éteintes, fut remisée dans un chemin bordé d'arbres. Le vent s'était levé, soulevant les feuilles mortes et sifflant dans les branches ; son bruit dissimulait leur progression vers l'hôtel de Ruissec.

Tout semblait calme dans l'habitation, et seule une vague lueur mouvante, provenant sans doute de la chapelle ardente installée dans le vestibule, était visible du dehors. Ils se glissèrent dans le chemin parallèle aux communs pour rejoindre la porte cochère donnant sur le parc. Un léger sifflement les avertit de la présence de Rabouine. Il vint les assurer que tout était tranquille. Personne n'était entré dans la propriété de toute la soirée, en dehors d'un prêtre accompagné de religieux. Il avait profité de la pénombre pour tâter le mur d'enceinte et avait repéré, à gauche de la porte, des pierres descellées qui offriraient toute facilité pour se hisser sur le mur. Il faudrait juste prendre garde aux tessons de bouteilles fichés dans le mortier et destinés à dissuader les chapardeurs. Un sac de jute permettrait de passer sans se taillader les mains. De l'autre côté, il suffirait de sauter et, pour le retour, d'utiliser l'échelle.

Seul Nicolas devait s'introduire par l'œil-de-bœuf, Bourdeau, avec son embonpoint, ne pouvant y songer. Il accrocha la petite lanterne sourde sur sa poitrine et vérifia qu'il était bien pourvu d'allumettes. Il était hors de question de la mettre en marche à l'extérieur, au risque de signaler sa présence. Ils bénéficiaient du fait que seule une grande galerie courait le long du premier étage du bâtiment principal. Ce serait malchance qu'un des occupants de l'hôtel fût justement occupé à cet instant à considérer le parc plongé dans l'ombre d'une nuit sans lune.

Nicolas souhaitait que Bourdeau le laissât s'engager seul, mais l'inspecteur ne voulut rien entendre. Sa présence était nécessaire aussi bien pour aider Nicolas à porter l'échelle que pour éviter qu'elle ne glissât, et pour faciliter les choses en cas de retraite précipitée.

Ses raisons étaient excellentes, toutefois la véritable, qu'il n'exprimait pas, intéressait avant tout la sécurité du jeune homme. Par amitié pour lui et par obéissance à Sartine, Bourdeau ne le quitterait pas. Il attendrait la fin de la visite tapi dans l'ombre et dissimulerait l'échelle. Rabouine repartit faire le guet.

L'escalade fut aisée, la prise étant facile dans la pierre meulière, mais sans la précaution des gants, ils n'auraient pas échappé aux écorchures. Nicolas disposa le sac de jute sur le faîte. Par chance, les tessons dépassaient à peine du revêtement et il put se hisser sans dommage. Il s'assit avec précaution et se jeta dans le vide. Il tomba mollement sur un tapis de feuilles mortes et de terre décomposée. Il s'écarta et aussitôt Bourdeau le rejoignit. Nicolas lui fit signe de le suivre en longeant le mur.

Ils atteignirent sans encombre l'angle du parc où se trouvait la cabane du jardinier. La porte en était ouverte et Nicolas alluma la petite lanterne sourde après avoir fait entrer Bourdeau et repoussé la porte. Sa lueur éclaira chichement des outils et des semis en pots. L'échelle était là, appuyée à la cloison. Ils s'en emparèrent et, après avoir éteint la lanterne, repartirent vers la gauche afin de rattraper l'aile qui abritait les écuries et l'appartement du vicomte. Nicolas reconnut le pavé sous ses pieds et décela à l'odeur qu'ils longeaient la première porte des écuries. Il avait oublié les rosiers de pleine terre entre les deux ouvertures. Il buta et se prit une botte dans les épines, manquant tomber et entraîner Bourdeau. Une extrémité de l'échelle heurta le mur. Un long hennissement et le bruit de sabots d'un cheval réveillé déchirèrent le silence. Ils retinrent un moment leur respiration, puis tout se calma. Il était heureux, pensa Nicolas, qu'aucun chien ne hantât l'hôtel de Ruissec, car ils eussent été faits ! Il évita le deuxième massif de rosiers, situé précisément à la verticale du cabinet de toilette.

L'échelle fut dressée au jugé et appliquée contre le

mur. Nicolas prit la précaution d'enlever ses bottes, à la fois pour être plus à l'aise et pour éviter le bruit et les traces. Il se trouva à bonne hauteur du premier coup. Il sentit sous ses doigts la vitre de l'œil-de-bœuf et la poussa doucement après avoir repéré sa moulure inférieure. L'ouverture n'était pas très large et il comprit qu'il lui serait impossible de se glisser à l'intérieur : l'extrémité de l'échelle était trop basse. Après un instant de réflexion, il redescendit et expliqua la situation à Bourdeau. Celui-ci décida de rapprocher la base de l'échelle du pied du mur tout en la décalant vers la gauche. De cette manière, Nicolas aurait les pieds à la hauteur de l'œil-de-bœuf et, de côté, pourrait s'introduire dans la pièce.

La deuxième tentative fut la bonne ; en se tenant à la force des bras et sans que le cadre ne cède, il parvint à se glisser, puis à progresser jusqu'à l'instant où il sentit le dessus de la table de toilette. Des objets roulèrent, il remettrait de l'ordre ensuite. L'essentiel était atteint, il était à pied d'œuvre.

Debout en équilibre instable sur le meuble fragile, il allongea prudemment les jambes jusqu'au sol. Il s'accorda quelques minutes pour calmer les battements de son cœur. Après quoi, il ralluma la lanterne sourde, s'orienta et poussa la porte donnant sur la chambre. Rien n'avait bougé depuis sa première visite. Tous les objets étaient demeurés en place. Il observa seulement que la lampe bouillotte sur le bureau avait retrouvé un emplacement plus normal. Il traversa la chambre et, de l'autre côté de l'alcôve, poussa la porte dissimulée dans la boiserie qui donnait accès au petit réduit-bibliothèque.

Nicolas entreprit un inventaire systématique de son contenu, comparant certains titres avec la liste d'auteurs qu'il avait relevée dans la bibliothèque de M. de Noblecourt. L'ensemble mêlait dans le plus grand désordre ce qu'on s'attendait à trouver chez un homme jeune de bonne famille, officier de surcroît — ouvrages d'escrime ou d'équitation, Mémoires d'hommes de guerre, littérature légère et même galante — et des livres de scolastique. Nicolas nota avec intérêt que nombre d'entre eux étaient dus à des jésuites. La régularité avec laquelle il retrouvait ces volumes religieux ou polémiques l'intrigua. Des signets et des marques à la mine de plomb signalaient les passages qui exposaient les justifications du meurtre légitime des rois. Il frémit d'horreur en relevant, soulignés d'un trait, les appels au régicide dans un ouvrage écrit en 1599 et intitulé *Du roi et de l'éducation*, d'un certain Mariana, de la Compagnie de Jésus. La référence ranima ses souvenirs : ce livre avait été mis en cause lors de l'assassinat d'Henri IV par Ravaillac. Poursuivant son investigation, il fut intrigué par un ouvrage licencieux qui fermait mal. L'examinant de plus près, il découvrit que la doublure de la reliure avait été décollée puis recollée. Il sentit sous ses doigts une épaisseur. À l'aide du petit canif qui ne le quittait jamais, il découpa le papier de doublure avec soin. Deux feuillets d'un papier très fin s'échappèrent. L'un portait un dessin géométrique et l'autre était écrit en lettres si minuscules qu'il lui était impossible de le déchiffrer avec le faible éclairage dont il disposait et sans recourir à une lentille grossissante. Il remit les documents en place et glissa le livre dans son habit.

Soudain, des craquements de parquet se firent entendre dans le lointain. Nicolas sortit en hâte de la bibliothèque et écouta. Quelqu'un marchait dans le couloir. Il n'avait pas le temps de fuir. Il pensa à la grande armoire près de la porte d'entrée. Il l'ouvrit et se glissa dans le vaste espace inférieur occupé par des bottes. Le plancher de bois craqua de nouveau puis tout bruit cessa. S'agissait-il d'une fausse alerte ? Dans le silence revenu, les battements de son cœur scandaient son angoisse ; ils résonnaient dans sa tête en l'assourdissant. Rassuré, il entreprit de sortir de sa cachette quand un autre bruit, plus proche, résonna. Il était difficile de se tromper sur sa signification : quelqu'un tentait de crocheter la serrure de la porte. Lui-même avait procédé ainsi lors de la découverte du corps. Un petit claquement lui signifia que l'opération avait réussi. Les craquements du parquet, espacés par de longs intervalles de silence, s'approchèrent. Les interstices du bois de l'armoire laissèrent passer les traces d'un éclair et d'une lumière tremblotante. On venait d'allumer une chandelle. Nicolas maîtrisait sa respiration. Tous ses sens en éveil, il suivait, comme s'il la voyait, la progression du visiteur. Il l'entendit passer devant lui et entrer à droite dans la bibliothèque. Il perçut un piétinement, puis les bruits, réguliers, de petites chutes sur le sol. Dans l'obscurité où il était retombé, il perdait la notion du temps et l'attente lui paraissait interminable. Bien qu'appuyé assez confortablement, il craignait que sa longue immobilisation ne le conduisît à un engourdissement ou, pire, à une crampe qui, déclenchant des mouvements incontrôlés, le trahirait. Alors, il affronterait soit un visiteur dont la présence était légitime, soit un intrus comme lui. Qu'adviendrait-il alors ?

Les bruits de chutes se poursuivaient : le visiteur fouillait les livres un par un. Peut-être sa quête était-elle identique à la sienne, et sans doute l'objet recherché était-il précisément celui qu'il serrait sur son cœur. Un long moment s'écoula, puis il entendit l'inconnu sortir de la bibliothèque. Ses pas étaient hésitants. Il frappa violemment la porte de l'armoire et jura sourdement. Nicolas eut ensuite l'impression qu'il se déplaçait dans la chambre ; la lueur de la chandelle s'était élargie. Il essaya de regarder par une fissure du bois, mais elle était trop éloignée de lui et le moindre mouvement pouvait dénoncer sa présence. L'inconnu erra encore quelques minutes. Nicolas craignit qu'il ne lui vienne à l'idée d'inspecter le cabinet de toilette. L'œil-de-bœuf ouvert et le désordre qui régnait sur la table où il avait pris pied risquaient de l'intriguer. Puis il perçut le bruit de la porte qui se refermait doucement et les pas s'éloignèrent. Nicolas attendit encore quelques instants, puis il alluma sa lanterne, poussa le battant de l'armoire et se glissa dans la chambre. Il n'y avait personne. Dans la bibliothèque, le désordre était à son comble. Les volumes gisaient sur le sol en tas, reliures arrachées, éventrées, déchirées. Pas un seul ouvrage n'avait échappé à cette destruction. Nicolas fut partagé entre l'horreur que suscitait en lui ce spectacle et la satisfaction de savoir que l'inconnu avait fait chou blanc.

Il s'apprêtait à repartir par le même chemin, après avoir remis un peu d'ordre dans le nécessaire de la table de toilette, lorsqu'il prit conscience qu'il devrait sortir la tête la première. L'angoisse le saisit. La tête entraînant le corps, il risquait de tomber, et de cette hauteur — quatre à cinq toises — cela suffisait pour tuer son homme. Il réfléchit furieusement. Finalement il décida d'ouvrir simplement la fenêtre de la chambre voisine, et d'appeler Bourdeau, qui lui apporterait l'échelle. Au même instant, il entendit, toute proche, la voix de l'inspecteur, dont la tête apparut dans l'ouverture de l'œil-de-bœuf. Bourdeau avait lui aussi songé aux difficultés que Nicolas rencontrerait pour s'extraire. Il lui expliqua sa solution. Nicolas sortit la tête la première, il accrocha d'une main l'épaule de Bourdeau, ramassa les jambes, sortit son buste et par une torsion de tout le corps se retrouva sur le dos de l'inspecteur. La descente fut périlleuse. Leurs deux poids conjugués pesaient lourdement sur l'échelle qui ployait en grinçant à chaque échelon. Enfin, ils touchèrent le sol. Nicolas remit ses bottes et effaça les traces dans la terre des rosiers. Ils allèrent ranger l'échelle dans l'appentis. Le châssis de l'œil-de-bœuf ayant été refermé, plus rien n'indiquerait leur intrusion, et quand la mise à sac de la bibliothèque serait découverte, les soupçons ne pourraient se porter que sur les gens de l'hôtel de Ruissec.

Rabouine parut, inquiet de la longueur de leur absence. Ils remontèrent en voiture avec lui et se dirigèrent vers la ville. Nicolas conta les péripéties de sa visite et décrivit la mystérieuse intrusion. Bourdeau et lui convinrent qu'il ne pouvait s'agir que d'un étranger à la famille de Ruissec, le comte n'ayant pas besoin d'user de telles précautions pour visiter l'appartement de son fils. Il faudrait cependant vérifier si le vidame n'était pas dans les lieux. Lui, pouvait avoir quelques raisons de visiter la chambre de son frère. Toutefois, un détail avait frappé Nicolas : le visiteur faisait craquer le plancher, mais il n'avait perçu aucun bruit de souliers. Aurait-il pris les mêmes précautions que Nicolas ?

— Bourdeau, dit-il, le valet du vicomte, ce Lambert... Je l'ai interrogé après qu'il a surgi brusquement derrière moi ; il n'avait pas de souliers, il était en bas. Il s'en est même excusé, disant avoir quitté sa chambre en toute hâte. Mais en fait, j'avais remarqué que sa tenue était impeccable, boutonnée, la cravate correctement enroulée et nouée.

— Qu'en déduisez-vous ?

— Que, sans le savoir, nous avons peut-être reconstitué ce qui s'était passé ce soir-là dans cette pièce. Mon ami, le mystère de la chambre close de l'intérieur est élucidé !

— Sans clef, je ne vois pas comment. Mais vous me l'allez expliquer.

— L'évidence est telle qu'elle nous a aveuglés ! Le vicomte de Ruissec est tué dans des conditions que nous finirons par déterminer. Pour des raisons que nous ignorons, ses meurtriers, je dis bien *ses* meurtriers, car tout cela impliquait des complices, ramènent le corps en voiture. Ils passent par la porte cochère du parc, leur voiture attend dans le chemin, j'avais repéré des traces. Ils prennent l'échelle, l'appliquent le long du mur...

— Vous racontez comme si vous y étiez !

— J'avais relevé l'empreinte des pieds de l'échelle dans la terre des rosiers en patrouillant le soir, après la découverte du corps. N'oubliez pas que le corps était lourd, lesté qu'il était avec tout ce plomb. D'ailleurs, rappelez-vous notre descente !

— Certes, et vous n'êtes pas plombé ! dit Bourdeau en riant.

— L'opération nécessitait deux hommes pour hisser le cadavre jusqu'à la croisée...

— Mais Nicolas, je vous ai entendu préciser que les fenêtres et leurs volets intérieurs étaient fermés au verrou. Comment seraient-ils entrés ? Tout cela ne se tient pas.

— Bravo, Bourdeau ! Votre objection me donne la clef de l'énigme. Puisque tout était clos, et bien clos, lors de la découverte du corps, il fallait bien que quelqu'un les ait fermées, ces croisées, n'est-ce pas ?

— Je vous suis de moins en moins.

— Et pour les fermer, il fallait les avoir ouvertes. C'est d'une évidence ! Bourdeau, Bourdeau, Lambert est un de ces meurtriers... Tout concorde. Rappelez-vous le témoignage du majordome. Il voit son jeune maître, en fait il le devine, car il a mauvaise vue. Ce dernier ne lui parle pas. Et pour cause, eût-il parlé que Picard eût reconnu à l'instant que ce n'était pas sa voix. Pourquoi, Bourdeau ? Pourquoi ?

— Parce que ce n'était pas le vicomte ?

— Exactement. Ce n'était pas le vicomte, c'était Lambert. Lambert revêtu du manteau mouillé de son maître. Rappelez-vous encore une fois le témoignage du majordome, c'est cela qui fonde mon hypothèse. Lambert monte, il ouvre la porte de l'appartement, entre, ferme à clef. Il jette le manteau et le chapeau sur le lit. Ce détail m'avait frappé ; savez-vous que, chez moi, on ne jette jamais un chapeau sur un lit, surtout à l'envers !

— Voilà bien de ces superstitions bretonnes !

— Point du tout, demandez du côté de Chinon ! Lambert ôte ses bottes, qui sont celles du vicomte. Il ouvre les volets et les croisées, redescend par l'échelle pour aider son complice à monter le corps. On le traîne, le parquet portait des traces suspectes. On lui remet ses bottes, on écrit le papier, on tire sur le cadavre. L'un des complices s'enfuit par la fenêtre que Lambert referme, et il se cache.

— C'est prendre beaucoup de risque ! Pourquoi ne s'enfuit-il pas par l'étage ? Et où se cache-t-il ?

— Vous oubliez le coup de feu qui a alerté tout l'hôtel. Il n'a pas le loisir de s'enfuir. Il est obligé de demeurer sur place, confiant dans sa bonne étoile.

— Nicolas, c'est impossible, il serait fait comme un rat.

— Et moi ? Tout à l'heure, quand l'inconnu s'est introduit dans la chambre, je n'en menais pas large. Qu'ai-je fait ?

— Vertuchou ! dit Bourdeau. L'armoire ?

— J'ai une grande expérience des armoires. Enfant, je jouais à cligne-musette avec... enfin passons. C'était au château de Ranreuil, et ma cachette favorite était une armoire gigantesque dans laquelle un officier de dragons se serait tenu debout. Comme je l'ai fait moi-même, Lambert a dû se dissimuler dans l'armoire, habillé mais en bas, puisqu'il avait remis ses bottes au cadavre. Le comte et Picard ayant été renvoyés, j'étais seul dans la chambre avec M. de Sartine effondré dans un fauteuil. Nous tournions chacun le dos à la porte, et par conséquent à l'armoire qui se trouve à la droite de l'entrée. Seules une bougie et la lampe bouillotte procuraient une lumière diffuse. Lambert a surgi derrière nous comme par enchantement. Évidemment, puisqu'il était clapi dans l'armoire ! C'est pourquoi nous ne l'avons ni vu ni entendu entrer. Ajoutez à cela, Bourdeau, que c'est par lui que nous sont fournis un certain nombre de renseignements destinés à nous dévoyer vers de fausses pistes. Oui, en vérité, tout concorde.

— Quelle audace ! Peut-on imaginer pareille effronterie et pareil sang-froid ? Nous n'avons pas affaire à n'importe qui !

— Et vous ne savez pas tout. J'ai saisi tout à l'heure

des documents dissimulés dans la reliure d'un volume et que je suppose être l'objet de la recherche de notre inconnu. Pourquoi, autrement, cette hécatombe de livres ?

Bourdeau réfléchit un instant.

— Nicolas, reprit-il, si votre hypothèse est la bonne, votre Lambert pourrait bien être votre homme de ce soir. Qui d'autre ? Il faut en effet exclure le comte : la comtesse, sa femme, est morte. Le vidame, nous n'en savons rien. Une chose, cependant, m'intrigue. Je peux comprendre que le comte de Ruissec et sa famille ne souhaitaient pas le scandale d'une autopsie. En revanche, je trouve insupportable et bizarre qu'un père qui, aujourd'hui, ne peut qu'être convaincu — il a vu son corps — des conditions de la mort de son fils ne s'évertue pas à tout faire pour trouver et punir les coupables.

— C'est le nœud du problème, Bourdeau. Ce meurtre cache autre chose. Et nous parlons comme si nous omettions le fait que Mme de Ruissec est morte assassinée. Sans doute parce qu'elle savait quelque chose et qu'elle souhaitait me le confier. Nous tenons un fil, et il nous mènera quelque part. Au fait, merci pour votre aide, je commençais à me demander comment j'allais m'en tirer.

— Pour une fois, c'est Anchise qui a porté Énée !

— Avec cette différence que vous n'êtes, Dieu merci, ni paralytique ni aveugle !

Ils étaient tous deux impatients de se retrouver au Châtelet pour examiner les papiers trouvés par Nicolas. Ils durent réveiller la garde et le père Marie afin de rejoindre leur bureau. Bourdeau chercha une lentille de verre pour agrandir la vision des deux documents trouvés dans le livre. Le premier était un dessin avec des indications chiffrées. Il était formé de petits carrés juxtaposés, l'ensemble ressemblant à un U renversé ; le second, écrit à la main, présentait des caractères minuscules comme formés à la pointe d'une épingle.

Nicolas qui tenait la lentille sursauta devant les mots qu'il déchiffrait : « À la putain du roi... » Il n'en croyait pas ses yeux. C'était l'original, ou une copie, du pamphlet imprimé que Mme de Pompadour lui avait montré à Choisy. Comment ce texte se trouvait-il dissimulé dans un livre de la bibliothèque du vicomte de Ruissec à Grenelle ? Était-ce en relation avec ces informations que la favorite s'était gardée de lui confier ? Voulait-elle le lancer sur une piste dont elle avait déjà traversé les arcanes ?

Bourdeau poussa un cri. À force de considérer le dessin dans tous les sens, il avait fini par comprendre ce qu'il représentait. Il le brandit.

— J'ai trouvé, fit-il. C'est un plan, et pas n'importe lequel. C'est celui du château de Versailles, avec les indications des cours, des portes, des points de garde et des passages entre chaque bâtiment. Voyez !

Le doigt de l'inspecteur désignait des points sur le croquis.

— Tenez, voilà le « Louvre » et là, la cour des Princes et ici, l'aile des Ministres. Ce long rectangle, c'est la galerie des Glaces, et là, l'escalier des Ambassadeurs.

— Vous avez raison ! Et l'autre papier paraît être l'original d'un libelle infamant que Mme de Pompadour a trouvé dans son appartement ! Tout cela m'inquiète. C'est un complot, ou cela y ressemble furieusement.

— Je crois, dit Bourdeau, qu'il faut en informer sur-le-champ le lieutenant général de police.

— Dès demain matin, ou plutôt tout à l'heure. Jusque-là, allons prendre quelque repos. La journée sera rude. J'irai enquêter à Versailles et vous serez mon œil aux Théatins.

— Il ne me plaît guère de vous laisser seul dans ces circonstances.

— Allons, Bourdeau, il ne peut rien m'arriver à la Cour. Rassurez-vous.

Samedi 27 octobre 1761

Après quelques heures d'un sommeil agité, Nicolas quitta très tôt la rue Montmartre. Il voulait surprendre le lieutenant général de police à sa toilette. Régulièrement levé vers six heures, celui-ci aimait prolonger le début de sa journée, déjeunant, lisant les premiers rapports de la Cour et de la ville, recevant des émissaires couleur de muraille.

Si vite qu'il ait fait, Nicolas manqua son chef ; quand il arriva, son carrosse venait de quitter l'hôtel de Gramont. Un commis l'informa que M. de Sartine se rendait à Versailles pour s'entretenir avec M. de Saint-Florentin. Il dormirait dans la ville royale, devant assister à la messe et être reçu en audience par le roi comme chaque dimanche. Nicolas demanda une voiture. Tout cela tombait plutôt bien : son intention était d'enquêter à Versailles. Il voulait y chercher des renseignements sur le vidame et sur Mlle de Sauveté. Tous deux seraient à coup sûr retenus à Paris par le service funèbre du vicomte et de sa mère dans l'église des Théatins. Cela lui laisserait le loisir de trouver Truche de La Chaux et de l'interroger sous un prétexte quelconque. Il ne savait pas encore lequel, puisque officiellement il n'y avait pas d'enquête ; il décida de se fier au hasard, qui offrait souvent les occasions recherchées.

En passant sur le pont de Sèvres, il eut deux pensées successives, l'une pour la marquise de Pompadour dont il apercevait, sur la colline, le château de Bellevue, dont les terrasses s'éclairaient de la splendeur du levant, et l'autre pour le ministre de Bavière. Il voyait de la fenêtre du fiacre la berge boueuse de la Seine où s'était déroulée cette scène étrange qu'on lui avait racontée. Il était impatient d'interroger le cocher là-dessus. Encore fallait-il qu'on retrouvât le serviteur du ministre de Bavière.

Nicolas arriva à Versailles à la fin de la matinée et fit diriger sa voiture vers l'avant-cour du château. Il avait soigné sa tenue : habit gris foncé, cravate et manchettes de fine dentelle, souliers à boucles d'argent, tricorne neuf et l'épée au côté. Il fit remiser sa voiture et repéra près de là l'équipage de M. de Sartine. Il se dirigea vers l'aile du château où se trouvaient les bureaux des ministres. Il dut se frayer un chemin au milieu d'une foule agitée et bruyante de solliciteurs, de commis et de gens d'affaires qui se pressaient sur les perrons. Après s'être soumis aux inquisitions courtoises d'un huissier, il parvint à faire porter un billet à son chef. Il y marquait, en termes susceptibles de l'intriguer, l'urgence de le rencontrer et de mettre le ministre, M. de Saint-Florentin, au courant d'une affaire gravissime.

Nicolas connaissait suffisamment Sartine pour espérer une réaction d'autant plus rapide qu'il était réputé pour ne jamais donner l'alarme sans de sérieux motifs. En effet, il n'attendit pas longtemps. Un laquais vint le chercher pour le guider dans un dédale de couloirs et d'escaliers. On lui ouvrit une porte, il pénétra dans un immense bureau. Deux hommes dînaient à un guéridon installé près d'une croisée ouvrant sur le parc. Il reconnut le ministre, à qui il avait déjà eu l'honneur d'être présenté, et Sartine. Une heure sonna à la pendule de la cheminée sommée d'une Victoire couronnant de lauriers un buste à l'antique de Louis XIV. Nicolas salua avec cérémonie.

— Vous connaissez le commissaire Le Floch, dit Sartine.

Le petit homme rond, engoncé dans son habit, jeta un coup d'œil furtif sur l'arrivant puis, après avoir détourné le regard, s'éclaircit la voix avant de parler.

— Je le connais.

À le voir rougissant et timide, il était difficile de croire, songea Nicolas, qu'il pût bénéficier de la confiance du roi et détenir d'aussi grands pouvoirs. Or, cette faveur ne se démentait pas en dépit de l'impopularité du ministre et du mépris non dissimulé que lui portaient certains membres de la famille royale. Mais ceci expliquait cela : l'homme était tout au roi et son manque de génie ajoutait encore à son mérite aux yeux d'un souverain qui ne goûtait guère ni les visages ni les habitudes nouvelles. Sa femme, délaissée au profit d'une maîtresse, s'était attiré la faveur de la reine, qui en avait fait sa confidente favorite. Cette double fortune renforçait encore l'influence du ministre. Oui vraiment, qui aurait pu imaginer que ce petit bout d'homme bedonnant et sans apparence, auprès duquel l'austère Sartine paraissait un paladin, était le dispensateur zélé des lettres de cachet et le grand maître de la justice retenue du roi ?

— Alors, Nicolas, je suppose qu'une affaire grave justifie qu'on me relance jusqu'ici ?

Nicolas supposait que M. de Saint-Florentin connaissait parfaitement les données de l'affaire. Il agit comme si c'était le cas. Il veilla cependant à ne pas mettre Sartine en contradiction possible avec d'autres instructions venues de plus haut. Il exposa adroitement les conditions particulières de la visite à Grenelle, sachant d'expérience que les grands ne descendent que rarement dans les détails de basse police. Pour finir, il présenta les papiers qu'il avait découverts, sans cacher que l'un d'entre eux correspondait au libelle imprimé trouvé à Choisy par la marquise de Pompadour.

— Hon, hon, fit Saint-Florentin, le jeune homme a l'oreille de notre amie !

Le ministre examinait les papiers. Il ordonna à Nicolas de prendre une loupe sur son bureau et de l'apporter. Nicolas ne put s'empêcher de voir que l'instrument pressait une pile de lettres de cachet prêtes à la signature. M. de Saint-Florentin s'absorba dans sa contemplation, puis passa le tout à Sartine.

— Le pamphlet est banal, dit ce dernier, j'en saisis

dix comme cela chaque jour que Dieu fait. Mais le dessin est intrigant.

Nicolas toussa, ils le regardèrent.

— Permettez-moi, messieurs, de vous soumettre une hypothèse. Selon moi, ce croquis représente le château. Voyez ce chiffre dans ce petit carré, il me semble bien qu'il correspond au bureau où nous sommes.

M. de Saint-Florentin clignait des yeux d'un air concentré. Il reprit le document et se livra à un nouvel examen silencieux.

— Comment, comment, dit-il, votre adjoint a raison, Sartine ! Voilà qui est plus grave ! Ces plans peuvent dénoter une volonté de pénétrer la géographie du palais et qui, plus est, dissimulent des indications secrètes dont nous n'avons pas la clef mais dont la correspondance réside vraisemblablement dans les chiffres. N'est-ce pas votre avis, monsieur ?

— Je le crains, monsieur.

— Vraiment, vraiment, je crois que je vais modifier le train de cette affaire. Entendez-moi, Sartine : elle demeure secrète. Je ne veux pas qu'on entête le roi avec cela...

Nicolas reconnut presque mot pour mot une des craintes exprimées par la marquise.

— Toutefois, après avoir dû à mon grand regret, et pour les raisons que vous connaissez, tempérer l'impétuosité légitime de notre commissaire, j'aspire à voir cette affaire démêlée. On me dit conciliant, ami de l'ordre et de la concorde, mais je prise surtout le bon sens et tout ce que je viens d'entendre n'en manque point. Je ne reviendrai pas sur les mesures prises, mais je ferme les yeux et donne mon aval aux investigations, disons, d'initiatives personnelles — oui, c'est cela, j'aime la formule.

Il se mit à rire, puis reprit brusquement son sérieux, comme fâché de s'être laissé aller, et c'est avec une autorité dont Nicolas ne l'aurait pas cru capable qu'il poursuivit.

— Monsieur le commissaire Le Floch s'informera par tout moyen qui lui semblera opportun des suites de cette affaire. Il considérera en particulier comme avérés les meurtres du vicomte et de la comtesse de Ruissec. Il démêlera les raisons qui ont conduit à ces disparitions. Enfin, sous votre autorité, monsieur le lieutenant général, il s'efforcera de traverser les mystères qui entourent ces papiers, dont il tentera d'expliquer les liens avec les crimes en question. Voilà, voilà : votre tâche est urgente, mais discrète, oui, discrète.

Il se dirigea vers son bureau, saisit deux lettres de cachet, les signa, les poudra avec une sorte de rage et, après les avoir agitées, les tendit à Nicolas.

— Enfin, voici des armes chargées à blanc que vous avez autorité à remplir pour les rendre efficientes !

Il se rassit et se plongea dans son assiette sans plus s'occuper de Nicolas. Sartine lui fit signe d'avoir à disparaître. Il salua donc et sortit. Il se retrouva un peu abasourdi dans l'avant-cour du château. Depuis le début de cette affaire, il subissait comme un jouet les ordres et les contrordres d'autorités qui ne semblaient pas avoir fixé leur politique sur la marche à suivre. L'ironie de la situation le frappait encore davantage après cette audience avec les deux plus hauts responsables de la police du royaume. Ainsi, on l'avait envoyé enquêter, puis la même autorité avait repris la main, de multiples influences s'étaient exercées, soufflant le chaud et le froid, et enfin, il venait d'être relancé sur la piste. Sa résolution était prise ; il ferait son office sans trop se soucier des conséquences qui en résulteraient.

Le moment lui parut opportun de partir à la pêche aux renseignements sur Mlle de Sauveté, la fiancée du vicomte de Ruissec. Selon des indications recueillies par Bourdeau, elle demeurait route de Paris, sur cette large avenue qui faisait face au palais. Dans cette perspective encore largement forestière, les hôtels des grands, les maisons bourgeoises plus discrètes, les casernes des régiments du roi et les auberges s'alignaient régulièrement, en remplissant peu à peu les vides. Il s'y rendit à pied, après avoir donné quartier libre à son cocher qui devrait l'attendre vers quatre heures pour le reconduire à Paris.

Tout en cheminant, Nicolas échafaudait des plans d'opération. De toute évidence, la jeune femme devait s'être rendue à Paris pour assister aux funérailles de son fiancé dans l'église des Théatins.

Elle ne serait pas de retour à Versailles avant quatre ou cinq heures de l'après-midi. Cela lui laisserait le temps nécessaire pour interroger les domestiques ou les voisins. Il fut surpris du caractère modeste de la demeure de Mlle de Sauveté ; on la disait pourtant fortunée. Ce qu'il avait sous les yeux n'était qu'un modeste pavillon de campagne, une sorte de rendez-vous de chasse ou l'un de ces bâtiments de gardiens qui flanquent les entrées somptueuses des grands domaines. Le bâtiment de plain-pied, sans étage, était entouré d'un beau terrain clos de mur. L'ensemble paraissait un peu à l'abandon ; les feuilles mortes jonchaient la pelouse et les rosiers de pleine terre non taillés portaient encore leurs dernières fleurs parcheminées par les intempéries. Il poussa la grille et se dirigea vers la maison. Une grande porte-fenêtre était ouverte ; il s'en approcha. Elle donnait sur un salon en vieux style, aux meubles massifs et contournés. Les murs étaient tendus de damas rouge passé et, par endroits, crevé. Les nuances des tapis, usés jusqu'à la trame, étaient éteintes. Comme les extérieurs, la pièce offrait une impression d'abandon et de tristesse.

Il s'apprêtait à y pénétrer, quand il sentit une présence derrière lui et, au même moment, une voix aigre et grinçante se fit entendre.

— Mais quoi ! Où vous croyez-vous, monsieur, et qu'entendez-vous faire ?

Il se retourna. Une femme se tenait devant lui, la main droite appuyée sur une longue canne. Un manteau sombre, à la couleur indéfinissable, la couvrait jusqu'aux pieds et laissait à peine entrevoir une robe violette informe. Le visage était dissimulé par une grande mousseline qui couvrait un chapeau de paille ; derrière cet écran se devinaient des lunettes fumées comme en portaient les personnes souffrant des yeux. « Quel est ce fantôme ? » se demanda Nicolas, devant cette apparition sans forme et sans âge.

Sans doute la gouvernante ou une parente de Mlle de Sauveté. Il se présenta.

— Nicolas Le Floch, commissaire de police au Châtelet. Je vous prie de me pardonner, mais je cherchais Mlle de Sauveté pour l'entretenir d'affaires la concernant.

— Je suis Mlle de Sauveté, fit la voix grinçante.

Nicolas ne put cacher sa surprise.

— Je vous croyais à Paris, mademoiselle. Votre fiancé... Recevez toutes mes condoléances.

Elle frappa le sol de sa canne.

— Il suffit, monsieur, vous êtes bien hardi d'entrer non seulement dans ma maison, mais de vous permettre d'évoquer mes affaires privées.

Nicolas sentait l'irritation le gagner.

— Où pouvons-nous parler, mademoiselle ? Il se trouve que j'ai tout pouvoir pour vous interroger et je vous mets en garde...

— M'interroger, monsieur ? M'interroger, moi ? Et pour quelle raison je vous prie ?

— La mort du vicomte de Ruissec.

— Il s'est tué en nettoyant une arme, monsieur. Cela ne justifie point votre prétention.

Il nota qu'elle paraissait bien informée de la version officielle.

— Les circonstances de sa mort ont attiré l'attention de la police. Je dois vous entendre ; pouvons-nous entrer ?

Elle passa devant lui en le bousculant. Une bouffée de son parfum lui monta au nez. Il la suivit. Elle se réfugia derrière un grand fauteuil en cuir de Cordoue. Il observa ses deux mains gantées crispées sur le dossier.

— Allons, monsieur, finissons, je vous écoute.

Il décida de brusquer les choses.

— Comment se fait-il que vous ne soyez pas à l'église des Théatins ?

— Monsieur, j'ai la migraine, mes yeux sont malades. Je ne supporte guère le monde et, d'ailleurs, je ne connaissais pas M. de Ruissec que je n'ai rencontré qu'une fois.

Voilà bien autre chose ! pensa Nicolas. De qui se moquait-on ?

— Allez-vous me faire accroire que vous n'avez jamais revu votre fiancé ? demanda-t-il. Permettez-moi de trouver étrange et peu crédible...

— Monsieur, vous vous ingérez dans des affaires de famille. L'union projetée entre lui et moi correspondait à des arrangements privés où la connaissance n'avait que peu de part. J'ajoute que ces dispositions ne vous regardent pas.

— Soit, mademoiselle. Aussi bien je resterai dans les bornes de mes fonctions. Où étiez-vous le soir de... l'accident de votre fiancé ?

— Ici.

— Seule ?

— Je vis seule.

— Des domestiques ?

— Un jardinier quelques jours par mois. Une femme de charge deux fois par semaine.

— Pourquoi cet isolement ?

— J'aime la solitude. Suis-je libre de disposer de mon existence sans qu'on s'entête à la vouloir expliquer ?

— Et le comte de Ruissec, vous le connaissiez ?

— Pas plus que son fils. Nos affaires ont été décidées par les notaires.

— Leurs noms ?

— Cela ne vous regarde pas.

— À votre aise. Avez-vous de la famille ?

— Je suis seule.

— Mais vous n'avez pas toujours vécu à Versailles ?

— Je suis originaire d'Auch, et il y a deux ans révolus que je suis installée ici pour jouir d'un héritage.

— Qui vous vient de qui ?

— De famille. Monsieur, c'en est assez, retirez-vous. Ma pauvre tête ne résistera pas.

Elle eut un geste étrange comme si elle avait voulu lui tendre sa main à baiser et comme si, saisie par l'incongruité de l'intention, elle se fût retenue au dernier moment. Il salua et sortit. Il sut qu'elle le suivait du regard jusqu'au moment où il poussa la grille. Alors seulement, elle ferma violemment la porte-fenêtre.

La vision de cet étrange personnage ne le quitta plus. Nicolas était comme obsédé par cet être aux contours indécis et à la voix insupportable. Le visage était indiscernable, voilé de gaze et couvert de céruse. Les lunettes fumées ajoutaient encore à l'inquiétant de l'ensemble. *L'ange de la mort et ses yeux caves...* L'imagination se rebellait à l'idée que le vicomte de Ruissec, noble rejeton d'une illustre famille, ait pu enchaîner sa vie à un pareil épouvantail, repoussoir de toutes les fantaisies. Nicolas comprenait mieux maintenant qu'il allât chercher l'aventure dans le boudoir sulfureux d'une comédienne chez qui, au moins — lui-même pouvait, hélas, en témoigner —, les grâces et les ris et aussi un rien de vindicte étaient au rendez-vous de l'amour. Tout cela n'avait pas de sens. Par quel miracle ou obligation insensée la famille de Ruissec en était-elle venue à rechercher l'union de son aîné avec cette glapissante harpie ? Se pouvait-il que l'argent fût la seule raison de cet appariement boiteux ? Rien ne plaidait en faveur de l'état de fortune prétendu de la dame, ou alors la dissimulation et l'avarice étaient poussées chez elle à un degré rare. Nicolas avait approché, dans le pays de Guérande, de riches hobereaux qui affectaient de dissimuler l'importance de leurs biens au grand mépris de leurs semblables, chez qui l'ostentation était de règle. Mlle de Sauveté appartenait peut-être à cette espèce.

En tout cas, il était clair que la mort du vicomte l'avait laissée entièrement indifférente. Il ne pouvait détacher sa pensée de l'impression que cet être inclassable lui avait laissée, cette voix surtout dont les aigus détonaient souvent. Il fallait absolument trouver une explication à son rapprochement avec les Ruissec. Le conseil de M. de Noblecourt était décidément le bon ; Nicolas écrirait à l'intendant de la généralité d'Auch pour en savoir plus sur le passé de la dame. Il marchait perdu dans ses pensées, quand une petite voix douce attira son attention.

— Hep, hep ! Avez-vous trouvé ce que vous cherchiez ? Puis-je vous proposer mon aide ?

Une petite vieille joliment parée, les yeux bleu de porcelaine sous sa coiffe de dentelle godronnée, se tenait à la porte de la maison immédiatement voisine de celle de Mlle de Sauveté.

— En quoi, madame ?

— Je vous ai vu parler à notre voisine. Êtes-vous un de ses amis, ou quelqu'un qui...

Elle hésitait.

— Enfin... proche de la police ?

Nicolas était toujours surpris par la perspicacité des gens simples. Il éluda.

— Non, je ne la connais pas. J'avais juste besoin d'un renseignement.

Elle rougit et cacha ses mains sous un tablier empesé.

— Ah ! J'aime mieux cela. Oui, oui, oui, je préfère. Elle n'est pas aimée, vous savez. Elle ne s'adresse à personne. Et toujours vêtue de la même manière. C'est effrayant !

— A-t-elle des domestiques ?

— Personne, monsieur. Cela nous trouble. Jamais

un visiteur. Des jours entiers sans la voir. Plusieurs fois, une voiture l'a ramenée et nous ne l'avions pas vue sortir !

Nicolas sourit.

— Peut-être cela vous a-t-il échappé ?

— Oh ! allez, je suis bien sûre que vous en êtes, mais vous avez raison d'être discret. Et je comprends que vous ne vouliez pas me le dire. Si je suis affirmative, c'est que mon mari et moi, nous nous relayons, tant nous sommes intrigués. Que vous a-t-elle dit ?

Le petit visage ridé se tendait vers lui, plein d'appréhension et de curiosité.

— Rien qui puisse vous intéresser ou vous inquiéter.

La vieille renifla, ce n'était pas là son compte, mais Nicolas avait déjà salué et d'un pas rapide s'éloignait. Le hasard faisait bien les choses, qui suscitait les témoignages quand on ne les cherchait pas. Tout ce qu'il venait d'apprendre aiguisait encore son désir d'en savoir davantage. Ainsi, Mlle de Sauveté n'avait point de domestiques, contrairement à ce qu'elle avait prétendu. Avait-elle cru se débarrasser de lui si facilement ? Elle verrait ce qu'il en coûtait d'essayer d'en imposer à la police ! Le cas de la fiancée du vicomte de Ruissec s'ajoutait à la longue suite accumulée des mystères qui se succédaient depuis le début de cette enquête.

Nicolas était de nouveau sur l'immense place d'Armes du château. Il rejoignit sa voiture, hésitant sur ce qu'il devait faire. Il ne savait pas comment trouver Truche de La Chaux. Il réfléchissait à la question, lorsque son cocher lui tendit un petit billet. C'était un mot bref de son ami La Borde qui, sans doute informé de sa présence par Sartine, avait fait rechercher sa voiture pour lui laisser ce message. Il lui enjoignait d'avoir à le retrouver pour affaire urgente. Un garçon bleu l'attendrait vers cinq heures à l'entrée des appartements, pour le guider. Ce rendez-vous inattendu calma les hésitations de Nicolas. L'heure approchait. Il franchit la deuxième rangée de grilles du château pour s'engager dans le « Louvre », la dernière enceinte du palais.

VIII

LA CHASSE
DE MADAME ADÉLAÏDE

> Pour le plaisir des Rois je suis donné
> De jour en jour, les veneurs me pourchassent
> Par les forêts. Je suis abandonné
> À tous les chiens, qui sans cesse me chassent.

> Jacques Du Fouilloux

Dans la salle des gardes, Nicolas aperçut un garçon bleu, un blondin à l'air déluré, qui toisait les arrivants. Il reconnut le guide annoncé. Il fut aussitôt pris en main et entraîné à toute allure dans l'habituel dédale de salles, de couloirs et d'escaliers. Parviendrait-il un jour à retrouver son chemin dans ce château ? Cette cavalcade les conduisit très haut dans l'édifice. Il savait que M. de La Borde disposait dans les combles d'un petit appartement qu'il devait à la faveur particulière du roi. Le garçon bleu ouvrit une porte sans gratter, en habitué des lieux ; il s'effaça pour le laisser entrer. Dès l'abord, Nicolas fut séduit par le caractère paisible du salon que chauffait un feu crépitant dans une cheminée de marbre grenat. Les boiseries de chêne clair supportaient de petits tableaux de chasse et, au-dessus de l'âtre, une magnifique carte de France encadrée. Une bibliothèque, prise dans l'épaisseur et également répartie de chaque côté d'une porte, présentait des alignements réguliers de volumes de poche qui ajoutaient encore à l'impression d'intimité aimable de l'ensemble. M. de La Borde, en robe de chambre d'indienne, sans cravate ni perruque, était mollement enfoncé dans un sofa à grands ramages rouges sur fond crème, plongé dans la lecture attentive d'un papier. Il leva les yeux.

— Ah ! enfin retrouvé, mon cher Nicolas ! Merci, Gaspard, dit-il au garçon bleu, vous pouvez disposer, mais ne vous éloignez pas, nous pourrions avoir besoin de vous.

Le jeune homme pirouetta sur lui-même et, après un petit salut insolent, disparut.

— Prenez vos aises, mon ami. Vous allez distraire cette fin d'après-midi morose. Je compilais les exploits de mes créanciers.

Il lui montra une pile de papiers près de lui.

— Je ne connais manière plus désagréable de passer le temps, dit Nicolas.

— Moi non plus, mais laissons cela. Nicolas, éclairez ma lanterne. Où en êtes-vous ? C'est par Sartine que j'ai appris votre présence à Versailles. Il paraît que vous avez fait ce matin la conquête du ministre. Compliment, l'animal ne se laisse pas facilement amadouer ! Vous voilà homme à respecter.

— Et comment cela ?

— Pardi, armé, comme vous l'êtes, de lettres signées en blanc !

— Rassurez-vous, mon ami, je n'en ferai pas usage contre vous.

— Si le service du roi l'imposait, vous n'hésiteriez pas et vous auriez raison.

Nicolas, encore une fois, fut frappé par la capacité de M. de La Borde à recueillir les nouvelles. Il participait par ce don mystérieux au goût du secret, caractère dominant de son royal maître.

— Ainsi, vous me cherchiez ?

— Certes. M. de Sartine m'a prié de vous avertir que

Madame Adélaïde vous avait convié à sa chasse lundi matin. Je ne possède pas d'autre lumière sur cet événement, mais il vous faut prendre dès maintenant vos dispositions.

Nicolas manifesta sa surprise.

— D'où me vient selon vous cet honneur inattendu ?

La Borde fit un geste de la main comme pour écarter une mouche.

— Ne vous mettez pas martel en tête. Soit il s'agit d'un caprice de la princesse devant laquelle il a été question de vous...

Il fit une pause en regardant la pendule.

— Soit il y a anguille sous roche et la convocation, je veux dire l'invitation, signifie autre chose. Vous le saurez lundi.

— Je suis sensible à l'honneur qui m'échoit, dit Nicolas, mais nullement équipé pour y prendre part. Comment faire ?

— Voilà, mon cher, où je puis vous aider. Je quitte Versailles pour deux jours ; j'ai affaire à Paris. Acceptez l'hospitalité médiocre que je puis vous offrir ici. Vous me rendrez service. Si l'on me demandait, soyez assez aimable pour me le faire savoir, à cette adresse.

Il lui tendit un papier. Nicolas constata que La Borde était si assuré de sa réponse que les moindres détails avaient été préparés.

— Je ne sais si je puis accepter une aussi généreuse proposition...

— Pas un mot de plus. Et pour votre équipement, j'ai la ressource aussi. Vous savez que Madame, par ordre de son père, ne chasse ni le cerf ni la bête noire. Elle s'en tient au daim, gibier réputé inoffensif. Il n'y a pas d'habit requis pour cette chasse ; le justaucorps suffit avec une veste et des bottes. Nous sommes à peu près de la même taille. Mes gens vous fourniront le tout. Ainsi, vous voilà rassuré !

Il lui expliqua que les premiers valets de chambre du roi avaient autorité sur tout le service intérieur du palais et disposaient pour eux-mêmes d'une nombreuse domesticité : cuisinier, maître d'hôtel, laquais et cocher. Ils pouvaient manger sur le service du roi, toujours trop abondant et dont la desserte était redistribuée.

— Je cours m'habiller et pars de suite à Paris. Vous êtes chez vous. Des questions ?

— Je cherche un garde du corps. Où pourrais-je selon vous le trouver ?

— Dans sa caserne ou bien encore demain, dans la galerie, lorsque le roi ira entendre la messe. Gaspard vous aidera, ce garçon est un fieffé malin !

La main sur la porte, il se retourna.

— Ah ! Encore une chose. Le rendez-vous de chasse est devant le château, côté parc. Vous êtes marqué sur une liste. Vous vous faites reconnaître et montez en carrosse. Il vous mènera jusqu'au point de ralliement où l'on vous attribuera un cheval.

Il courut prendre quelque chose sur la cheminée.

— Contre ce billet. Arrosez les piqueurs, vous vous en trouverez bien pour le coup et pour la fois prochaine : ce sont eux qui choisissent les chevaux ! Ne vous inquiétez de rien, mes gens sont avertis. Gaspard ne vous quittera pas. Il va prévenir votre cocher de revenir lundi. Enfin, ma bibliothèque est à votre disposition.

Il sortit de la pièce. Son absence fut brève ; il réapparut habillé et coiffé et, après un geste d'amitié à Nicolas qui lisait, sortit.

Nicolas vivait un moment rare. Il ne parvenait pas à se persuader qu'il était dans le palais des rois. Jamais il n'avait habité un endroit d'une telle splendeur, si éloigné de l'austérité de sa mansarde de Guérande ou même du bon goût de sa chambre chez M. de Noblecourt. Même les splendeurs antiques du château de Ranreuil lui paraissaient effacées par ce qui l'entourait. Il avait parcouru les titres des volumes rassemblés, tout au plaisir de la vue et du toucher des reliures. Les sujets intéressaient la musique, l'histoire, les voyages et la littérature galante.

Nicolas songea soudain au garçon bleu. Il ouvrit la porte sur le couloir et le découvrit assis sur une banquette. Connaissant son monde, il lui donna quelques pièces qui furent empochées sans remerciement, mais avec une grimace de satisfaction. Il l'informa qu'il n'aurait pas besoin de lui de toute la soirée, mais qu'il comptait sur lui le lendemain dimanche, pour le guider vers la galerie où passerait le roi et où il espérait trouver Truche de La Chaux.

Gaspard le rassura. Il couchait à quelques toises de là et M. de La Borde lui avait bien recommandé de veiller sur Nicolas et de demeurer à sa disposition. Nicolas l'interrogea sur la possibilité de rencontrer le garde du corps.

— Cela, monsieur, je puis vous l'assurer. C'est quelqu'un de très demandé.

— Comment cela, un autre que moi le recherche aussi ?

— Le recherchait. Lundi ou mardi... Non, mardi. M. de La Borde était parti à Paris pour la journée ; il devait assister à une représentation à l'Opéra. Vers onze heures ou midi, je me trouvais dans la cour des Princes quand un quidam m'a demandé de porter un billet à Truche de La Chaux.

— Vous le connaissez donc ?

— Oui, de vue, comme les autres.

— Et vous lui avez remis ce billet ?

— Non, pas à lui. Lorsque je suis arrivé dans la salle des gardes, il n'y était pas, mais un lieutenant aux gardes françaises de ses amis, m'entendant m'enquérir de lui, a pris le billet et m'a certifié qu'il lui remettrait aussitôt qu'il le verrait.

— Voilà qui est intéressant. Voulez-vous gagner quelques écus de surcroît ?

— Je suis tout à vous, monsieur.

Il tendit la main que Nicolas emplit honnêtement.

— Cette personne qui vous a confié le billet, vous l'aviez déjà vue ?

— Non, il s'agissait d'un valet sans livrée.

— Pouvez-vous me le décrire ?

— Au vrai, je ne l'ai pas regardé avec suffisamment d'attention. Le chapeau dissimulait son visage.

— Et le lieutenant ?

— Un lieutenant comme tous les lieutenants ; l'uniforme les rend identiques et ils n'aiment guère les garçons bleus.

— Je vous remercie, Gaspard. Nous en reparlerons. Bonne nuit.

Il rentra et demeura longtemps plongé dans ses réflexions. Ainsi, le jour où le vicomte de Ruissec avait été assassiné, un billet était adressé à Truche de La Chaux par un inconnu — billet qui se trouvait selon toute apparence, vers midi, dans les mains d'un lieutenant aux gardes françaises, qui pouvait parfaitement être le vicomte. Y avait-il un lien avec le crime ?

Il ressortit soudain dans le couloir pour appeler Gaspard. Celui-ci réapparut sur-le-champ.

— Mon ami, il faut tout me dire. Ce billet que vous avez porté à Truche de La Chaux...

— Oui, monsieur.

— Comprenez-moi bien, la chose est d'importance et je saurai reconnaître...

Il agita une nouvelle pièce d'or.

— L'avez-vous lu ?

Gêné, Gaspard se tortillait. Toute son insolence s'était dissipée.

— Ben oui, il n'était pas scellé, juste plié. Je n'ai pas cru...

Il avait l'air piteux et rajeunissait à vue d'œil : un gamin pris à voler des pommes.

— Faute utile peut recevoir pardon, dit Nicolas souriant. Que disait-il ?

— C'était un rendez-vous d'avoir à se trouver, dès réception du papier et après l'avoir détruit, devant la pièce d'eau du char d'Apollon. J'ai cru qu'il s'agissait d'une intrigue amoureuse.

— Bien. Et que fit le lieutenant ? Je suis sûr que vous avez discrètement veillé à le savoir.

— Il fit comme moi, le lut, et même plus, puisqu'il le réduisit en morceaux et se précipita dehors.

Nicolas lança la pièce d'or, qui fut attrapée au vol. Quand il revint dans l'appartement, un valet déférent avait dressé une petite table sur laquelle il découvrit un pâté de venaison, deux perdreaux et une bouteille de champagne rafraîchi, sans compter quelques mignardises sucrées. Il fit honneur à ce festin et, après avoir lu une petite heure, découvrit la chambre toute prête et le lit bassiné. Au sein de ces voluptés, il s'endormit paisiblement sans penser aux événements du jour ni à ceux qui l'attendaient les jours prochains.

Dimanche 28 octobre 1761

Il se réveilla fort tard et, après une rapide toilette, dans un petit cabinet dont il admira l'agencement, déjeuna d'un chocolat servi par un valet impavide. Il lut une heure ou deux, puis appela Gaspard qui attendait dans le couloir. Truche de La Chaux serait de service dans la grande galerie et Nicolas en profiterait pour voir passer le roi se rendant à la messe.

Il fut étonné par la masse bruissante de la foule. Dans la galerie des Glaces et le salon de la Guerre, les assistants étaient rangés du côté des fenêtres. À partir de la salle du Trône, ils étaient contenus dans l'intérieur des pièces, afin de laisser le passage de l'enfilade des portes. Il fut placé par Gaspard non loin de l'endroit où le souverain sortirait de ses appartements d'apparat. Il se retrouva au milieu des courtisans et des nobles de province venus voir leur maître. Les glaces de la galerie multipliaient la foule et la faisaient paraître immense. Nicolas vit le roi sortir et ne regarda plus rien d'autre.

L'étiquette voulait que chacun se tînt immobile. On ne devait pas s'incliner, il fallait maintenir la tête droite. Ainsi, le roi était vu de tous et voyait chacun.

Quand il passa devant Nicolas, son regard brun perdu dans le vide se fit plus vif, et le jeune homme put croire avoir été remarqué et reconnu. Il en fut tout à fait convaincu, une fois le cortège passé, par l'espèce de cercle bavard et curieux qui se forma autour de lui. Cela ne l'arrangeait guère : il ne devait pas se faire remarquer. Il se fondit dans la foule, espérant que Gaspard le retrouverait. Effectivement, il fut bientôt tiré par la manche par le garçon, qui le mena, en se faufilant au milieu de la presse, jusqu'au salon de la Guerre. Là, près d'un buste d'empereur romain en marbre brun, il repéra un garde du corps dans lequel il reconnut tout de suite l'homme de l'estaminet de Choisy, qu'il avait croisé de nouveau alors qu'il sortait de son audience avec la marquise de Pompadour. Ainsi, l'homme qu'il recherchait se retrouvait lié à deux circonstances de son enquête. Il devait bien exister une explication à cela. Le premier soin était de feindre ne point l'avoir reconnu. Il était inutile de lui donner l'éveil ; il verrait bien sa réaction à lui.

L'homme le regardait approcher avec un demi-sourire. Dans ce visage sans caractère au teint pâle et aux poils blonds, il retrouvait l'homme de Choisy. Nicolas s'approcha.

— Monsieur, ai-je bien affaire à M. Truche de La Chaux ?

— Pour vous servir, monsieur. Monsieur... ? Mais je crois que nous nous sommes rencontrés, il n'y a guère, à Choisy ?

L'homme jouait cartes sur table et ouvrait la partie dans des conditions que Nicolas n'attendait pas.

— Je suis policier. J'aimerais m'entretenir avec vous du vicomte de Ruissec. Vous le connaissez, je crois ?

— Je sais qu'on l'enterre aujourd'hui après son malheureux accident. N'aurais-je été de service...

— Vous le connaissiez donc ?

— Tout le monde se connaît ici.

— Et son frère, le vidame ?

— Je le connais aussi. Nous avons eu l'occasion de jouer ensemble.

— Au *Dauphin couronné* ?

L'homme, pour la première fois, parut surpris par cette précision.

— Vous faites les questions et les réponses.

— Il perd beaucoup ?

— Il joue en chien fou et ne mesure jamais ses pertes.

— Et vous l'aidez à payer ses dettes, en bon camarade ?

— Cela m'arrive.

— Vous lui donnez une bague à laisser en gage, par exemple ?

— C'est une pièce qui me vient de famille.

— Que vous abandonnez tout simplement. Cela n'est guère crédible.

— Que ne ferait-on pas pour aider un ami ? Il était toujours possible de la racheter. Êtes-vous l'une de ces mouches de la police des jeux ?

Nicolas négligea la provocation.

— Et mardi dernier dans l'après-midi, où étiez-vous ?

— À Choisy. Au château de Choisy.

— Quelqu'un peut en témoigner ?

Il considéra Nicolas avec une insolence moqueuse.

— Demandez à qui vous savez, elle vous le confirmera.

Que pouvait-il opposer à cette réplique qui le plaçait au même niveau que son interlocuteur ? Et que cherchait Truche de La Chaux, sinon à le pousser au faux pas et à le rendre complice de ses propres ambiguïtés ? Qu'avait donc à faire la favorite avec un personnage de cet acabit qui se trouvait de surcroît le commun dénominateur d'une enquête criminelle ?

— Je ne saisis pas votre allusion. Connaissez-vous le comte de Ruissec ?

— Du tout. Je sais juste qu'il est à Madame Adélaïde. Ceci dit, monsieur, je vous abandonne. Mon service m'appelle à la sortie de la chapelle.

Il salua et partit à grands pas. Nicolas le regarda s'éloigner. Il n'était pas satisfait de cette conversation. Elle n'apportait rien de nouveau et brouillait les perspectives. Elle créait même une difficulté supplémentaire en laissant supposer des liens occultes entre Truche et la Pompadour. De plus, le garde du corps paraissait bien sûr de lui. Était-il innocent, ou couvert par une autorité supérieure ? Et d'ailleurs, que pouvait-on lui reprocher, sinon de se trouver mêlé à divers épisodes de l'enquête en cours, sauf, apparemment, la mort de la comtesse de Ruissec. Il restait pourtant qu'un inconnu lui avait donné un rendez-vous et que la chose avait été contrariée par un lieutenant des gardes françaises.

Gaspard attendait. Nicolas songea qu'il devait libérer le jeune homme. Ce ne fut pas chose facile ; le garçon bleu ne voulait pas le quitter, ayant sans doute reçu des instructions précises de M. de La Borde à ce sujet. En outre, traité généreusement par Nicolas, il tenait à honneur de justifier son service auprès de lui. Il finit par le convaincre de le laisser, en l'assurant qu'il souhaitait visiter les jardins et les pièces d'eau et qu'il le retrouverait plus tard, à l'appartement du premier valet de chambre ; il en connaissait maintenant le chemin et pouvait se débrouiller seul. Il se fit juste indiquer le moyen de se rendre au char d'Apollon. C'était enfantin, lui dit Gaspard, il suffisait de rester dans l'axe du palais et d'aller tout droit.

Une fois dans le parc, Nicolas alla d'étonnements en émerveillements. Il fut saisi par la grandeur et la beauté des jardins, traversa le parterre d'eau, admira le bassin de Latone et les bassins des Lézards pour aboutir, au bout d'une longue ligne droite, au char d'Apollon au milieu de sa pièce d'eau. Il voulait voir l'endroit où le mystérieux rendez-vous avait été donné. Ce qu'il cherchait vraiment, il ne le savait pas lui-même. Un petit vent tiède sous le soleil de midi soulevait un léger frise-lis à la surface des eaux.

Il décida d'aller voir le Grand Canal, dont le début se trouvait juste derrière le char d'Apollon. Il franchit la grille des Matelots, surveillée par un garde, et fut surpris de trouver une dizaine d'embarcations amarrées à la rive du Grand Canal. Il poursuivit sa visite. Comme il longeait l'immense pièce d'eau, son attention fut attirée par un remous dans lequel il ne vit tout d'abord que le saut d'une carpe gigantesque : c'était un enfant qui se débattait et agitait les mains avec désespoir. Nicolas voyait sa bouche s'ouvrir sans qu'aucun son n'en sortît. Il était sans doute à bout de forces. Nicolas ôta son habit et ses souliers en toute hâte et se jeta dans l'eau. Il nagea avec énergie jusqu'à l'enfant, le saisit, lui souleva la tête hors de l'eau et le ramena sur la berge.

Alors seulement, il put considérer la créature qu'il venait de sauver. C'était un garçon malingre de dix ou douze ans, vêtu de haillons. Il roulait de beaux yeux effrayés et sa bouche continuait à s'ouvrir régulièrement sans qu'aucune parole s'en échappât. Il embrassa la main de Nicolas. Au bout de quelques minutes d'incompréhension, ce dernier comprit qu'il avait sauvé un malheureux sourd et muet.

À force de gestes, il finit par pouvoir tenir avec lui une sorte de conversation. L'enfant était en train de pêcher, il avait glissé et, ne sachant pas nager, avait été emporté par le clapot. Il allait se noyer au moment où Nicolas l'avait rejoint.

Nicolas dessina une maison sur le gravier. L'enfant se mit debout, le prit par la main et l'entraîna vers la campagne demeurée à l'état sauvage du grand parc. Ils marchèrent longtemps dans les taillis pour aboutir devant une grande haie couverte de ronces qui dissimulait l'entrée d'un long bâtiment en rondins. L'enfant maintenant s'agitait, étrangement inquiet. Il poussa soudain Nicolas vers la forêt, lui embrassa à nouveau la main, sourit, puis lui fit signe de s'éloigner.

Nicolas se retrouva dans la forêt. Des heures avaient passé et la nuit allait tomber. Il eut quelques difficultés à retrouver son chemin, mais, élevé à la campagne, il savait s'orienter sous les futaies. S'aidant de la lueur lointaine des étoiles, il retrouva le Grand Canal et passa la grille des Matelots. Le garde n'avait pas changé et le reconnut. Nicolas l'interrogea et apprit que de nombreux ateliers de fonteniers étaient tolérés dans le grand parc, et que celui qu'il avait vu était vraisemblablement celui de Jean-Marie Le Peautre, installé depuis peu de mois avec son aide Jacques, un petit sourd-muet.

Parvenu au château, il retrouva Gaspard qui faisait les cent pas en l'attendant. Il remonta dans l'appartement de La Borde où, après s'être changé et séché, il lut jusqu'à l'heure du souper. Quand il regagna la chambre, une tenue avait été disposée sur un fauteuil, justaucorps, cravate, veste, tricorne galonné, le tout accompagné d'une paire de bottes et d'un couteau de chasse. Il demanda au valet de l'éveiller de bon matin.

Lundi 29 octobre 1761

Le valet le réveilla aux aurores. Le rendez-vous était fixé à dix heures, le départ des carrosses prévu une demi-heure avant. Il prit son temps, se prépara avec un soin particulier et ne fut satisfait qu'après avoir contemplé son reflet flatteur dans le trumeau de la cheminée. À l'heure dite, Gaspard montra son petit profil aigu, agrémenté cette fois d'un sourire aimable — il avait adopté Nicolas —, et l'engagea à se mettre en route. Le rassemblement des carrosses s'organisait devant l'aile du Nord. Une foule de voitures attendait. Un valet consulta le billet que lui tendait Nicolas et lui désigna la sienne. Un jeune homme qui ne se présenta pas le toisa et se retourna de l'autre côté. Nicolas n'en prit pas ombrage et se plongea dans la contemplation des jardins, puis du parc. Après avoir franchi une grille, les carrosses s'engagèrent rapidement dans des allées forestières. Il retrouvait le grand parc traversé la veille. Le paysage devenait de plus en plus sauvage, avec des champs, des friches, des bosquets et de hautes futaies. Trois quarts d'heure plus tard, la caravane parvint au lieu du rendez-vous. Les invités descendirent des carrosses, et Nicolas suivit son voisin pour présenter de nouveau son billet aux piqueurs. Il ne manqua pas d'emplir la main du personnage qui lui désigna, avec un clin d'œil complice, un hongre de haute taille gris pommelé. Il préféra traduire de manière favorable le signe de connivence du piqueur. La bête en question, après quelques croupades et cabrades destinées à le tâter, comprit qu'elle avait affaire à un cavalier consommé et se plia à sa volonté. Pour un cheval dont usaient tant de cavaliers différents, il jugea qu'il avait la bouche plutôt bonne et qu'ils seraient en franc compagnonnage. Il se sentait d'humeur joyeuse. À quelques pas de lui, une jeune femme en habit de chasse vert parlait à haute voix. Nicolas reconnut Madame Adélaïde qui écoutait un vieux veneur lui faire son rapport. Il lui présentait sur des feuilles les fumées d'un daim.

— Longues, Madame, formées et bien moulées. Un mâle de bon embonpoint.

— L'avez-vous vu, Naillard ?

— J'ai fait ma quête au petit jour, je l'ai rabattu puis aperçu au viandis. Belle tête haute, ouverte et paumée. Je l'ai suivi avec mon chien jusqu'au taillis de ses demeures, où il s'était rembuché. Puis j'ai mis mes brisées.

La princesse parut satisfaite et la cavalcade se mit en branle au milieu des aboiements de la meute. Au début,

Nicolas s'abandonna à l'ivresse retrouvée de la course sur une monture heureuse. Il ne faisait qu'un avec elle et tous deux s'emplissaient de l'air pur de la forêt. Il avait toujours aimé le galop et ses longs moments d'oubli. Il dut cependant modérer son allure, de crainte de dépasser la tête de la chasse. D'ailleurs, Madame Adélaïde venait de mettre son cheval au pas et ne semblait pas vouloir hâter les choses avant que la bête ne soit lancée et la meute à ses trousses. Alors que les chasseurs abordaient une longue percée, elle abandonna soudain le gros de la troupe pour s'engager sous le couvert. Le personnage désagréable qui avait fait voiture commune avec Nicolas s'approcha de lui et, d'un geste du chapeau, l'engagea à rejoindre la princesse. Nicolas pénétra à son tour sous le couvert, au milieu des fougères desséchées et rougeâtres. Madame avait arrêté son cheval. Il s'approcha, sauta à terre et, le tricorne bas, s'inclina. Elle le considérait d'un air aimable mais sans sourire.

— On me dit beaucoup de bien de vous, monsieur.

Il n'y avait rien à répondre. Il prit un air modeste sans se forcer. Qui était ce « on » ? Le roi ? Sartine ? La Borde ? Les trois, peut-être. Certainement pas Saint-Florentin, qui était détesté par les filles de France.

— On vous dit sagace et discret.

— Je suis l'humble serviteur de Votre Altesse royale.

Cela allait de soi.

— J'ai des tracas dans mon intérieur, monsieur Le Floch. Mes pauvres Ruissec, le malheur les a frappés, vous savez...

Elle médita un moment. Nicolas crut même qu'elle priait. Puis elle parut écarter une idée importune.

— Enfin... En outre, je constate depuis quelque temps des vols bien déplaisants dans mes cassettes.

Il osa l'interrompre. Surprise, elle lui sourit. C'était une belle jeune femme, avec un charme impérieux.

— Des bijoux, Madame ?

— Oui, des bijoux. Plusieurs bijoux.

— Serait-il possible à Votre Altesse royale de faire dresser par l'un de ses serviteurs de confiance une liste descriptive des pièces disparues ?

— Mes gens y pourvoiront et vous feront tenir la chose.

— M'autoriseriez-vous, Madame, guidé par quelqu'un de votre maison, à poser quelques questions à l'ensemble de vos domestiques ?

— Faites, faites, je compte sur vous pour régler cette affaire.

Elle lui sourit à nouveau.

— J'ai connu votre père. Vous lui ressemblez.

Un coup de trompe sonna pas très loin. Une forte voix cria : *Voy le-cry voy-auant !*

— Je crois, monsieur, que le daim est lancé aux chiens. Il faut y aller. Bonne chasse.

Elle éperonna sa monture qui s'enleva en hennissant. Nicolas se recoiffa, remonta et partit au petit galop. Il entendait des appels de trompe et les cris des chasseurs. Le désordre était grand. Il semblait que la bête poursuivie rusât. On entendit le cri d'un piqueur qui rappelait les chiens à lui : *Haurua, à moy Theau, il fuit ici !* et prévenait les chasseurs. Dans cet affolement, la monture de Nicolas s'énerva et piqua des deux. Avant qu'il ne la maîtrise, elle l'avait conduit loin de la chasse. Étourdi par le vent de la course, il n'entendit pas deux cavaliers qui arrivaient sur ses arrières. Au moment où il pressentit leur présence, c'était déjà trop tard. Se retournant, il ne vit qu'une cape noire tendue entre eux qui le frappa et le projeta à terre. Son cheval affolé s'enfuit. Sa tête heurta une souche, un voile l'enveloppa et il perdit conscience.

Une douleur sourde lui taraudait la tête. Il n'aurait pas dû faire autant honneur au souper et à ses flacons. Et puis, le lit était bien dur et la chambre bien froide. Il tenta de remonter le drap et sentit les boutons du justaucorps. Il reprit ses esprits et le souvenir de l'agression lui revint. Il avait bel et bien été attaqué par deux inconnus.

Où était-il ? À part la tête qui le faisait souffrir, il ne semblait rien avoir de rompu. En tentant de s'étirer, il constata qu'il était attaché aux pieds et aux mains. Une odeur connue l'éclaira sur le lieu où il était retenu prisonnier. Ces remugles de moisi, de chandelle éteinte et d'encens ne pouvaient appartenir qu'à un lieu consacré, église ou couvent. Pas de lumière. Obscurité totale. Il frémit. Était-il enfermé dans une crypte ou dans quelque in-pace religieux où on ne le retrouverait jamais ? L'angoisse le saisit avec cette montée de l'étouffement.

Un détail, pourtant insignifiant par rapport à la gravité de la situation, revenait sans cesse l'accabler : il n'avait pas songé à prévenir M. de Noblecourt qu'il resterait plusieurs jours à Versailles. Il imaginait l'inquiétude de ses amis. Finalement, cette hantise lui fit un peu oublier sa position. Du temps passa.

Au bout de plusieurs heures, il entendit un bruit. Une porte s'ouvrit et la lumière d'une lanterne éblouit ses yeux douloureux. Quand il les ouvrit, il ne vit rien ; quelqu'un était passé derrière lui pour lui attacher un bandeau. Il fut saisi, presque porté, et traîné à l'extérieur. Il sentit qu'on franchissait des degrés, puis l'air frais lui caressa le visage. Il perçut le crissement du gravier. Une porte encore, et il eut l'impression d'entrer à nouveau dans un bâtiment, alors que la même odeur d'église le saisissait. Il fut assis sur une chaise paillée, il la sentait sous ses doigts. On lui enleva le bandeau des yeux. Il avait les paupières gonflées et une douleur lancinante dans la nuque.

La première chose qui frappa son regard fut un grand crucifix de bois noir contre un mur blanc. Assis à une table, un vieillard en soutane le fixait, les mains jointes. Sa vision s'accommoda peu à peu. Une seule chandelle brûlait dans une assiette de faïence. Il regarda attentivement le vieux prêtre. Son visage ne lui était pas inconnu, mais les années avaient changé une figure rencontrée dans une autre existence.

— Mon Dieu, mon père ! Vous êtes bien le père Mouillard ?

Par quel détour insensé se retrouvait-il en présence de son ancien maître au collège des jésuites de Vannes ? Il était confondu par le changement qui avait transformé un homme aimable en ce vieillard hagard et perdu. Il n'y avait pourtant que quelques années qu'ils s'étaient vus pour la dernière fois.

— C'est bien moi, mon fils. Et bien accablé de te retrouver dans ces circonstances. Tu m'as reconnu, mais moi, je ne le puis. Je suis devenu aveugle et remercie Dieu de m'avoir fait cette grâce qui m'épargne la souffrance de voir ce temps d'iniquité.

Nicolas comprit les raisons du changement de la physionomie de son maître. Les yeux, à la faible lumière de la chandelle, paraissaient presque blancs, et la mâchoire inférieure tremblait sans cesse.

— Mon père, qu'avez-vous à voir avec mon enlèvement ?

— Nicolas, Nicolas, il est nécessaire de passer par certaines épreuves pour atteindre la vérité. Peu m'importe de savoir comment tu te trouves devant moi ; je n'ai pas de part à cela. Mets-toi à genoux et prie le Seigneur.

Il s'agenouilla lui-même en s'appuyant à la table.

— Le voudrais-je, dit Nicolas, que je ne pourrais pas. Je suis ligoté, mon père.

— Ligoté ? Oui, tu l'es par tes erreurs. Tu t'acharnes à ne pas discerner le droit chemin, le clair chemin, celui que je t'ai enseigné et dont tu n'aurais jamais dû t'écarter.

— Mon père, expliquez-moi la raison de ma présence ici et de votre venue. Où sommes-nous ?

Le prêtre continuait à prier et ne répondit qu'une fois relevé.

— Dans la maison du Seigneur. Dans la maison de

ceux qui sont injustements menacés et poursuivis et à qui, honte sur toi, tu prêtes le soutien de ton office.

— Que voulez-vous dire ?

— Les damnés de la Cour t'ont missionné pour enquêter sur de prétendus crimes. Tu es chargé d'incriminer notre Compagnie, la Société de Jésus, par de fausses allégations.

— Je ne fais que mon devoir et ne recherche que la vérité.

— Tu n'as qu'un devoir : tu dois obéir à cette grâce intérieure qui se conforme en toutes choses et sans réserve à la gloire de Dieu. Tu n'as point d'autres règles de conduite que ses divins commandements. Tu dois rejeter toute tyrannique domination et répudier le règne du malin, fût-il couronné.

— Dois-je conclure de vos propos que votre société est pour quelque chose dans les crimes inhumains sur lesquels j'enquête ?

— Ce que nous voulons de toi, ce que j'ai reçu ordre, moi, pauvre vieillard, de t'intimer, c'est d'abandonner une enquête qui peut porter préjudice à une maison de laquelle tu as tout reçu et à qui tu dois le meilleur de toi-même.

— Je suis le serviteur du roi.

— Le roi n'est plus seigneur en son royaume s'il abandonne les plus saints de ses serviteurs.

Nicolas comprit qu'il ne servirait de rien d'argumenter. Les infirmités du vieillard et les ordres qu'il avait reçus avaient d'évidence tourneboulé son esprit au point de détruire cette équanimité qui avait fait du père Mouillard le maître le plus vénéré du collège de Vannes au temps où Nicolas y suivait ses humanités. Il sut qu'il était malheureusement temps de mentir.

— Mon père, j'ai peine à vous croire. Mais je vais méditer votre leçon et réfléchir à mes actions.

— Mon fils, cela est bien et je te retrouve. « Celui qui sauve sa vie la perdra ; et celui qui la perdra pour moi la sauvera. » Écoute la Parole, tu ne peux trop la méditer. En toutes choses, on ne doit pas tant avoir de ménagements pour le monde, et en voulant se sauver pour le temps présent, on se perd pour l'éternité. Je te bénis.

Jamais Nicolas n'aurait imaginé avoir à ruser avec son vieux maître, mais il savait qu'au-delà de sa vénérable personne, c'était à d'autres intérêts, moins saints et moins scrupuleux, qu'il s'agissait de donner le change. Le père Mouillard chercha à tâtons la chandelle qu'il moucha, plongeant la pièce dans l'obscurité. Nicolas entendit une porte s'ouvrir. On s'approcha de lui et on lui remit le bandeau. Une voix inconnue s'éleva.

— A-t-il accepté ?

— Il va y réfléchir mais je crois qu'il le fera.

Nicolas eut mal au cœur devant l'expression de cette confiance sénile. La voix reprit :

— De toute façon, ce n'est qu'un premier avertissement.

Cela sonnait comme une sérieuse menace. Il fut à nouveau porté comme un ballot dans une voiture qui s'ébranla aussitôt à vive allure. Il avait recouvré toute sa conscience et tenta de mesurer la distance parcourue en comptant les minutes. Au bout d'une heure la voiture s'arrêta, on le jeta dehors. On lui délia les mains et on le précipita sans ménagement dans un fossé empli de feuilles mortes et d'eau croupie. Il entendit la voiture s'éloigner. Il ôta le bandeau. La nuit était tombée. Il entreprit de libérer ses jambes. Il n'y parvint qu'au bout d'une demi-heure d'efforts, grâce à son canif miraculeusement demeuré dans la poche de son justaucorps. Il était huit heures du soir à sa montre, épargnée elle aussi.

Il avait été proprement assommé et enlevé et avait dû rester inconscient de longues heures avant de reprendre connaissance. Le lieu de sa détention n'avait que peu d'importance. L'important était que, sans même se dissimuler, les jésuites, ou des jésuites, l'avaient fait enlever et s'étaient servis d'un pauvre homme pour l'influencer et exercer sur lui un chantage en vue de lui faire abandonner une enquête dans une affaire qui paraissait menacer la sécurité du roi.

Qui plus est, on n'avait pas hésité à utiliser l'occasion d'une chasse de la fille du roi pour perpétrer sur sa personne, celle d'un magistrat, un inconcevable attentat. Fallait-il que de graves et grands intérêts fussent en cause pour conduire à de telles extrémités ! D'une manière ou d'une autre, songeait-il tout en suivant le bord obscur du chemin, il existait un lien entre la Société de Jésus et cette affaire. Coupable ou non, celle-là appréhendait le résultat de l'enquête et paraissait prête à tout faire pour en freiner le cours. Certains paraissaient compter sur sa fidélité et sur sa reconnaissance. Il était vrai qu'il n'avait jamais joint sa voix au chœur presque unanime des contempteurs de la Compagnie. En raison, justement, de sa reconnaissance pour l'éducation reçue et du respect conservé à ses anciens maîtres, il n'avait jamais varié dans son attitude.

Il savait pertinemment que la Compagnie était menacée. Le roi avait publié le 2 août qu'il ne statuerait pas sur son sort avant un an. Pourtant, des arrêts foudroyants s'étaient succédé, condamnant les jésuites dans des affaires de banqueroutes. Au Parlement, l'abbé Chauvelin avait peint un tableau effroyable de la Société, représentée comme une hydre embrassant les deux mondes. Il prétendait que son existence dans le royaume ne tenait qu'à une tolérance et non à un droit légitime. Fin novembre, les évêques de France devaient remettre leur avis au roi. On les disait divisés sur l'attitude à tenir. Tout cela justifiait et expliquait la crainte des jésuites face à un scandale auquel ils seraient mêlés et qui pourrait peser d'un poids décisif sur une opinion publique très remontée contre la Compagnie et sur les décisions du roi.

Nicolas finit par atteindre un petit village. Il se fit

ouvrir la porte d'une chaumine et s'enquit auprès d'un paysan éberlué du lieu où il se trouvait. En fait, sa déambulation ne l'avait pas beaucoup éloigné de Versailles, il était juste entre Satory et la ville royale. Il demanda s'il était possible de lui dénicher une voiture pour le ramener au château. Après beaucoup de discussions, d'hésitations et de conciliabules qui faillirent lui faire perdre patience, il finit par obtenir qu'un gros fermier qui possédait une carriole le ramène au château. Une heure plus tard, il était sur la place d'Armes.

Ayant suivi les instructions d'avoir à venir le rechercher le lundi soir, son cocher était là avec Gaspard, endormi sur le siège de la voiture. Inquiet des rumeurs de sa disparition, le garçon bleu était venu l'attendre pour le ramener à l'appartement de La Borde, l'entrée du château étant malaisée après la fermeture des portes et du « Louvre ». Nicolas se contenta d'expliquer que, tombé de cheval, il s'était perdu dans la forêt.

Il remonta chez La Borde faire toilette et nettoyer la vilaine bosse qu'il avait à l'arrière de la tête. Il laissa un message de remerciements à son ami, dans lequel il rendait compte succinctement des événements de la journée et de leur suite. Gaspard le raccompagna à sa voiture. Ils se quittèrent bons amis, le jeune homme lui faisant mille offres de services pour les fois où il reviendrait à Versailles.

Le retour sur Paris fut morose. Nicolas souffrait de sa blessure, et sa tristesse était grande à la pensée du père Mouillard si malheureusement utilisé dans le naufrage de l'âge pour faire pression sur son ancien élève. De cette journée, il ne retiendrait finalement ni le souvenir d'un entretien avec la fille du roi, ni celui de sa première chasse à la Cour, mais bien l'image désolante du vieil homme.

Quand il arriva, fort tard, rue Montmartre, l'hôtel était en ébullition. Marion, Catherine et Poitevin attendaient dans l'office des nouvelles qui ne venaient pas.

M. de Noblecourt faisait les cent pas dans son appartement. À la vue de Nicolas, ce ne fut qu'un cri. Le procureur, prévenu par son chien, descendit aussi vite que le lui permettaient ses vieilles jambes. Cet accueil et les questions angoissées qui se multipliaient remirent d'aplomb un Nicolas aussitôt pardonné dès qu'on eut appris ce qu'il pouvait leur confier de ses aventures à la Cour. Il en réserva à M. de Noblecourt le détail incroyable.

IX

INCERTITUDES

« L'omission de ce qui est nécessaire semble le blanc-seing du danger. »

SHAKESPEARE

Mardi 30 octobre 1761

Nicolas s'éveilla de bon matin. Son corps douloureux protestait par mille raideurs contre le traitement subi la veille. La bosse qui décorait sa nuque se manifestait par des élancements à chaque pulsation de son cœur. Il se souvint de matins semblables dans sa jeunesse, les lendemains de parties de soule. Ce jeu brutal où pleuvaient les horions se terminait le plus souvent par des bagarres homériques et des banquets de réconciliation arrosés de cidre aigre et d'alcool de pommes.

La toilette fut une longue souffrance. Il descendit à petits pas à l'office où Catherine le vit surgir piteux et mal en point. Elle constata les dégâts et décida de prendre les choses en main. Elle avait été longtemps cantinière, et avait vu assez de batailles, de marches, de rixes de soldats en goguette, de membres froissés, de plaies et de bosses, et elle en avait rapporté un certain nombre de recettes empiriques et une science des emplâtres qui s'ajoutaient aux connaissances de sa jeunesse paysanne en Alsace.

Elle fourragea dans le fond d'un placard et en sortit un cruchon de terre cuite soigneusement scellé. C'était, disait-elle, un remède souverain qu'elle conservait pour les grandes occasions : une décoction d'herbes dans de l'alcool de quetsches. Une « sorcière » des environs de Turckheim, qui se trouvait être sa tante, lui en avait légué quelques cruchons. Elle garantissait ses effets prodigieux.

Malgré ses protestations, elle fit mettre Nicolas en culotte, le gourmandant de se montrer si pudique devant une vieille femme qui en avait vu d'autres, et des moins appétissants, quand elle était sous les armes, et elle se mit à l'étriller gaillardement à l'aide de son élixir jusqu'au moment où la peau lui chauffa. La cuisson et l'excitation furent telles qu'il eut l'impression d'avoir les muscles déliés par cette onction sauvage. Pour achever ces soins, elle lui en versa un petit verre : le feu du contrecoup lui entra dans la gorge mais, passé le premier effet, il en ressentit aussitôt le bienfait. Une marée de douceur l'envahit, relayant et activant l'action extérieure de la lotion.

Il eût fallu, dit Catherine, courir s'enfouir sous la courtepointe et dormir tout son soûl. Nicolas lui reprocha de ne pas lui avoir administré ce traitement dès son retour, la nuit précédente. Elle lui rétorqua que ce qui était lié ne pouvait être délié qu'après que la contracture s'était fait sentir et qu'hier, encore dans le feu de son aventure, il n'aurait pu pleurer ses douleurs comme ce matin. Là-dessus, Catherine s'octroya elle aussi un petit verre en prévision de ses maux à venir, puis replaça soigneusement le cruchon dans sa cachette. Le reste de la maison dormait encore, épuisé par l'attente et par les émotions de la nuit.

Dès qu'il fut dans la rue Montmartre, Nicolas perçut quelque chose d'anormal. Il mit cette impression sur le compte de son état et sur la nervosité conséquente à l'agression et à l'enlèvement de la veille. Il décida de ne pas renoncer à ses précautions habituelles et s'engagea discrètement dans l'impasse Saint-Eustache.

Dès son entrée dans l'église, il se jeta dans une chapelle obscure et se carra à l'angle d'un autel. Il entendit des pas et vit un homme en gris qui, d'évidence, le suivait et qui, l'ayant perdu de vue, se précipitait vers la grande porte. Lui-même put s'échapper par là où il était entré et prendre au vol une brouette qui passait par là, cherchant le chaland. Ainsi, la traque se poursuivait ; de chasseur, il était devenu gibier.

Quand il arriva au Châtelet, Bourdeau, informé par le cocher d'une partie des événements de Versailles, lui annonça que Sartine avait été retenu par le roi lors de son audience hebdomadaire et qu'il ne rejoindrait Paris qu'après la grand-messe de Toussaint, le surlendemain.

— Voilà qui n'arrange pas mes affaires, dit Nicolas. Encore que je doive, de toute façon, retourner à Versailles.

Il lui conta l'audience de M. de Saint-Florentin et le blanc-seing donné à la poursuite de l'enquête. Il lui décrivit l'étrange Mlle de Sauveté et la conclusion violente de l'invitation de Madame Adélaïde, mais il ne lui dit rien de l'incident de Saint-Eustache, pour ne pas l'inquiéter outre mesure.

— Sauf le respect que je dois à vos sentiments d'ancien élève des bons pères, dit Bourdeau, ces gens-là sont effectivement dangereux. Je pense comme l'abbé Chauvelin. Voilà des prêtres qui ne reçoivent d'ordres que de leur général. Ils sont unis comme les doigts d'une main par leur vœu d'obéissance. Mais je ne donne pas cher de leur avenir. Tout ce que vous me contez, ce sont les derniers sursauts de la bête. Vous savez ce qu'on chante ? Loyola était boiteux et l'abbé Chauvelin bossu. Tout Paris fredonne cette chanson.

Il se mit lui-même à chanter d'une voix grave :

> *Société perverse*
> *Un boiteux t'a fondée*
> *Un bossu te renverse.*

Nicolas sourit tristement.

— Je ne vous suivrai pas sur ce chemin-là, Bourdeau. Vous savez ma fidélité à mes maîtres. Mais je crois qu'il y a de mauvais bergers et j'en veux tout particulièrement à ceux qui ont entraîné le père Mouillard dans cette équipée insensée.

— En tout cas, cela prouve chez eux une belle organisation. L'ont-ils fait venir de Vannes au débotté pour débattre avec vous ?

— Il n'est pas breton. J'imagine qu'il doit finir ses jours dans une maison de la Compagnie.

— Notez qu'ils étaient bien informés. Je ne peux imaginer que Sartine, La Borde et Madame aient pu prêter la main à ce guet-apens.

— C'est exclu. Mais vous-même, Bourdeau, quelles leçons tirez-vous de votre office aux Théatins ?

— Belle cérémonie, pleine de recueillement. Peu de famille. Encore moins d'amis. Le comte de Ruissec prostré. En dehors de cet accablement, trois choses m'ont frappé. Primo, la fiancée, Mlle de Sauveté, comme vous le savez, n'était pas là. Ne la connaissant pas, vous pensez bien que je me suis renseigné. Secundo, le vidame était présent, un bien séduisant jeune homme, et bonnement gaucher ! Nous le savions, mais j'ai pu le vérifier au moment où il jetait l'eau bénite sur les bières. Mais ce n'est pas tout : Lambert, le valet, est également gaucher... Toujours le goupillon. Enfin, tertio, la famille maintenait le vidame à l'écart. Il n'accompagnera pas le comte à Ruissec pour l'inhumation définitive de sa mère et de son frère. N'est-ce pas étonnant de la part d'un petit collet, même libertin ?

— Il y a trop longtemps que nous en parlons. Je dois absolument l'interroger.

— Justement. Nous avons un avantage sur lui. À l'issue de l'office, je l'ai filé. Il a rejoint son domicile rue de l'Hirondelle, une petite voie qui joint la place du Pont-Saint-Michel à la rue Gilles-Cœur. Il en est ressorti assez vite, et savez-vous où le bougre m'a conduit ?

— Mon bon Bourdeau, le gibier est trop fatigué pour deviner !

— À l'angle des Boulevards et de la rue de Richelieu, chez Mlle Bichelière. Il n'est resté qu'un moment, deux ou trois minutes, pas plus. Il est remonté en fiacre et a décampé. Me faisant passer pour un fournisseur, et après avoir payé mon écot à une espèce de magot qui sert de portière, j'ai su par la soubrette que la maîtresse n'était pas au logis, mais au théâtre.

— Au théâtre de si bon matin, cela est bien étonnant...

— J'ai interrogé le magot qui m'a confirmé que le jeune homme en rabat venait souvent « confesser » la jolie comédienne. Elle m'a dit cela avec une horrible grimace pleine de sous-entendus sur lesquels il était difficile de se méprendre.

— Voilà un point essentiel, Bourdeau. Ainsi, le vidame connaît parfaitement la maîtresse de son frère. Nous verrons ce qu'il aura à nous dire sur tout cela. Il sera peut-être plus enclin à nous parler que son père. Désormais, il faut tirer nos plans, établir et vérifier les emplois du temps de tous ces gens et recouper nos informations. Nous finirons bien par trouver la partie faible. Nous avons déjà deux gauchers. Nous pouvons affirmer presque à coup sûr que Lambert était dans l'armoire et qu'il a participé à l'assassinat, ainsi qu'au transport du corps de son maître. Il est complice de la simulation du suicide. Il nous manque un deuxième participant. Rien ne s'oppose à ce qu'il puisse s'agir du vidame.

— Comment procédons-nous, Nicolas ? Je ne suis pas chaud pour vous laisser seul désormais.

Nicolas finit par se convaincre qu'il était plus sage de dire la vérité.

— Et je ne vous ai pas dit que j'ai été suivi ce matin. Ma vieille ruse à Saint-Eustache a fait merveille, mais je vais devoir redoubler de vigilance. Cependant, la tâche est trop grande pour que nous ne nous séparions pas. Mais je pourrais avoir recours à quelque déguisement de ma façon pour tromper l'ennemi. Pour l'heure, je souhaiterais que vous lanciez les recherches sur Bichelière, Lambert, Truche, la Sauveté. D'où sortent-ils ? Que diable, nous sommes la meilleure police d'Europe ! S'il le faut, adressez des courriers aux intendants avec réponses par retour. Je les veux au plus tard à la fin de la semaine pour tout savoir sur tous.

— J'ai oublié de vous dire qu'on a arrêté le cocher du ministre de Bavière.

— Il faudra que je le voie. M. de Sartine va bien m'en reparler, pour peu que le plénipotentiaire se manifeste encore ! Je ne lui ai rien dit de mes soupçons. Voilà l'occasion de les vérifier.

— Par où commencez-vous ?

— Je suis désolé de vous laisser toute cette paperasse, mais les petits ruisseaux font les grandes rivières. Pour moi, je vais changer de toilette et cours interroger un de nos amis joaillier sur le pont au Change au sujet de la bague laissée en gage par Truche de La Chaux. Ensuite, je tâcherai de coincer le vidame. N'oubliez pas que nous soupons chez Semacgus, ce soir, à Vaugirard. J'y coucherai et partirai demain matin de bonne heure à Versailles pour enquêter chez Madame Adélaïde.

Quelques instants plus tard, un bourgeois bedonnant et âgé, appuyé sur une canne et portant un sac de cuir, sortit du Châtelet et monta dans une voiture. Nicolas avait parlé plusieurs minutes avec le père Marie sans que celui-ci le reconnût. Rassuré par cet essai, il se fit conduire sur le pont au Change devant la boutique du bijoutier joaillier Koegler auquel le lieutenant général de police avait souvent recours dans les affaires de vol de bijoux. Il fut reçu avec l'empressement que l'on réservait en ce lieu aux riches pratiques.

D'une voix éteinte, il pria le maître artisan de bien

vouloir examiner une pièce dont il souhaitait faire l'acquisition, mais dont il craignait en même temps l'origine impure. Il précisa qu'un sien ami lui avait indiqué cette adresse où le travail et les poinçons pourraient être utilement vérifiés.

Flatté, le bijoutier ajusta sa loupe oculaire et examina la bague à la fleur de lys que Nicolas avait saisie au *Dauphin couronné*. L'examen fut lent et minutieux. M. Koegler hocha la tête. Son conseil était d'éviter d'acheter cette pièce, et même d'informer la police. Cette bague était fort ancienne, d'un travail soigné ; les pierres étaient remarquables par leur eau et par leur taille, mais — et l'homme baissa la voix — il y avait tout lieu de penser, par diverses observations qu'il garda pour lui, que la pièce appartenait aux bijoux de la Couronne et qu'elle avait été dérobée à une personne de sang royal. Il n'y avait qu'une chose à faire : s'en débarrasser au plus vite entre des mains autorisées, sous peine d'être accusé du recel qui équivaudrait, dans ce cas précis, à un crime de lèse-majesté. Nicolas prit congé en assurant le joaillier que son conseil serait suivi, et qu'il allait de ce pas remettre à qui de droit ce compromettant objet.

Bien que le domicile du vidame de Ruissec ne fût pas très éloigné du pont au Change, il ordonna à son cocher de le conduire d'abord à la Comédie-Italienne. Il lui recommanda toutefois quelques détours, pour vérifier qu'il n'était pas suivi. Il fit engager la voiture dans un cul-de-sac et attendit un moment. Rassuré, il donna ordre de poursuivre. Il tira les rideaux du fiacre et se transforma à vue ; après avoir craché l'étoupe qui tapissait sa bouche, enlevé ses faux sourcils blancs, nettoyé la céruse qui couvrait son visage, retiré la bourre qui lui faisait un bedon artificiel, et une fois ôtée la perruque bourgeoise, il retrouva sa chevelure naturelle. Il serra dans sa main la canne en apparence inoffensive dont le corps évidé dissimulait une épée bien trempée.

À la Comédie-Italienne, laveurs et frotteurs achevaient de s'échiner dans les grandes eaux du nettoyage du matin. Le père Pelven dressait sa haute silhouette au-dessus de cette marée, lui qui avait si souvent manié le faubert sur les ponts des vaisseaux où il avait servi. Son visage buriné s'éclaira à la vue de Nicolas. Il voulut l'entraîner aussitôt pour arroser ces retrouvailles avec quelques verres de son breuvage favori, ou même en partageant son mangement dont la fumée odorante flottait déjà dans les couloirs du théâtre.

Nicolas, pressé, et qui se rappelait où l'avait mené sa précédente incursion dans la gastronomie matelotière, déclina aimablement la proposition, sans que le portier s'en formalisât outre mesure. Il s'enquit de ce qui l'amenait et répondit aussitôt à ses questions.

Non, bien sûr, la Bichelière n'avait pas mis les pieds au théâtre samedi de toute la journée, ni depuis d'ailleurs. Elle abusait, et le directeur excédé ne laissait pas de vitupérer en la menaçant d'une mise à l'amende au taux redoublé pour ses absences réitérées. La ponctualité de la comédienne péchait très souvent et ses manquements se répétaient à tel point qu'ils désorganisaient les spectacles et qu'on était contraint d'avoir recours à des doublures souvent mal préparées et moins goûtées du public. N'eussent été ses charmes et le fait qu'ils attiraient les gandins, il n'y avait pas la largeur d'une étraque[1] pour qu'on la jette à la rue, retrouvant ainsi l'élément d'où elle était issue ! Voilà ce qu'il en coûtait de fatrasser sans rime ni raison !

À une autre question, Pelven assura qu'un petit collet s'était présenté samedi dans l'après-midi pour demander la belle. Fort dépité d'apprendre son absence, il avait insisté de si déplaisante façon que la grille lui avait été claquée au nez. Le vieux marin ajouta que l'accueil avait été d'autant plus froid qu'aucune substance n'était venue adoucir l'humeur rugueuse de l'autorité portière. Cette allusion ne tomba pas dans l'oreille d'un sourd, et Nicolas récompensa comme il se devait la précision et l'abondance des renseignements apportés. Il écourta les démonstrations d'amitié de Pelven en lui demandant s'il pouvait sortir par l'arrière du bâtiment, ayant donné à sa voiture l'ordre de l'attendre rue Française, devant la halle aux cuirs. L'endroit était fort animé et sa présence y passerait inaperçue. Il fut conduit jusqu'à une petite porte qui donnait sur un couloir débouchant lui-même sur un passage entre les maisons. Grand collectionneur de traverses parisiennes, Nicolas mémorisa l'itinéraire.

Il franchit à nouveau la Seine pour rejoindre la rue de l'Hirondelle. Il s'inquiétait de la manière dont il aborderait le vidame, jusqu'au moment où il estima que la meilleure attitude était celle qui apparaîtrait la plus vraisemblable. Truche de La Chaux lui avait involontairement soufflé la solution : se faire passer pour un représentant de la police des jeux et interroger le jeune homme sur sa fréquentation du *Dauphin couronné*.

Le vidame avait-il été mis en garde contre lui ? C'était peu probable, compte tenu de ses mauvaises relations avec son père. Nicolas devrait s'appuyer sur ces dissensions familiales afin de pousser un coin et d'inciter à parler le fils cadet, désormais promis à un autre destin par la disparition de son frère.

La maison où habitait le vidame était sans apparence, ni cossue ni pauvre. Une maison bourgeoise et banale dans une rue banale. Pas de portier pour barrer la route à Nicolas, qui gagna en quatre enjambées l'entresol. Il frappa à une porte en ogive qui s'ouvrit presque aussitôt, encadrant un jeune homme plus intrigué que fâché de son incursion. En culottes et en chemise sans cravate et sans manchettes, une main sur la hanche, il interrogea Nicolas d'une levée du menton. Les sourcils fournis et arqués se dressèrent au-dessus des yeux d'un bleu profond et la bouche s'avança en une sorte de moue. Les cheveux étaient juste noués par un nœud sur le point de se défaire. À cette première impression agréable succéda une seconde, plus inquiétante. Nicolas nota la pâleur du visage aux pommettes saillantes et empourprées et les cernes des paupières, le tout baignant dans une sueur de fatigue. Des taches violacées accentuaient encore le caractère défait d'un homme qui, pour Nicolas, n'avait pas fermé l'œil depuis longtemps.

— Monsieur de Ruissec ?

— Oui, monsieur. À qui ai-je l'honneur ?

— Je suis policier, monsieur, et souhaiterais vous entretenir.

Le visage s'empourpra, puis pâlit. Le vidame s'effaça et invita Nicolas à entrer. Le logis était composé d'une vaste pièce, basse de plafond et sans clarté. Deux ouvertures en arc de cercle au ras du plancher ouvraient sur la rue. L'ameublement était élégant sans excès, et rien n'évoquait la vocation religieuse de l'occupant. C'était la garçonnière d'un jeune homme voué davantage à une vie de plaisirs qu'aux méditations spirituelles. Le vidame demeura debout à contre-jour et n'invita pas Nicolas à s'asseoir.

— Eh bien, monsieur, puis-je vous aider ?

Nicolas décida de frapper d'emblée un grand coup.

— Avez-vous remboursé M. de La Chaux du prêt qu'il vous a consenti, ou plutôt du gage qu'il vous a confié ?

Le vidame rougit à nouveau.

— Monsieur, c'est une question personnelle entre lui et moi.

— Savez-vous que vous fréquentez un lieu dans lequel le jeu est interdit, et par conséquent que vous êtes passible des lois ?

Le jeune homme releva la tête avec un mouvement de défi.

— Je ne suis pas le seul à Paris à courir les tripots. Je ne sache pas que, pour autant, la police du royaume en fasse toute une affaire.

— C'est que, monsieur, tous vos semblables ne se

destinent pas à la prêtrise, et l'exemple que vous donnez...

— Je ne me destine nullement à l'état religieux. Cela, c'est du passé.

— Je vois que la mort de votre frère vous ouvre la carrière !

— Ce propos, monsieur, est bien inutilement offensant.

— C'est que tous vos semblables ne bénéficient pas non plus de la mort d'un proche.

Le vidame fit un pas en avant. Sa main gauche se porta instinctivement à son côté droit pour y chercher la poignée d'une épée absente. Nicolas nota le mouvement.

— Monsieur, prenez garde, je ne me laisserai pas impunément insulter.

— Répondez plutôt à mes questions, fit sèchement Nicolas. Je vais d'ailleurs être franc avec vous et vous prie de prendre en considération mon ouverture. J'enquête aussi et surtout sur la mort de votre frère, dont votre père, le comte de Ruissec, a réussi à camoufler le meurtre. Non seulement le sien, mais celui de votre mère.

Il entendit comme un sanglot.

— Ma mère ?

— Oui, votre mère, sauvagement étranglée et jetée dans le puits des morts au couvent des Carmes. Votre mère, qui souhaitait me confier son tourment et qui est morte à cause de ce secret. Certains avaient intérêt à la faire taire avant qu'elle ne parle. Voilà, monsieur, ce qui m'autorise à vous traiter comme je le fais, moi, Nicolas Le Floch, commissaire de police au Châtelet.

— Vous m'accablez, je n'ai rien de plus à vous dire.

Nicolas remarqua que la nouvelle de l'assassinat de sa mère n'avait pas paru constituer une surprise pour le jeune homme.

— Ce serait trop facile. Vous avez au contraire

beaucoup à me confier. Et tout d'abord, connaissez-vous Mlle Bichelière ?

— Je la sais maîtresse de mon frère.

— Ce n'est pas là ce que je vous demande. La connaissez-vous personnellement ?

— Point du tout.

— Que faisiez-vous alors chez elle, hier en début d'après-midi ? Ne niez pas, on vous y a vu. Et trois témoins de bonne foi sont prêts à en jurer devant un magistrat.

Nicolas crut que le jeune homme allait se mettre à pleurer. Il se mordait les lèvres jusqu'au sang.

— Ne l'ayant pas vue au service funèbre de mon frère, j'allais...

— Allons, à qui ferez-vous croire que cette jeune femme eût été admise à la cérémonie de funérailles de votre frère et de votre mère ? Trouvez-moi quelque chose de plus probant.

Le vidame se tut.

— J'ajouterai, reprit Nicolas, que des témoins affirment vous avoir rencontré à plusieurs reprises à ce même domicile de ladite demoiselle. Vous ne me ferez pas accroire que vous ne la connaissez pas. Veuillez vous en expliquer.

— Je n'ai rien à dire.

— Libre à vous. Autre chose, pouvez-vous m'indiquer vos occupations le jour de la mort de votre frère.

— Je me promenais à Versailles.

— À Versailles ! C'est grand, Versailles. Dans le parc ? Au château ? Dans la ville ? Seul ? En compagnie ? Il y a du monde à Versailles, et vous avez dû croiser quelqu'un de votre connaissance ?

Nicolas souffrait de se montrer aussi brutal, mais il souhaitait faire réagir le jeune homme.

— Non, personne. Je souhaitais être seul.

Nicolas hocha la tête. Le vidame était en train d'accumuler sur sa tête toutes les présomptions. Il ne pouvait décemment le laisser libre de ses mouvements.

Quelque incertitude qui subsistât sur son éventuelle culpabilité, sa mise à l'écart permettrait de faire bouger les choses. Sous les yeux effarés du jeune homme, il sortit de sa poche une des lettres de cachet que lui avait confiées M. de Saint-Florentin. Il y inscrivit sans hésitation le nom du vidame. C'était la deuxième fois dans sa vie de policier qu'il conduirait un prévenu à la Bastille. Le premier avait été le docteur Semacgus, mais il s'agissait alors surtout de le protéger et il en était sorti lavé de tout soupçon. Ce précédent renforçait l'impassibilité de Nicolas face à l'acte grave d'emprisonner son semblable.

— Monsieur, dit-il, par ordre du roi, je dois vous mener à la Bastille où vous aurez tout loisir pour méditer sur les inconvénients qu'il y a à demeurer muet. Sans doute, je l'espère pour vous, serez-vous plus loquace la prochaine fois que nous nous rencontrerons.

Le vidame s'approcha de lui, le regardant dans les yeux.

— Monsieur, je vous implore de m'entendre. Je suis innocent de ce que l'on pourrait m'imputer.

— Je vous ferai observer que si vous vous déclarez innocent, c'est que vous savez qu'il y a eu crime. Je pourrais relever votre propos à votre détriment. Ne vous méprenez pas ; nul plus que moi ne souhaite que vous soyez innocent. Mais vous devez me donner les moyens d'approcher la vérité. Je suis sûr que vous en détenez un morceau.

Il crut que cette exhortation prononcée sur un ton sensible allait bousculer les défenses du jeune homme et qu'il parlerait enfin. Mais ce fut peine perdue. Le vidame parut sur le point de céder, mais il se reprit, secoua la tête et commença à s'habiller.

— Je suis à votre disposition, monsieur.

Nicolas le prit par le bras. Il tremblait. Il mit un scellé à la porte du logis, où des perquisitions seraient effectuées, puis ils descendirent pour rejoindre la voiture. Le cocher reçut l'ordre de gagner la prison d'État. Pendant tout le trajet, le jeune homme demeura silencieux, et Nicolas respecta son mutisme. Il n'y avait rien de plus à en obtenir. Quelques jours dans la solitude d'un cachot réduiraient peut-être son obstination et l'amèneraient à mesurer la gravité des charges qui pesaient sur lui faute de consentir à s'expliquer.

À la Bastille, Nicolas fit accomplir les formalités d'écrou du prisonnier. Il prit à part le geôlier en chef pour lui recommander le jeune homme. D'une part, le secret de son incarcération devait être rigoureusement respecté, et, d'autre part, aucune visite n'était autorisée sans l'avis de Nicolas. Enfin, et il insista tout particulièrement sur ce point, il convenait de ne pas laisser le prévenu sans surveillance, qu'il n'en vienne pas à s'homicider par négligence de ses gardiens. Nicolas avait en mémoire la mort d'un vieux soldat qui s'était pendu au Châtelet, faute qu'on lui ait ôté sa ceinture. Il laissa une petite somme afin que des repas puissent être apportés de l'extérieur au prisonnier.

Il quitta avec soulagement la vieille forteresse. Cette masse de pierres grises l'oppressait. À l'intérieur, le labyrinthe des escaliers et des galeries, humides et noires, le grincement des clefs dans les serrures et le claquement des guichets aggravaient encore son malaise. L'animation souriante de la rue Saint-Antoine avec sa foule et ses voitures le rasséréna.

Nicolas réfléchissait aux suites de l'arrestation du vidame. On verrait bien si le comte de Ruissec interviendrait pour faire libérer son dernier fils avec autant de vigueur qu'il l'avait fait pour récupérer le corps de son aîné assassiné. Nicolas ressentait comme un doute : trop de présomptions pesaient sur le vidame. Les mobiles crevaient les yeux : rivalité amoureuse, ambition contrariée et peut-être d'autres encore, plus matériels. Que Lambert, le valet, ait été le complice s'acceptait sans trop de difficultés. Là où l'incertitude gagnait Nicolas, et où les questions s'accumulaient, c'était dans la vision du frère tuant le frère. Sans doute, la chose n'était-elle pas sans précédent. Il y avait quelques mois une affaire avait défrayé la chronique. Un chevalier du nom d'Aubarède avait tué son frère aîné. Il l'avait abattu d'un coup de pistolet dans la tête et l'avait achevé à coups de poignard et de barre, avant de s'enfuir pour s'engager dans les armées ennemies. M. de Choiseul avait fait écrire à l'ambassadeur à Rome avec description du meurtrier afin qu'on l'arrête.

Nicolas eut une soudaine inspiration. Puisqu'il fallait plonger dans le passé de ses suspects, il ordonna à son cocher de le conduire à l'hôtel de Noailles, rue Saint-Honoré, face au couvent des Jacobins, demeure de M. de Noailles, le plus ancien des maréchaux de France. C'était là que se trouvaient les bureaux du tribunal du Point d'Honneur, que cette illustre assemblée avait formé pour juger des cas litigieux. Sous la présidence de leur doyen, les maréchaux, dont la compétence s'étendait à tous les gentilshommes civils ou militaires, avaient à connaître des injures, menaces, voies de fait, dettes de jeux ou provocations en duel. Leur connaissance du personnel militaire était des plus approfondie. Le secrétaire de cette institution, M. de La Vergne, appréciait Nicolas. Alors que celui-ci travaillait encore sous les ordres du commissaire Lardin, il avait réussi, grâce à l'active mobilisation de ses mouches et du réseau de ses informateurs dans le monde des receleurs, à retrouver une tabatière dérobée au maréchal de Belle-Isle, secrétaire d'État à la Guerre, mort en janvier de la même année. M. de la Vergne lui avait fait des offres de service et lui avait promis de lui rendre la pareille si l'occasion venait à se trouver.

L'homme possédait une science approfondie des carrières des officiers généraux : nul mieux que lui ne pouvait renseigner Nicolas sur le comte de Ruissec. Il parvint sans difficulté jusqu'à son bureau. Par chance, M. de La Vergne était là et le reçut sur-le-champ. C'était un petit homme fluet au visage lisse et pâle, avec des yeux rieurs, mais que sa perruque blonde ne parvenait pas à rajeunir. Il accueillit Nicolas avec chaleur.

— Monsieur Le Floch. Quelle surprise ! Monsieur le commissaire, devrais-je dire, en vous présentant mon compliment. Que me vaut votre visite ?

— Monsieur, je dois recourir à vos lumières sur une affaire bien délicate.

— Il n'y a rien qui soit délicat entre nous, et mon aide vous est acquise comme à un ami et comme à un protégé de M. de Sartine.

Nicolas se demandait parfois si ses propres qualités suffiraient un jour à justifier l'aide qu'on lui apportait. Quand cesserait-il d'être prisonnier de son image ? Il s'en voulut de cette réaction puérile. M. de La Vergne ne disait pas cela en mauvaise part ; c'était une manière de compliment. Chacun marquait son rang dans cette société par sa naissance, ses talents, mais aussi ses alliances ou ses protections. M. de La Vergne appartenait à cette société dans laquelle il était impossible de n'être point sensible à de telles considérations. Eh bien, il allait lui en donner.

— Le ministre, M. de Saint-Florentin...

Le secrétaire des maréchaux s'inclina.

— ... m'a chargé de démêler une affaire des plus confidentielles, concernant un ancien officier général, le comte de Ruissec, qui vient...

— De perdre sa femme et son fils. La rumeur va bon train, mon cher. Il est vrai que l'homme était peu aimé.

— Justement. Auriez-vous la bonté de m'éclairer sur sa carrière ? Je me suis laissé dire qu'il avait quitté le service dans des conditions un peu particulières.

M. de La Vergne désigna de la main les cartons qui tapissaient les murs de son bureau.

— Inutile de consulter mes archives. C'est une histoire dont j'ai entendu parler. Vous savez que nous recevons beaucoup d'informations. Cela peut quelquefois servir dans les affaires que nous traitons. Votre

Ruissec était bien brigadier général et ancien colonel de dragons ?

— C'est précisément cela.

— Eh bien, mon cher, en 1757, année terrible, nos troupes sous le commandement du prince de Soubise avaient envahi le Hanovre. Des plaintes se sont multipliées contre votre homme. Il passait pour avoir partie liée avec des munitionnaires et des trafiquants. Cela n'était pas nouveau et il n'était pas le seul. On rogne sur les vivres et sur la viande, on ajoute de l'ordure à la farine pour faire bon poids. Résultat, les hôpitaux sont les plus mal lotis et les soldats y pourrissent inhumainement. Bouillon infâme, viande pourrie et charogne non écumée, le tout pour faire des économies, sinon des profits. Chose plus grave encore, pendant des mois, le trésorier versa à M. de Ruissec un paiement réel en argent tant pour les hommes que pour les chevaux au prétexte d'effectifs en fait inexistants. Cela aussi est malheureusement fréquent. Il en aurait réchappé.

— Mais alors ?

— J'y viens. Un lieutenant protesta de ces manquements et voulut même les dénoncer. Ruissec réunit sur-le-champ un conseil de guerre. Nous étions face à l'ennemi. L'accusé fut condamné pour lâcheté et aussitôt pendu. Mais il avait des amis et, pour le coup, la rumeur grossit. Des informations concordantes parvinrent à Versailles. Sa Majesté en fut avisée, mais demeura silencieuse. Chacun comprit alors que d'autres influences s'exerçaient et que le roi n'en ferait pas plus. Le comte, cependant, quitta le service. C'est toujours pour moi un étonnement de l'avoir vu s'insinuer et se faire une position à la Cour auprès du dauphin, ce prince si vertueux, et auprès de Madame par sa femme !

— Vous rappelez-vous le nom de ce lieutenant ?

— Certes non, mais je le chercherai et vous le ferai tenir. Mais mon histoire n'est pas achevée. On raconte que des preuves accablantes ont été rassemblées contre M. de Ruissec. De temps à autre, une pièce arrive chez le ministre de la Guerre ou ici, au tribunal des maréchaux. Mais le tout si décousu et si parcellaire qu'il serait impossible de l'utiliser. Il appert qu'un correspondant inconnu s'évertue à maintenir cette affaire vivante dans les mémoires. Pour quels motifs ? Nous l'ignorons. On dit aussi que Ruissec lui-même disposerait d'autres preuves compromettantes pour le prince de Soubise lui-même. Que dites-vous de cela ? Et qui dit Soubise...

Il baissa la voix.

— ... dit Paris-Duverney, le financier. Et qui dit Paris-Duverney dit Bertin, le secrétaire d'État aux Finances, le rival de Choiseul, et l'ami de... de...

— D'une bonne dame.

— Vous l'avez dit, ce n'est pas moi ! Le père de la même personne, M. Poisson, était commis chez les Paris-Duverney.

— Voilà qui éclaire et obscurcit tout à la fois.

Le petit homme agita les mains.

— Affaire à prendre avec des pincettes, mon cher. Avec des pincettes. Le Ruissec est une pièce à plusieurs avers !

Il se rengorgea puis gloussa, satisfait de sa plaisanterie. Nicolas, perplexe, quitta le secrétariat des maréchaux. La conversation avec M. de La Vergne ouvrait bien des pistes. Tout portait à croire que l'énigme pouvait revêtir une dimension et une complexité plus considérables que tout ce que Nicolas aurait pu imaginer. Ce qu'il y avait de réconfortant, c'était que le secrétaire des maréchaux de France avait fait preuve d'une amicale complaisance, et Nicolas mesurait encore une fois l'utilité de posséder, dans l'exercice de ses fonctions, une liste de connaissances dans des milieux différents, portefeuille de nature à être feuilleté pour y puiser dans les cercles concentriques des relations utiles.

Il décida de passer rue Montmartre avant de gagner Vaugirard. Cette partie prévue de longue date l'emplissait de plaisir à l'avance. À l'hôtel de Noblecourt,

Catherine le pria d'emporter avec lui une tarte aux poires et au massepain qu'elle destinait à Awa, la cuisinière de Semacgus. Elle l'entêta de recommandations et lui fit promettre de bien rappeler à sa consœur d'avoir à l'attiédir à l'entrée du four du potager juste avant le service, mais sans excès sinon elle dessécherait, et de ne pas oublier enfin de servir une jatte de crème battue dont elle couvrirait sans parcimonie le dessus du gâteau. Enfin, elle se rappela que le maître de maison souhaitait voir Nicolas, ne fût-ce qu'un instant. Cyrus montrait déjà le chemin, en infatigable estafette entre le poste de commandement de son maître et les dépendances de l'hôtel. Quand il entra dans la chambre, M. de Noblecourt, le teint reposé et fleuri, jouait aux échecs, acagnardé dans son grand fauteuil d'où il surveillait d'un œil l'animation de la rue. Il fixait une pièce avec attention.

— Ah ! Nicolas... Je joue contre moi-même, main gauche contre main droite. Je n'y tiens pas longtemps, je me connais trop bien. L'issue est sans surprise, c'est adresse contre paresse ! Que tenteriez-vous avec ce cavalier-ci ?

Nicolas se garda bien de se livrer à un de ces gestes rapides, plus intuitifs que raisonnés, bien que quelquefois opportuns, qui agaçaient le vieux magistrat, tenant d'une manière plus réfléchie et plus lente.

— J'attaquerais. Il menace à la fois un fou et un de ses semblables. Les deux pièces sont prises en tenaille, et lui demeure doublement protégé.

M. de Noblecourt clignait des yeux en se mordant un coin des lèvres.

— Mouais... Il me reste ma dame. Voilà justement pourquoi je vous ai demandé. La dame avec la dame, elle est des deux côtés.

— Vous voilà bien mystérieux, que voulez-vous dire ?

— J'ai longuement songé à tout ce qui vous est advenu. La Cour... Dissimulation et défiance... Le fléau de tout enthousiasme vertueux... Les grands sont polis mais durs ; cela n'exclut d'ailleurs pas une franchise brutale qui peut dissimuler la fausseté... Le philosophisme ajouté à la méchanceté naturelle, une froide atrocité !

— Vous m'inquiétez de plus en plus. Est-ce la pythie qui vaticine devant ses trépieds ? Cette humeur noire... Cette amertume qui ne vous ressemble pas. La goutte qui monte, sans doute ? J'ai tort de vous fatiguer avec mon enquête, je m'en veux.

Le vieux procureur sourit.

— Que non, que non ! Je me porte comme un charme, comme un if, comme un chêne ! Mais je suis inquiet, Nicolas. Comme le dit mon vieil ami de Ferney, l'esprit le plus atrabilaire quand on cherche à lui plaire, « ce n'est pas vous qui m'entêtez, ce sont les soucis que je me fais pour vous dans cette conjoncture délicate ». Quant à la goutte, cette gueuse, elle m'a bel et bien oublié !

— Et donc ?

— Et donc, monsieur le toujours pressé, j'ai réfléchi une bonne partie de la nuit.

— Voyez !

— Non, une nuit sans douleurs est une bonne nuit pour un vieillard. Il s'y trouve l'esprit dispos et prêt à la réflexion.

Nicolas songea soudain que chaque homme était isolé en lui-même et que son vieil ami dissimulait plus souvent qu'à son tour les atteintes de l'âge, comme une apparente coquetterie, mais en réalité par dignité et par l'effet de cette exquise politesse qui entendait qu'on dissimulât ces choses à ses amis. Seule la goutte ne se pouvait cacher.

— Et l'insomnie bien tempérée et bien utilisée n'est pas du temps perdu, mais du temps regagné. Je pensais à la dame, à celle de Choisy et à celle de Versailles. Et puis à votre Truche. Bien sûr de lui, celui-là ! Votre bonne dame, je la voyais nouer et dénouer à distance, mais ne levant pas le petit doigt dans une conjoncture où le faire serait se hasarder elle-même. Quant à cette momerie de jésuites, de deux choses l'une : ou bien elle émane d'eux et, pour le coup, elle prouve leur affolement, mais pas forcément leur culpabilité ; soit elle n'émane pas d'eux et c'est encore plus grave, et l'opacité se renforce, le danger se précise. Que vous vous en soyez sorti sain et sauf me surprend.

— Comment ! Que dites-vous là ?

— Ne vous méprenez pas. Votre conversion forcée peu convaincante aux exigences de votre vieux maître n'a dû tromper personne. Mais d'évidence, cette puissance mystérieuse qui vous tenait dans les liens n'a pas souhaité vous réduire. Pour dire les choses de manière plus directe : la pression exercée contre vous me paraît bien empreinte de faiblesse. D'ailleurs, vous n'avez sans doute pas modifié vos recherches dans un sens différent ?

— J'ai continué dans la direction prise. J'ai arrêté ce matin le vidame de Ruissec. Les présomptions qui pèsent sur lui et son refus de s'expliquer m'ont paru justifier son emprisonnement provisoire à la Bastille.

— Hé, hé, fit Noblecourt en secouant la tête d'un air de doute.

— Suggérez-vous par là que mes actions m'auraient été dictées ?

— Je ne suggère rien. Ce qu'il vous reste à découvrir vous indiquera si ce dernier acte de justice complaît ou dérange vos étranges intervenants. Aurons-nous la joie de vous avoir à notre table ce soir ?

— Hélas non, je suis engagé avec Semacgus. Je passais justement vous en informer. Je coucherai à Vaugirard et demain, à la première heure, rejoindrai Versailles où je dois rencontrer quelqu'un de la maison de Madame Adélaïde.

— Je me répète, Nicolas : prenez garde. Le monde de la Cour est périlleux. Décidément, je jouerai ce fou.

Nicolas quitta son vieil ami et courut jeter le nécessaire dans un portemanteau. En redescendant, il y déposa avec précaution la précieuse préparation de Catherine. Dès le matin, il avait demandé qu'une voiture l'attendît, impasse Saint-Eustache. Tout paraissait tranquille mais, par surcroît de précaution, Rabouine avait été dépêché sur les lieux pour avoir l'œil, avec l'ordre formel de se mettre en travers de toute tentative de filature.

Pour la première fois depuis le début de son enquête, Nicolas laissait son esprit vagabonder. Même les propos décousus et inquiétants de M. de Noblecourt n'avaient pas réussi à le faire changer d'humeur. Sans oser les mettre sur le compte de l'âge, il n'y attachait guère d'importance, même si certains d'entre eux ne laissaient pas d'éveiller chez lui des échos et des réflexions. Il s'abandonna vite, bercé par le rythme de la voiture et s'endormit.

Quand il s'éveilla, il avait franchi les barrières et un ciel rose et or marquait à l'ouest la fin du jour sur un horizon que coupaient çà et là les hautes silhouettes sombres des moulins à vent. Une averse était tombée entre-temps et de sa banquette, il voyait la terre et le sable percutés par l'impact des gouttes. Le sol était sillonné de ravines et de canaux minuscules. Bientôt, la demeure massive de Semacgus se profila avec son grand mur sur la rue, sa porte cochère et ses ailes symétriques autour du bâtiment central d'habitation. Elle offrait une impression de solidité encore accentuée par l'absence d'étage. Les pièces centrales étaient brillamment éclairées. Par les fenêtres de l'office, il reconnut la silhouette trapue de Bourdeau et celle, plus haute, du docteur ; en chemise, ils s'affairaient autour d'une table. Dans le corridor d'entrée, il tomba sur Awa, la servante noire de Semacgus. Dans un grand rire en cascade, elle lui sauta au cou en lui demandant de sa voix gutturale et chaude des nouvelles de son amie Catherine. L'offrande de la tarte lui permit de se libérer et de rejoindre ses amis. Il s'approcha de l'office. Les deux compères discutaient en riant.

— Docteur, criait Bourdeau, surtout n'écrasez pas les marrons. On doit en retrouver de gros morceaux qui se brisent encore légèrement sous la dent. Veillez-y !

— Ne voilà-t-y pas le Châtelet qui voudrait en remontrer à la Faculté ! Découpez vos lardons et faites-les-moi suer gentiment. Qu'ils chantent, les bougres ! Et pour les précautions, prenez garde à ne pas roussir l'ail ! Quant au chou...

Nicolas intervint en imitant Catherine et son accent.

— Zurdout, brenez garde à le bien ébouillanter et à jeter l'eau première ! Ensuite, à betit bouillon de telle sorte que le tout resde un beu croquant !

Les deux compères se retournèrent.

— Mais c'est Nicolas qui prend la recette en marche !

— J'espère, renchérit Bourdeau, qu'il n'a pas faim. Je doute que nous en ayons jamais assez !

Ils éclatèrent de rire. Semacgus servit du vin. Nicolas s'enquit du menu.

— Nous avons des perdrix à l'étouffée, une longe de porc à la broche et des choux fricassés aux lardons et aux marrons : un mélange que j'ai mis au point et dont vous vous pourlécherez. La suavité du marron liée à la légère amertume du chou, relevée de poivre et de giroffes et enveloppée dans le gras du lard. Le moelleux ajouté au tendre. Et Bourdeau nous a apporté un panier de bouteilles de Chinon...

— Vous m'en direz tant, fit Nicolas. À cela, il faudra ajouter une tarte aux poires et au massepain de la bonne Catherine.

Le souper fut bientôt prêt et servi par Awa, qui avait revêtu pour l'occasion un éclatant boubou de damas de son Saint-Louis natal. La table dressée dans le cabinet de travail de Semacgus paraissait un havre de lumière et de gaieté au milieu des livres, des squelettes, des fossiles, des bocaux et des mille curiosités rapportées par le maître de maison de ses expéditions lointaines. Nicolas avait rarement vu Bourdeau aussi joyeux, rubicond et l'œil éméché. Il ne laissait sa place à personne pour conter des grivoiseries, à la satisfaction du chirurgien, grand amateur d'histoires salaces. Le sommet fut atteint dans le rire gargantuesque qui suivit le récit par Semacgus de l'histoire du *koumpala farci*.

— Imaginez, disait-il, l'évêque nous conviant à dîner, moi et le gouverneur, et tellement impatient de nous faire apprécier les talents de sa cuisinière, une *signare* du plus bel effet et d'un âge fort peu canonique. Elle avait prévu de faire du koumpala.

— Qu'est-ce que cet animal-là ? dit Bourdeau.

— Imaginez un crabe qui monte aux arbres.

— Je crois que c'est le Chinon qui monte à la tête ! dit Bourdeau.

— Nullement. Le koumpala monte au cocotier durant la nuit. C'est là qu'on le surprend. Il faut ensuite le faire jeûner comme les escargots pour le purger des mauvaises plantes qu'il aurait pu manger. Ensuite, on l'ébouillante, on le travaille avec des herbes locales et du piment, le plus fort que l'on trouve. On passe le tout au four et c'est un plat qui...

— ... rend les hommes debout ! cria Awa, en montrant ses belles dents blanches.

— Elle connaît l'histoire, dit Semacgus.

— Et alors ? dit Nicolas qui ne comprenait pas.

— Et alors, dit Semacgus, eh bien, on retrouva l'évêque dans le lit de sa servante le lendemain matin : c'est un plat qui aurait fait bander M. de Gesvres !

La soirée se termina fort tard devant le traditionnel carafon de vieux rhum. Bourdeau fut porté à sa couche par ses deux amis mais, au moment de sombrer dans l'inconscience, il essaya de parler à Nicolas. L'œil éteint et levant un doigt, il tenta de s'expliquer.

— Nicolas...

— Oui, mon ami.

— J'ai vu le cocher. Le cocher du ministre de Bavière.

— C'est très bien, mon ami.

— Il en a vu de belles... La face... La face...

Il s'écroula sans terminer sa phrase. Bientôt la maison retentit de trois ronflements, tandis qu'Awa s'affairait tard dans la nuit à tout remettre en ordre.

X

LE LABYRINTHE

> Quels étaient mes égarements !
> Tous passent la fatale barque,
> Dit-il. Plus ces lieux sont charmants
> Plus on y doit craindre la Parque.

> Henri RICHER

Mercredi 31 octobre 1761

Le réveil fut un peu embarrassé, même si les excès de la veille ajoutés au vigoureux traitement de Catherine avaient fait disparaître, comme par miracle, les contusions et courbatures de Nicolas. Il se contenta pourtant de son chocolat coutumier, totalement sourd aux propositions tentatrices de Semacgus et de Bourdeau. Eux demeuraient les fervents tenants du verre de vin blanc sec comme du meilleur adjuvant pour dégager les humeurs au lendemain d'un souper bien arrosé. La voiture était là, le cocher ayant couché dans le foin de la remise après avoir été gorgé de nourriture et de boisson par l'accueillante Awa.

Le matin était frais et clair, et le soleil accompagna Nicolas sur le chemin de Versailles. Cette mission serait-elle aussi mouvementée que la précédente ? Découvrirait-il de nouveaux éléments susceptibles de faire progresser son enquête ? Il se rappela après coup qu'il n'avait pas interrogé Bourdeau sur ses propos incohérents de la veille. N'avait-il pas été question du cocher du ministre de Bavière ?

L'essentiel, pour le moment, était de parvenir à s'introduire chez Madame Adélaïde pour y rencontrer le personnage qui lui fournirait les renseignements sur les bijoux dérobés. Nicolas observait généralement chez les grands un mépris absolu des détails et des contingences. Laissaient-ils tomber un ordre ou une instruction, qu'il vous revenait de vous débrouiller seul : la manière de faire ou l'information banale, qui auraient pu vous faciliter la tâche, ne participaient pas de leurs préoccupations. Il pourrait toujours s'adresser à M. de La Borde, mais il nourrissait quelques scrupules d'avoir encore recours à lui. Peut-être le dégourdi garçon bleu qui paraissait tout savoir et tout connaître pousserait-il la complaisance jusqu'à le guider chez Madame ?

Route de Paris, dans la grande perspective du château, Nicolas songea qu'un coup d'œil à la maison de Mlle de Sauveté lui dégourdirait les jambes. Les visites inopinées donnaient parfois lieu à des découvertes inattendues. Il fit arrêter le fiacre et s'approcha en empruntant l'air dégagé et insouciant d'un promeneur matinal. Il fut pourtant immédiatement repéré par la vieille femme qui s'était déjà adressée à lui, quatre jours auparavant. Il n'avait pas voulu la croire alors, mais, de fait, sa surveillance s'exerçait en permanence. Il sourit en pensant que c'était là une bien innocente manie, qui ne faisait de mal à personne. Les petits yeux bleus le fixaient avec gentillesse.

— Je vous l'avais bien dit ! Je vous l'avais bien dit ! Avouez que la dame vous intrigue... Mais elle n'est pas au logis. Pour sûr, nous l'avons vue partir, cette fois-ci !

Nicolas ne chercha pas à feindre un désintérêt peu crédible.

— Et quand est-elle partie ?

— Hier après-midi vers deux heures.

— Promenade ?

— Elle n'est pas rentrée depuis.

— Cela est-il bien assuré ?

Elle fit une moue pleine de reproches.

— Nous croyez-vous si distraites de l'avoir laissée passer sans la voir ?

— Loin de moi un tel soupçon, mais samedi vous m'aviez dit que, plusieurs fois, vous ne l'aviez pas vue sortir.

L'air buté, elle rentra dans son jardin et lui claqua la porte au nez. Nicolas se dit qu'il ne retrouverait jamais une aussi bonne occasion. La grille de la maison de Mlle de Sauveté n'était pas fermée, juste poussée. Il traversa le jardin triste. La grande porte-fenêtre était close avec ses volets intérieurs tirés. Il fit le tour du pavillon. Sur le derrière, une porte en bois vermoulu lui parut propice à ses desseins. Il sortit de sa poche le petit instrument dont il usait avec dextérité et ne fut pas long à faire jouer la serrure. La porte s'ouvrit en grinçant, après qu'il l'eut débloquée d'un coup d'épaule mesuré, entraînant avec elle une épaisse toile d'araignée qui lui tomba sur la tête. Il s'ébroua, frémissant. Cet accès n'avait pas dû être utilisé depuis longtemps.

L'office aussi paraissait abandonné, avec ses tomettes disjointes qui basculaient sous les pieds. Les vitres sales laissaient entrer un jour diffus. Il tomba sur un couloir. Le reste de la maison était à l'avenant. Il visita le salon où il avait interrogé la fiancée du vicomte de Ruissec. Les meubles étaient vides ; dans leurs intérieurs moisis croupissaient toutes sortes de bêtes rampantes. Il découvrit une chambre en meilleur état. Le matelas était plié sur l'alcôve. Sur un guéridon traînaient une cafetière et une tasse. Il les examina. Dans l'armoire, il trouva des draps blanc écru, sans broderies ni initiales. Deux corps de robe étaient pendus, défroques tristes et surannées aux couleurs éteintes. Du tiroir d'une commode surgirent trois perruques de nuances différentes, de bonne facture. Il les respira longtemps. Puis il considéra avec intérêt trois paires de chaussures dont la taille l'intrigua. Il nota ces détails dans son calepin noir. La maison lui avait offert tout ce qu'elle pouvait lui donner. Il remit tout en place, referma soigneusement la serrure et regagna sa voiture. Sur son pas de porte, la vieille reparut ricanante et lui tira la langue.

Finalement, tout se déroula comme il l'avait envisagé. Il ne fut pas long à retrouver Gaspard dont l'activité principale semblait consister en la surveillance curieuse des lieux et des arrivants.

Grâce à l'un de ses semblables, le garçon bleu possédait ses entrées dans les appartements de Madame Adélaïde, proches de ceux du roi. Après avoir fait attendre un long moment Nicolas dans la cour de Marbre, il vint le chercher pour le mener jusqu'à une petite pièce éclairée par une fenêtre ronde, qui donnait sur les arrières des pièces de réception. Un homme sans âge et tout de noir vêtu attendait Nicolas. Il se présenta comme l'intendant de la princesse et ne parut pas étonné de découvrir un si jeune commissaire de police. Madame Adélaïde avait visiblement prévenu son serviteur de la démarche de Nicolas et lui avait donné toutes instructions et licence de répondre à ses questions dans l'affaire des bijoux dérobés. Son interlocuteur ne regardait pas Nicolas en face, et celui-ci s'aperçut qu'il était observé de biais grâce à son reflet dans un trumeau.

— Monsieur, commença-t-il, Son Altesse royale a dû vous indiquer les renseignements dont j'ai le plus urgent besoin pour mener à bien la mission qu'elle m'a confiée.

Sans répondre, l'homme sortit de sa poche deux feuilles de papier plié reliées par un ruban bleu pâle et les lui tendit. Nicolas y jeta un coup d'œil : c'était la liste des bijoux volés. Ils étaient décrits avec une infinité de détails et, en regard de chaque inscription, on pouvait admirer des croquis avec rehauts de gouache du plus bel effet. Il y reconnut aussitôt la bague à la fleur de lys sur champ de turquoises. L'intendant se tordait les mains, l'air gêné. Nicolas eut le sentiment qu'il souhaitait lui confier quelque chose, mais qu'il ne parvenait pas à se déterminer. Il décida de le brusquer un peu.

— Vous voulez sans doute ajouter quelque chose ? J'ai dans l'idée qu'un secret vous pèse.

L'homme le regarda, égaré. Il ouvrit plusieurs fois la bouche avant de répondre.

— Monsieur, il me faut vous confier quelque chose. Mais comprenez bien que je n'ai pu le faire auparavant. Quelle que soit la confiance dont m'honore la princesse, il est des bornes que je ne me permettrais jamais de franchir. Il faut savoir rester à sa place. Mais j'ai également le sentiment de dissimuler un fait d'importance qui pourrait ne pas être sans conséquence dans l'enquête que vous menez, monsieur le commissaire.

Nicolas lui fit signe de continuer.

— Monsieur, je nourris des soupçons. Un homme qui a ses ouvertures dans la maison de Madame pourrait avoir commis ces vols...

— De qui parlez-vous, monsieur ?

— J'ai vraiment des scrupules à le nommer. Mais le secret sera avec vous en de meilleures mains et vous saurez sans doute ce qu'il convient de faire avec. Il s'agit d'un garde du corps, un certain Truche de La Chaux. Notre bonne maîtresse, toujours si compatissante, s'est entichée de lui comme d'un garçon sans famille ni appui.

— Mais quel intérêt particulier justifie l'attitude de la princesse ?

— M. de La Chaux est un ancien tenant de la religion prétendument réformée. Il s'est converti depuis. Madame aime les convertis. Vous connaissez sa piété. Elle voit dans le renoncement aux erreurs religieuses comme un signe du doigt de Dieu. Bref, l'homme circule comme bon lui semble dans les appartements à toute heure du jour.

— Et vous nourrissez des soupçons à son égard ?

— Je me suis longtemps interrogé sur les possibles coupables. À force d'éliminations, je suis parvenu à restreindre peu à peu leur nombre. Il demeure le seul qui aurait pu accomplir ce forfait.

— Et vous ne vous êtes ouvert à personne de votre hypothèse ?

— Hélas si, monsieur ! J'ai confié la chose à M. le comte de Ruissec, gentilhomme d'honneur de la princesse. Celui-ci m'a assuré qu'il prenait l'enquête en main et que cela ne traînerait pas, si le garde du corps était effectivement reconnu coupable.

— Et alors ?

— Eh bien, monsieur, l'extraordinaire est qu'il ne m'en a plus jamais parlé. Je me suis donc permis de remettre la chose sur le tapis et me suis fait renvoyer vertement. On savait mieux que moi ce qu'il convenait de faire ! Il fallait cesser d'entêter la princesse avec cette affaire ! C'était dans le secret et dans le silence qu'elle se réglerait ! Enfin, il m'a dit de ne pas accuser à tort les serviteurs de Son Altesse royale : mon soupçon était injuste et M. de La Chaux n'était pour rien dans la disparition des bijoux.

— Ainsi, l'affaire était réglée pour vous ?

— Elle l'aurait été en effet si je n'avais pas observé depuis lors une étrange collusion entre le comte de Ruissec et M. Truche de La Chaux. À partir de ce moment-là, ce ne furent plus que conciliabules, entretiens incessants et prolongés, alors qu'auparavant ils ne se parlaient jamais. Le comte de Ruissec, fort haut seigneur, ne daignait pas même regarder le garde du corps. À dire vrai, je soupçonnais comme une complicité entre eux. Je ne souhaite pas en dire plus en la matière, mais c'était bien l'impression qui dominait.

— Monsieur, je vous suis infiniment reconnaissant

de m'avoir confié ceci. N'avez-vous rien relevé de plus qui sorte de l'ordinaire ?

— Si fait, monsieur. À plusieurs reprises, un petit messager sourd et muet est venu porter ou prendre des billets à M. de Ruissec. Ayant suivi l'enfant, je l'ai vu s'engager dans le grand parc, où il a disparu.

Il hésita un moment.

— J'ai même pu reconnaître à qui était adressé l'un de ces plis... Il s'agissait de M. Truche de La Chaux.

— Monsieur, je vous fais mon compliment pour l'intérêt et la précision de vos observations. Nul doute qu'elles me seront fort utiles et peut-être même décisives dans la recherche que je poursuis. Rassurez la princesse. Je pense retrouver ses bijoux assez vite.

L'intendant salua Nicolas en le regardant enfin dans les yeux. Il paraissait soulagé et le reconduisit avec force révérences jusqu'à la cour de Marbre où Gaspard, sifflotant, l'attendait. Décidément, la journée se révélait fertile en découvertes : une Mlle de Sauveté fantomatique, feignant de vivre glorieusement dans une maison délabrée, et des liens obscurs entre le comte de Ruissec et Truche de La Chaux. Enfin, par un hasard où Nicolas voyait la main de la Providence ou la manifestation de sa bonne fortune, le lien vivant entre Truche, Ruissec et d'autres personnages mystérieux paraissait être ce petit sourd et muet auquel il avait sauvé la vie alors qu'il se noyait dans l'eau glauque du Grand Canal.

Sous le regard interloqué de Gaspard, Nicolas se mit à marmonner des mots sans suite. La bague de Madame Adélaïde, qu'il sentait dans sa poche gousset, au côté de sa montre, lui revint à l'esprit. Que signifiait cette intervention de M. de Ruissec ? D'évidence, il avait tiré Truche de La Chaux d'un fort mauvais pas. Nicolas était bien placé pour connaître la nature profonde du garde du corps et confirmer sa culpabilité dans cette affaire. Il n'y avait pas de doutes sur sa malhonnêteté. Alors ? Comment avait-il convaincu le comte de Ruissec de son innocence ? Ou plutôt, pour quelles raisons indicibles celui-ci ne l'avait-il pas dénoncé, préférant le couvrir de son autorité ?

Nicolas revit le visage ridé et malicieux de M. de Noblecourt avec son obsession « de la dame des deux côtés ». Il se rappela soudain la suite de leur conversation : la dame, c'était aussi Mme de Pompadour. Tout s'agençait autour de cette bague dérobée à Madame Adélaïde. La favorite, comme le comte de Ruissec, connaissait donc Truche de La Chaux. Sa présence à Choisy n'était pas fortuite, Nicolas en était de plus en plus convaincu. D'ailleurs, le garde du corps interrogé ne dissimulait pas, avec une certaine insolence, s'être trouvé au château de la Pompadour le jour de l'assassinat du vicomte de Ruissec. Il laissait ainsi entendre que la favorite pourrait éventuellement témoigner de sa présence à Choisy. Ainsi, songea-t-il, rien n'était rapiéçable dans ce ramas d'informations sauf à parvenir à élucider les relations entre Mme de Pompadour et Truche de La Chaux...

Gaspard attendait patiemment que la réflexion de Nicolas s'achevât. Au bout d'un moment, et constatant que rien ne venait, il lui demanda s'il pouvait lui être encore de quelque utilité. Nicolas lui répondit que, pour l'heure, son plus grand désir serait de rencontrer M. de La Borde, auquel il avait à présenter une requête. Rien n'était plus facile, lui dit le garçon bleu. Le premier valet de chambre reprenait son service en quartier le lendemain ; il devait être à cette heure dans son appartement, s'étant couché fort tard — ou plutôt fort tôt. Cette précision fut accompagnée d'un clin d'œil. Le respect n'étouffait pas le drôle, mais c'était l'un de ses charmes et le prix à payer de sa fidélité.

L'accueil de M. de La Borde fut des plus chaleureux. Il fit aussitôt toilette, pria Nicolas de l'attendre et disparut, précédé de Gaspard. Il revint assez vite. La marquise, voulant profiter du temps éclatant, venait de partir se promener dans le labyrinthe du parc. Elle y retrouverait Nicolas dans le dédale, et des instructions seraient données pour qu'on le conduisît aussitôt auprès d'elle. Le lieu n'était pas très éloigné. Il suffisait de rejoindre la terrasse du palais devant les jardins, de traverser le parterre du Midi en direction de l'Orangerie et d'obliquer sur la droite.

Quand il arriva au labyrinthe, Nicolas, qui ne connaissait pas l'endroit, fut frappé par son étrange beauté. Deux statues représentant Ésope et l'Amour se faisaient face sur des piédestaux de pierres colorées et de galets lavés. Une immense fontaine, surmontée d'un rideau de treillage en forme de coupole sur piliers, mettait en scène un ballet aérien d'une infinité d'oiseaux représentés au naturel. Ces figurines de plomb étaient agrémentées des couleurs des différentes espèces. La statue d'un grand-duc, plantée, sévère, au milieu d'une pièce d'eau, dominait la scène.

Un valet l'attendait portant la livrée de la favorite. Il lui expliqua en pontifiant que le labyrinthe, composé par Le Nôtre, comportait trente-neuf fontaines à thèmes animaliers inspirées des fables d'Esope mises en vers par M. de La Fontaine. Il lui recommanda de passer successivement devant les Coqs et la Perdrix, et la Poule et les Poussins ; il finirait par atteindre l'ouverture d'un des dédales. Près d'un bassin central, il était attendu.

Sur place, il vit en effet une femme immobile. Elle lui tournait le dos. La masse de tissus paraissait d'une énorme épaisseur, mais la mode était ainsi qu'elle favorisait l'ampleur du chiffonné et du confus. Pour sa part Nicolas trouvait que la forme du corps féminin y perdait ses avantages. Il semblait que l'ajustement des femmes n'avait d'autre objet que de montrer combien de pièces et de morceaux pouvaient être réunis ensemble pour constituer un habit. La dimension du panier ajoutait encore au caractère enflé de l'ensemble. Il douta un moment d'être en présence de la marquise de Pompadour. Au bruit de ses pas sur le gravier, elle se retourna et il la reconnut. Une cape de satin vert foncé laissait apparaître un corps de robe vert bouteille brodé de fils d'argent, garni de chenille et de mèches « sourcils de hannetons », dont la favorite avait lancé la mode. Des fleurettes de soie surbrodées donnaient un relief étonnant à l'ensemble. Une légère gaze de mousseline tombait de la capuche et voilait discrètement le visage de la marquise.

— Je vois, monsieur Le Floch, que vous n'avez pas hésité à suivre mon conseil. Vous souhaitiez me parler, me voici.

— Madame, pardonnez une intrusion que j'aurais voulu éviter, mais l'état de l'enquête imposait que je vous rende compte.

— Que vous m'*informiez*, monsieur, que vous m'informiez...

— Il se trouve que j'avance, madame. Une solution est en vue, mais je dois encore replacer certains détails dans un ensemble cohérent, un peu comme ces cartes géographiques découpées dont les morceaux séparés sont offerts aux enfants, en jeu de patience, afin qu'ils les reconstituent.

Elle releva sa mousseline. Ses yeux étaient étrangement froids et sans une ombre de bienveillance. Son visage était fatigué.

— Quelque difficulté que vous trouviez, je ne doute pas du succès. Vous mettez en usage l'esprit de suite dont vous avez déjà fait preuve dans d'autres circonstances et, ce faisant, vous contribuez pour beaucoup à ma tranquillité.

C'étaient là propos sans conséquence. Nicolas sortit de sa poche la bague de Madame Adélaïde et la tendit à la marquise. Elle la considéra sans la prendre.

— Bel objet.

Comme Nicolas ne disait rien, elle reprit d'un ton plus rapide.

— De quoi s'agit-il ? D'une offre d'achat ? Je ne porte pas de bague.

— Non, madame. Il s'agit d'une question.

Elle rabattit sa mousseline et fit quelques pas de côté, l'air excédé.

— Madame, j'insiste. Pardonnez mon audace. Avez-vous déjà vu cette bague ?

Elle paraissait réfléchir puis, insensiblement, se détendit et se mit à rire.

— Vous êtes un rude bretteur, monsieur Le Floch. Lorsqu'on vous jette sur une trace, on ne peut guère espérer qu'un détail vous échappe.

— À votre service, madame, et à celui de Sa Majesté.

— Eh bien, puisqu'il faut tout avouer, je puis bien vous dire que je connais ce bijou. Il sort de la cassette du roi. Il me l'avait montré, il y a quelques années, quand il en fit présent à sa fille aînée.

— C'est tout, madame ?

Elle écrasait le gravier avec un de ses pieds sous son falbala.

— Qu'y aurait-il de plus, monsieur ?

— Que sais-je, madame ? Auriez-vous revu ce bijou depuis que Sa Majesté vous l'a montré ?

Elle ne maîtrisa pas un geste d'impatience.

— Vous m'excédez, monsieur Le Floch. Vous souhaitez lire dans mes pensées ?

— Non, madame, je m'évertue pour éviter qu'un malhonnête homme ne vous compromette, comme il a d'ailleurs déjà commencé à le faire. Pour le moment, moi seul l'ai percé à jour et nul n'en sait rien.

— Me compromettre ? Moi ! Monsieur, vous vous oubliez. De qui voulez-vous parler ?

— D'un homme que j'ai croisé à l'entrée de votre château de Choisy. D'un homme qui, de toute apparence, a volé cette bague chez Madame Adélaïde. D'un homme qui paraît avoir partie liée avec des ennemis du roi et les vôtres, madame. D'un homme, enfin, qui pousse l'audace jusqu'à mettre en avant votre nom afin de se constituer un alibi dans une affaire criminelle !

Voilà, madame, ce qui m'autorise à ne rien oublier de vos bienfaits et à tout faire pour m'en rendre digne.

Il avait l'impression d'avoir peu à peu haussé le ton, mais dans le même élan, son propos s'était enveloppé d'une chaleur persuasive à laquelle elle ne pouvait rester insensible. En tout cas, après cette sortie, il n'y avait plus d'échappatoire possible. Elle fit aussitôt contre mauvaise fortune bon cœur ; elle eut un geste charmant et lui prit la main.

— Soit, vous avez raison. Faisons la paix, je n'ai que ce que je mérite. Cela m'apprendra à avoir recours à un limier de votre acabit. Vous ne pouviez d'évidence passer à côté de cela.

— Madame, ce que je fais, tout ce que je fais, répond à ce que vous m'avez demandé d'accomplir : tout savoir, pour vous mieux servir et protéger.

— Je le comprends. J'ai eu tort de ne pas tout vous confier. Voilà ce qu'il en est. Truche de La Chaux, qui s'était fait connaître de moi durant son service, m'a un jour proposé de lui acheter un bijou — cette bague que vous m'avez présentée. J'ai reconnu immédiatement celle de Madame Adélaïde et j'ai tout de suite songé à ce que je pouvais tirer de cette découverte. Je savais par ailleurs qu'il avait ses entrées chez Madame. C'est un protestant d'origine, converti depuis. La princesse, toujours si sottement accrochée à ses dévotions excessives, adore les néophytes. Je lui ai mis le marché en main : soit il me servait, soit c'en était fait de lui.

— J'ai le regret de vous apprendre, madame, qu'il y a de grandes présomptions qu'il en use de même avec vos ennemis. Pour les mêmes raisons que vous avez barre sur lui, le comte de Ruissec le tenait en sa main. Il avait découvert qu'il était l'auteur de larcins dans la cassette de Madame. Je suppose que, connaissant les entrées du garde du corps dans votre demeure, il en est venu à agir comme vous l'avez fait vous-même. Il l'utilisait pour des menées obscures et condamnables. Je suis prêt à affirmer que le libelle que vous m'avez confié a été déposé dans vos appartements à Choisy par Truche de La Chaux. En un mot comme en cent, pris à la gorge, et aussi sans doute pour des raisons mercenaires, il assure le rôle d'agent double sans qu'il soit possible de déterminer où penche sa fidélité, et même s'il en a une !

— Monsieur, vous avez droit derechef à ma reconnaissance. Je vais tirer mes conclusions de ce que vous m'apprenez.

— Si j'osais, madame...

— Osez, monsieur, osez ! Je me fie à votre bon sens.

— Continuez à feindre avec M. de La Chaux. Ne changez rien à votre attitude avec lui. Si vous disposez d'un serviteur zélé, qu'il le surveille étroitement lorsqu'il est dans vos maisons. Ne lui donnez pas l'éveil tant que notre affaire n'est pas résolue. Je ne le crois qu'un comparse dans tout cela. Un escroc, un voleur, sans doute, mais un comparse.

— Vous me rassurez, monsieur. Je suivrai votre conseil. À nous revoir.

Elle lui sourit, arrangea sa gaze, ramassa son amas de tissus et disparut par le chemin qu'il avait lui-même pris pour arriver. Nicolas, ne voulant pas donner l'impression qu'il la suivait, repartit dans le sens opposé. Il se perdit dans les allées, tourna plusieurs fois sur lui-même, puis finit par tomber sur une placette surmontée de la figure d'un grand singe en plomb. Il trouva enfin une sortie. Il songea que son parcours était comme le chemin symbolique de son enquête. Il se retrouva dans une grande allée bordée de charmilles, au bout duquel il reconnut le bassin de Bacchus. De là, il gagna la perspective centrale et remonta vers le château.

Il demeurait sous le coup de son entretien avec Mme de Pompadour. Leurs relations, si tant est qu'il puisse utiliser ce terme, n'auraient plus, il le pressentait, la même franchise. Il l'avait forcée dans ses retranchements, avait percé un de ses secrets et, de surcroît, l'avait quasiment contrainte à dévoiler ses propres menées dans la maison de la fille aînée du roi. Elle avait accepté, un bref instant, de dépouiller son attitude de toute autorité. Si tout cela venait à se savoir, la situation de la favorite serait bien délicate et bien affaiblie.

Outre cela, le jugement de Nicolas sur Truche de La Chaux était encore hésitant. C'était du menu fretin, mais agitant des choses graves et, d'évidence, insouciant et inconscient du danger de ses actes et du peu de discrétion de ses propos.

Comme il débouchait sur la partie centrale des jardins, le souvenir du petit sourd et muet lui revint. Il se dit qu'il ne trouverait pas de meilleur moment pour vérifier si l'enfant qu'il avait sauvé était bien le même que celui qui portait les messages de M. de Ruissec.

Le temps était beau et clair et une bonne marche dans le parc serait un plaisir. Au loin, les hauteurs du plateau de Satory, surmontées d'un halo bleuâtre, se teintaient d'or et de pourpre. Il gagna d'un bon pas la grille des Matelots, aux abords du Grand Canal. Là, il interrogea le garde, qui n'était pas le même que la fois précédente, mais qui sut lui indiquer le chemin pour atteindre le hangar du fontenier Le Peautre. Ce ne fut pas une mince affaire que de traverser futaies, halliers et friches. L'atelier se trouvait dans la partie du grand parc la plus proche encore de son état sauvage d'origine. Le cœur battit à Nicolas quand une laie suivie de ses marcassins déboula d'un taillis juste devant lui. Plus loin, il aperçut un grand dix-cors solitaire qui bramait, une colonne de vapeur s'élevant au-dessus de lui dans la lumière diffuse du sous-bois.

Peu avant d'arriver à destination, il entendit un bruit étrange, un claquement irrégulier suivi de longs grincements. Il se dirigea au son et tomba pile devant la porte en rondins du hangar. C'était elle qui battait, poussée par le vent. Nicolas, après s'être assuré que son épée jouait bien dans son fourreau, frappa. N'obtenant pas de réponse, il entra dans la grange.

Au début, il ne distingua pas grand-chose. Une petite ouverture, taillée dans l'épaisseur de la paroi, ne laissait passer qu'une pauvre lumière. Il devina un amoncellement d'objets disparates. Le bâtiment, assez étroit, était étonnamment profond. Nicolas continuait d'avancer, toujours surpris par les claquements et les grincements de la porte qui scandaient sa progression. Des hennissements lointains le firent sursauter ; il se tint sur ses gardes. Il était maintenant dans le noir le plus total. Une autre impression, s'ajoutant à l'angoisse de l'obscurité, s'imposa : une odeur métallique qu'il connaissait trop bien.

Il fit encore quelques pas et sentit sous son pied une matière visqueuse. Il se baissa vers le sol et le toucha de sa main. Il recula horrifié et repartit en toute hâte vers la sortie pour vérifier son appréhension. Dans la lumière de la forêt, sa main lui apparut pleine de sang. Le rythme de son cœur s'accéléra si fort qu'il dut s'appuyer, la respiration lui faisant soudain défaut. Quelle horreur allait-il encore devoir affronter à l'intérieur de cet antre ?

L'atelier, à première vue, semblait abandonné, mais il fallait s'en assurer. Il s'efforça au calme, et le serviteur du roi reprit le dessus. Il devait régler cette affaire seul. Le drame se reliait sans doute à l'ensemble de son enquête, mais il s'était déroulé en terre royale, dans le grand parc. S'il allait chercher des secours sur l'instant, tout deviendrait public. Or, il sentait qu'il fallait maintenir le secret et éviter tout scandale.

Il chercha autour de lui de quoi tailler une torche. Un vieux pin lui offrit une de ses branches encore imprégnée de résine. Il recueillit de la mousse sèche qu'il humecta avec la sève poisseuse, battit le briquet et réussit, en soufflant doucement, à enflammer la mousse. Une courte flamme bleue avec des accès jaunes jaillissait maintenant à l'extrémité de son flambeau. Le parfum âcre de la résine se mélangea à l'air embaumé de l'automne.

Il pénétra de nouveau dans l'atelier, et ne vit d'abord qu'un amoncellement de bûches et lingots de plomb entassés les uns sur les autres. La torche grésillait et produisait autant de fumée que de lumière. Il trouva sur un établi couvert d'outils une chandelle fichée dans un morceau de plomb grossièrement travaillé. Il l'alluma et éteignit la torche sur le sol. Son champ de vision s'élargit. Il progressa vers le fond de l'atelier, et repéra aussitôt la flaque sombre du sang qui lui parut immense. Puis, il perçut des murmures, comme des paroles chuchotées. Cherchant à s'orienter il finit par découvrir une petite porte basse au fond de l'atelier. Il s'en approcha, en tourna le bouton avec précaution, la tira à lui. Un étroit boyau de quelques toises conduisait à une autre porte ; c'était derrière celle-ci qu'on parlait. Tout contre l'huis et les sens aux aguets, il écouta :

— Direz-vous, à la fin, à un mourant ce que tout cela signifie ?

Nicolas reconnut la voix du comte de Ruissec. Une sorte de râle crépitant coupait chacun de ses propos. Par quel mystère se trouvait-il là, alors qu'il était censé accompagner le convoi de sa femme et de son fils ? Une autre voix s'éleva.

— J'ai attendu ce moment bien longtemps. Vous voilà enfin à ma merci. Après le fils, l'épouse, voici le père et le mari...

— Mais quelle traîtrise est-ce là ? Notre but n'était-il pas commun ?

La seconde voix murmura quelque chose que Nicolas ne parvint pas à saisir. Le comte de Ruissec poussa un grand cri. Nicolas s'apprêtait à bondir pour ouvrir la seconde porte, il avait déjà la main sur la poignée de son épée, quand un choc violent le frappa derrière la tête. Il s'effondra, assommé.

La voix de Bourdeau s'élevait, claire et distincte, mais elle lui paraissait irréelle. Ses mains s'agitaient et s'accrochèrent à de l'herbe. Ce contact, et l'odeur de la végétation, le ramenèrent aussitôt à la réalité.

— Le voilà qui revient, docteur.

Nicolas ouvrit les yeux et vit l'inspecteur et Semacgus penchés sur lui, qui l'observaient avec inquiétude.

— Le gaillard est solide et ce n'est pas la première fois qu'on l'assomme. Ni la dernière, sans doute. Dure tête de Breton.

— Cela lui apprendra d'être aussi imprudent, renchérit Bourdeau.

Nicolas se redressa. Une petite flamme claire dansait devant ses yeux. Il tâta sa nuque, et sentit sous ses doigts une bosse de la taille d'un œuf de pigeon.

— Ne vont-ils pas m'assommer à nouveau tous les deux en m'abreuvant de leurs commentaires ? fit-il. Comment êtes-vous là, et que s'est-il passé ?

Bourdeau hocha la tête, l'air satisfait.

— Dieu soit loué, le voilà qui grogne ! M. de Sartine, qui tient à vous plus qu'il ne vous le dit, m'avait ordonné de ne vous plus quitter. Nous vous avons donc suivi, le docteur et moi, jusqu'à cette maison. Au moment où nous entrions, nous vous avons trouvé sans connaissance dans ce méchant couloir. Deux personnes se sont enfuies à cheval. Nous étions fous d'inquiétude, ayant pataugé dans le sang.

Il montra ses souliers souillés.

— Dieu soit loué, vous êtes sauf ! J'ai demandé au docteur de vous emmener dehors, et j'ai fait l'inspection des lieux. Derrière la porte où vous vous trouviez, j'ai découvert le corps du comte de Ruissec, proprement tué d'un coup de pistolet. Il avait l'épée à la main, mais aucune chance ne lui avait été laissée : arme blanche contre arme à feu. Toutefois, le combat a dû commencer dans l'atelier et son adversaire l'a traîné dans la pièce de derrière. Il apparaît qu'avant de succomber, il aurait blessé son agresseur. Des traces de sang conduisaient dans le potager où des chevaux attendaient.

— Rien d'autre ? dit Nicolas qui réfléchissait, enregistrant toutes ces nouvelles.

— Qui peut vous avoir agressé ?

— Ce n'était pas l'homme que j'ai entendu parler au comte de Ruissec, j'en suis sûr.

— Donc, il y avait trois personnes ici : le comte, son agresseur, et celui qui vous a frappé.

— Mais il y a plus grave, renchérit Bourdeau.

Il agitait une liasse de papiers.

— Dans une soupente, j'ai trouvé un vieux coffre. Il contenait des documents impressionnants en nombre, que seule l'urgence de la fuite a fait négliger d'emporter : de nouveaux plans du château, encore plus précis que ceux découverts à Grenelle, des libelles contre le roi et la Pompadour, et un projet de manifeste annonçant la mort du « tyran Louis XV ».

— Voilà, dit Nicolas, qui confirme l'hypothèse d'une conspiration.

Les trois amis entreprirent de fouiller l'atelier de fond en comble. Ils procédèrent avec méthode, examinant chaque outil et chaque recoin du capharnaüm. La présence de plusieurs entonnoirs au fond desquels brillaient encore des traces de métal fondu n'établissait pas la preuve que le vicomte de Ruissec avait été assassiné dans ce lieu retiré : ils pouvaient être les instruments habituels du travail du fontenier. Mais, dans les circonstances présentes, leur existence constituait néanmoins une présomption. Une espèce de litière de cuir munie d'anneaux de métal à ses quatre extrémités rappela à Nicolas les matelas immondes sur lesquels les aides de Sanson couchaient leurs patients lors des séances de question au Châtelet. Certes, rien de tout cela n'était absolument probant, et Nicolas ne pouvait pas s'abandonner à son imagination, mais il y avait là matière à s'interroger.

Le docteur Semacgus examina le corps du comte de Ruissec. La blessure à hauteur du cœur provenait bien d'un coup de pistolet. La quantité du sang répandu correspondait à l'impact d'une balle qui avait sectionné de gros vaisseaux à la racine des poumons ou dans les abords de l'organe noble. Restait à déterminer qui, de la victime ou de son meurtrier, avait été l'agresseur, et pourquoi. Nicolas, ayant fouillé les poches du cadavre, n'y trouva rien de particulier.

La nature des papiers découverts, songeait Nicolas, était à rapprocher des volumes de casuistique sur le tyrannicide de la bibliothèque du vicomte de Ruissec. Elle incitait à redouter des tentatives contre la vie même du roi. Que venait faire le comte de Ruissec dans cet endroit ? Sans nul doute, il avait faussé compagnie au convoi funèbre qu'il était censé accompagner pour revenir à bride abattue à Versailles. Mais était-il complice ou victime ? Ou vengeur ? Sa mort était-elle la conséquence d'un règlement de comptes entre complices ?

Il était trop tôt pour répondre à ces questions. Dans l'immédiat, Nicolas rassembla les documents les plus éloquents et, après un dernier coup d'œil à la dépouille du comte, il quitta l'atelier après avoir demandé à Bourdeau et Semacgus de veiller à ce que nul n'y pénétrât.

Il était trois heures après midi quand il regagna le château. Il se dirigea tout aussitôt vers l'aile des Ministres et demanda à être reçu par M. de Saint-Florentin. Il fut rapidement introduit. Le ministre l'écouta sans l'interrompre, tout en taillant avec soin une plume à l'aide d'un petit canif d'argent. Nicolas, à son habitude, s'évertua à être clair et concis, décrivant sans fioritures et se gardant de lancer des hypothèses non étayées. Il suggéra prudemment que le corps du comte de Ruissec fût enlevé dans le plus grand secret par des exempts du roi pour être porté à la Basse-Geôle. La nouvelle du meurtre devait absolument être tenue secrète. D'ailleurs, personne ne se préoccuperait d'un homme supposé courir les routes du royaume derrière un corbillard. Si le comte avait quitté le convoi, il était vraisemblable qu'il avait donné de bonnes raisons ; ses gens ne s'inquiéteraient donc pas tout de suite de son absence prolongée et ne donneraient pas l'alerte, si toutefois ils le faisaient, avant plusieurs jours.

Une fois réglée la question du corps, Nicolas demanda au ministre de lui octroyer une semaine pour achever des investigations déjà bien entamées. Il se disait assuré d'être en mesure de dévoiler la vérité à l'issue de ce délai. Enfin, il s'autorisa à suggérer qu'on renforce les mesures destinées à assurer la sûreté du château et la protection du roi.

M. de Saint-Florentin sortit de son silence pour donner sobrement son aval aux propositions qui venaient de lui être soumises. Lui aussi était d'avis de garder le secret sur ce nouvel épisode. Cela donnerait à la police le temps d'opérer, et au commissaire Le Floch le loisir de parfaire son travail. Devant recevoir dans la soirée M. de Sartine, il lui communiquerait les dernières informations et l'état de l'enquête menée par son adjoint dont il se disait « pleinement, pleinement » satisfait.

En outre, le ministre allait de ce pas écrire aux intendants des provinces afin de lancer un avis de recherche concernant Le Peautre en indiquant qu'il était sans doute accompagné d'un enfant sourd et muet. Enfin, pour redoubler les précautions, tous les ateliers, de fonteniers ou autres, indûment installés dans les recoins du grand parc seraient recensés. Il conviendrait de presser tout ce monde, de procéder aux vérifications nécessaires et de ne plus tolérer, par un laisser-aller coupable, la clandestine usurpation du domaine royal sans titres ni autorisations.

M. de Saint-Florentin ajouta qu'il souhaitait, une fois l'affaire Ruissec résolue, que Le Floch s'attachât pendant un temps à étudier les conditions dans lesquelles était assurée à Versailles la protection du roi, des princes du sang et, ajouta-t-il, des ministres. Il ordonna à Nicolas de lui soumettre un mémoire dont les conclusions seraient précisément examinées et à partir desquelles on pourrait envisager les décisions à prendre.

Quant au cas particulier de Truche de La Chaux, il parut gêner le ministre, qui s'en tint à une formule des plus vagues sur la nécessaire prise en compte du bon plaisir d'une personne à laquelle, le commissaire Le Floch le savait comme lui-même, il était difficile de s'opposer. Nicolas approuva, se disant persuadé que le garde du corps, personnage faux et léger, tout convaincu qu'il fût d'indélicatesse et de vol, ne paraissait pas impliqué au premier rang dans les crimes de sang qui les préoccupaient.

Le ministre sonna pour appeler un de ses commis de confiance. Il lui ordonna de se mettre à la disposition du commissaire pour prendre toutes les dispositions de recueil et de transport du corps. L'homme avança qu'il était préférable de ne pas s'en remettre aux exempts, dont la discrétion n'était pas toujours la qualité cardinale. M. de Saint-Florentin l'interrompit pour s'asseoir à son bureau et se mettre à écrire comme s'il se fût retrouvé seul. Nicolas et le commis sortirent en silence.

Rassembler les porteurs, trouver un véhicule, et déterminer, sur un plan du grand parc, un chemin perpendiculaire à l'atelier du fontenier permettant de l'attendre discrètement, tout cela prit un certain temps. Ils retrouvèrent les lieux en l'état, gardés par Bourdeau et Semacgus, et le corps, recueilli dans une bière provisoire, fut déposé dans un chariot.

Le cortège ressortit vers Satory et gagna la route de Paris. Nicolas suivait dans sa propre voiture. Les barrières de la ville furent franchies peu avant neuf heures. Nicolas avait dépêché un exempt à cheval pour annoncer leur arrivée au Châtelet. La bière fut descendue dans un caveau de la Basse-Geôle situé derrière la salle d'exposition publique des corps. Ces formalités accomplies et Semacgus ayant pris congé, Bourdeau proposa à Nicolas d'aller se restaurer dans leur estaminet habituel, rue du Pied-de-Bœuf. La voiture les y conduirait et les ramènerait ensuite à leurs logis respectifs. Nicolas, qui n'avait rien dans le ventre depuis son chocolat du matin et à qui les émotions de la journée avaient plutôt ouvert l'appétit, accepta volontiers. Il était fatigué par la succession des événements de la journée, la lassitude l'envahissait d'avoir pris sur lui pour conserver son sang-froid, et ses tempes battaient. Il avait besoin de se requinquer par l'ingestion de nourritures solides. Il lui avait fallu affronter successivement une favorite sur la défensive, le choc de la découverte d'un cadavre et la tension nerveuse d'un entretien avec son ministre.

À présent, assis à la vieille table branlante où ils savaient trouver leurs aises, il entendait plus qu'il n'écoutait, dans une sorte d'effondrement heureux de l'être, la conversation entamée entre Bourdeau et le tenancier. L'homme de l'art leur ayant proposé une matelote d'anguilles de Seine, Bourdeau, son pays, le provoquait gentiment.

— C'est à moi que tu proposes le service d'un de ces monstres que nourrissent nos clients de la Basse-Geôle ?

— Je ne te dis pas qu'elles n'y mettent pas la dent quand rien de plus appétissant ne se propose. Ce que tu ignores, à faire le faraud, c'est que ces bestioles raffolent des fruits du hêtre et du cormier. Imagine le bon régime !

— Parle-moi plutôt de ces belles demoiselles de la Vienne et de la Loire fréquentant les eaux claires. As-tu vu ici, près des boucheries, là où le sang coule dans le fleuve, le frétillement de tes beautés ?

— Mais, Pierre, perches et brochets en apparence plus ragoûtants ne laissent pas leur part aux chiens...

— Soit, mais ton anguille est par trop indigeste.

— Pas à ma façon.

— Et quelle est ta façon ?

— Il est vrai que la chair de ce poisson est grasse,

chargée de parties lentes et visqueuses. Aussi, après l'avoir proprement dépouillée et troussée de sa peau, je l'assaisonne d'épices et de sel et la fais griller un petit moment avant de la mijoter dans la sauce où le vin parfait le traitement. Ainsi, les parties rebelles à la bonne digestion sont-elles dissoutes et le plat se fait plus léger. Avec un sauté de mousserons qu'on vient tout juste de m'apporter de Chaville et une bouteille de chez nous, la même avec laquelle j'ai mouillé ma sauce, tu ne t'en plaindras pas. Je n'y ajoute qu'un peu de beurre fraîchement manié, ce qui ne peut qu'abonnir encore l'ensemble.

Les deux amis décidèrent de faire confiance aux conseils avisés de leur hôte. La bête qui leur fut servie dans une terrine brûlante était monstrueuse. Pourtant, ses tronçons savoureux demeuraient fermes tout en cédant sous la dent. Pendant de longues minutes, ils s'y consacrèrent en silence puis, la première voracité assouvie, Nicolas raconta à Bourdeau le détail de son arrivée dans l'atelier du fontenier.

— Selon toute apparence, dit Bourdeau, le comte de Ruissec a voulu supprimer un complice gênant et il paraît être tombé lui-même dans un piège.

— Cela signifierait que le comte est l'organisateur de l'assassinat de son fils. Je ne parviens pas à imaginer cela, quelles que puissent être les causes de leur dissension. Oubliez-vous les conditions horribles du trépas du vicomte ?

— Mais vous n'imaginiez pas non plus le frère trucider son aîné, alors que la chose se pratique depuis la nuit des temps et que les exemples abondent dans nos annales judiciaires.

Nicolas médita la remarque de l'inspecteur.

— Au fait, Bourdeau, vous souhaitiez me dire quelque chose l'autre soir, mais le rhum embrumait quelque peu votre élocution.

— Je ne vois pas...

— Mais si, vous parliez d'une face... Vous avez répété le mot plusieurs fois.

Bourdeau se frappa la tête de la main.

— Mon Dieu, j'avais complètement oublié ! Et pourtant le détail a son importance. Je vous avais dit qu'on avait retrouvé le cocher du ministre de Bavière. Vous sachant fort occupé, j'ai pensé bien faire en l'interrogeant.

— Vous avez eu raison. Et alors ?

— Il m'a conté une histoire fort étrange. Lorsqu'il a conduit son carrosse vers la berge de la Seine au pont de Sèvres pour y soigner la patte d'un de ses chevaux, il a bien vu la scène décrite par le laquais. Deux hommes qui plongeaient dans l'eau un corps inanimé et leur affirmation selon laquelle il s'agissait d'un de leurs amis ivre mort. Mais ce que n'avait pas remarqué le laquais, et qui a frappé notre cocher, c'est le visage de l'ivrogne. Il en frémit encore, le bougre ! Sa description correspond en tout point à celle que nous aurions pu faire du visage du vicomte de Ruissec. Il tremble encore au souvenir des joues avalées ! Pour ivre, il l'était pardi. De plomb. Et mort, il l'était tout à fait.

— Savez-vous que l'idée m'en était venue ? L'odeur des vêtements mouillés, cette odeur pénétrante, c'était bien celle de la rivière et de l'eau croupie de ses rives. Ils ont voulu faire disparaître le corps dans le fleuve. Lesté comme il l'était, il aurait coulé à pic. De quoi satisfaire tous les poissons que vous évoquiez tout à l'heure.

Bourdeau repoussa brutalement son écuelle d'anguilles.

— J'ai toujours pensé cela, grommela-t-il, de la pêche des grandes villes.

— Mais, reprit Nicolas qui poursuivait son idée, nos gaillards ont été interrompus dans leur tâche, et l'un d'eux, le valet Lambert sans doute, a élaboré ce plan diabolique de rapporter le corps à l'hôtel de Ruissec. Lui, ou son complice.

— Le vidame ? fit Bourdeau.

— C'est une possibilité, mais il y a d'autres candidats.

— Voilà en tout cas qui éclaircit certains points et qui nous ouvre des perspectives. J'ai fait mettre le cocher au secret. C'est un témoin de premier ordre et il est dommage qu'il n'ait pas mieux regardé les deux autres ribauds. Il est vrai qu'il était trop effaré par l'aspect du visage du prétendu ivrogne.

Nicolas et Bourdeau demeurèrent encore longtemps à parler et vidèrent force bouteilles de chinon en préparant leur plan de campagne. Nicolas était serein, désormais. Sans avoir encore toutes les cartes en main, il estimait pouvoir tenir la parole qu'il avait donnée à M. de Saint-Florentin de lui présenter les coupables dans la semaine à venir. Il fallait attendre les informations demandées aux provinces, procéder à des recoupements et à des vérifications, espérer que M. de La Vergne retrouve le nom du lieutenant victime du comte de Ruissec — ce détail pouvait avoir son importance — et, surtout, resserrer autour des protagonistes les mailles du filet des mouches et des indicateurs.

XI

RÉVÉLATIONS

« Si l'on a peint la Justice avec un bandeau
sur les yeux, il faut que la Raison soit son
guide. »

VOLTAIRE

Mercredi 14 novembre 1761

Après la Toussaint, le froid et le brouillard avaient
enveloppé la ville. Le lieutenant général de police avait
fait son entrée au grand Châtelet les mains dans un
manchon à chaufferette. Aidé par le père Marie, il tentait de s'extraire d'une épaisse pelisse. Il grommelait,
excédé par les mouvements maladroits de l'huissier.
Nicolas et Bourdeau observaient la scène. L'inspecteur
était adossé à un pan de muraille, comme s'il avait
essayé de se faire oublier. Quant à Nicolas, il éprouvait
une certaine émotion à se retrouver dans ce bureau où,
plusieurs années auparavant, il avait, pour la première
fois, rencontré M. de Sartine. Le contraste qu'offrait le
mélange des vieilles murailles médiévales et des splendeurs du mobilier le frappait toujours. Par cette matinée
sombre et grise, la pièce était éclairée par une multitude
de chandeliers dont les lumières tremblantes s'ajoutaient à l'éclat d'un feu pyramidal qui flamboyait dans

la grande cheminée gothique. M. de Sartine était réputé frileux ; cela imposait de réchauffer la haute salle où le magistrat ne paraissait qu'une fois par semaine, le mercredi, pour présider symboliquement l'audience de son tribunal tout proche. En fait, le plus souvent, il se faisait représenter. Il s'accouda au dossier d'un fauteuil, releva ses basques et offrit ses reins à la chaleur du foyer. Après un moment de réflexion, il signifia à Nicolas de prendre la parole.

— Monsieur, si j'ai souhaité vous entretenir aujourd'hui en présence de l'inspecteur Bourdeau, c'est pour vous livrer les conclusions auxquelles je suis parvenu sur les morts criminelles de trois membres de la famille de Ruissec. Je vous ai prié d'accepter que cette séance se tienne dans le secret de votre cabinet. Cette requête a pour but de préserver les éléments secrets ou confidentiels d'une affaire qui, dans ses méandres, touche les intérêts les plus proches du trône et de l'État.

— J'ose espérer, monsieur, fit Sartine avec un sourire, que cette occultation des choses n'ira pas jusqu'à nous taire les noms des coupables !

— Rassurez-vous, monsieur, ils vous seront livrés. Je voudrais revenir sur les débuts étranges de cette affaire. Dès son origine, une haute intervention a faussé la direction de l'enquête. Je ne dirai pas que la justice a été entravée, mais elle a été incitée à rechercher dans une certaine direction. Dès notre arrivée à l'hôtel de Ruissec, et alors que nous ne savions encore rien, chacun parlait déjà de suicide. La réaction violente de M. de Ruissec à votre égard, son mépris et sa réticence à répondre à mes questions pouvaient, certes, se justifier par la crainte du scandale, mais j'y discernais autre chose que je ne m'expliquais pas. Des obstacles furent dressés à plaisir, des indices s'avérèrent contradictoires, des interventions diverses traversèrent le cours de mes recherches.

M. de Sartine tapotait de ses doigts le dossier du fauteuil sur lequel il était penché.

— Tout cela est bel et bon, Nicolas, mais expliquez-moi succinctement et clairement ce qui vous a convaincu, dès l'origine, que nous avions affaire à un meurtre, alors que la pièce était fermée de l'intérieur ?

— Les indices abondaient. L'état de la blessure dont toutes les apparences et caractéristiques correspondaient à un coup de feu *post mortem*. Les mains du cadavre, ensuite. Vous n'ignorez pas que celui qui tire un coup de pistolet, surtout d'un lourd modèle de cavalerie comme ce fut le cas, reçoit forcément des projections de poudre noire sur la main qui presse la détente et même, quelquefois, sur le visage. Or, celles du vicomte de Ruissec étaient propres et soignées. Et cela sans parler de l'aspect effrayant du visage.

— Certes, et je puis en témoigner, dit Sartine en s'ébrouant, comme pour chasser une image obsédante.

— D'autres éléments incompréhensibles n'allaient ni dans un sens ni dans un autre, mais ajoutaient encore à l'incertitude des conjectures. Ainsi, l'odeur d'eau croupie qu'exhalaient les vêtements du mort, une matière poudreuse et charbonneuse dont j'avais recueilli des fragments coincés sous ses bottes. Mais ce qui fut déterminant, ce sont des éléments adjacents. Il y avait un mot d'adieu écrit, notons-le, en majuscules. Les positions de la lampe bouillotte sur le bureau, du fauteuil, de la plume et de l'encrier, et même l'orientation du papier laissé en l'état, tout me confirmait que la personne qui avait écrit ces quelques mots était *gauchère*.

— Mais peut-être le vicomte de Ruissec l'était-il, vous n'en saviez rien.

— En effet, mais ce que je voyais, c'est que le coup de feu avait porté à la base gauche du cou. Il était donc matériellement malaisé, sinon impossible, pour un droitier de se blesser de la sorte.

M. de Sartine s'agita.

— Je n'y entends plus rien. Qui est gaucher et qui est droitier ?

— Je poursuis, dit Nicolas. Un droitier ne peut se tirer une balle dans la partie inférieure gauche de la tête, sauf contorsions invraisemblables et au risque de se manquer. Or, il se trouve que je découvris peu après, dans le cabinet de toilette, un nécessaire en nacre et vermeil, soigneusement disposé à main droite. La chose a été vérifiée par la suite : *le vicomte de Ruissec était bien droitier.* Cependant, une fois cette première certitude acquise, la question demeurait : soit celui qui avait tiré l'avait fait sans y prêter attention, soit il avait anticipé la subtilité d'une enquête possible *en faisant croire que l'assassin, ou celui qui voulait faire croire à la thèse du suicide, étaient gauchers.*

— Pourquoi vouloir accréditer la thèse du suicide, si tant d'éléments plaidaient en faveur d'un meurtre ?

— On souhaitait peut-être attirer ainsi l'attention sur le fait qu'il ne pouvait s'agir d'un suicide. À bon entendeur, salut. Tout cela constituait un avertissement.

— Monsieur le commissaire Le Floch nous dirige une fois de plus dans un de ces labyrinthes dont lui seul connaît les détours ! soupira Sartine.

— Je constatai bien d'autres choses. Un valet en chaussons sortant, prétendait-il, du lit, mais la cravate parfaitement enroulée et nouée et qui ne manifestait aucune émotion devant le cadavre. Vous le savez, vous étiez là, monsieur. Il faisait tout, et même plus que le nécessaire, pour accréditer la thèse du suicide du vicomte. Il en rajoutait sur les dettes de jeu et la mélancolie de son maître. Après votre départ, l'examen de la petite bibliothèque du mort m'intrigua par la nature des titres qu'elle contenait. Le chapeau du mort jeté à l'envers sur le lit me choqua : vous connaissez la superstition...

On entendit dans l'ombre le soupir amusé de Bourdeau.

— L'interrogatoire de Picard, le majordome, confirma mes doutes. L'homme ne voyait plus guère. Il n'avait pas vraiment distingué le vicomte lors de son retour. Il me le décrivit comme entiché d'un valet qui exerçait sur lui une mauvaise influence. D'un autre côté, il évoquait, lui aussi, l'état d'inquiétude et la tristesse d'un homme rongé par un grave souci. Enfin, dans le jardin de l'hôtel, je relevai des traces et constatai la présence d'une échelle, sans toutefois pouvoir relier tous ces éléments avec une certitude assurée.

— Vous n'aviez pas alors élucidé le mystère de cette chambre close ?

— Non, monsieur. L'illumination m'est venue lorsque nous nous sommes livrés, Bourdeau et moi, à une descente clandestine à Grenelle. La crainte d'être découvert par un visiteur inattendu m'a jeté dans cette armoire et m'a permis de comprendre ce qui s'était réellement passé. Lambert, le valet, déguisé avec les vêtements de son maître, passe devant le majordome à moitié aveugle, monte à l'étage, ferme la porte derrière lui, ouvre la fenêtre à son complice. Tous deux montent le corps du vicomte par l'échelle et organisent la mise en scène. Lambert se cache dans l'armoire et apparaît lorsque nous avons, dans une semi-pénombre, notre attention exclusivement retenue par le cadavre. Le jeu était risqué, mais il valait la chandelle.

— Et le comte de Ruissec ? Quelle impression première vous a-t-il produite lors de votre entretien initial ?

— Sa réaction ne fut pas exactement celle que j'attendais. Il me parut prendre bien rapidement son parti de l'autopsie du corps de son fils, comme s'il était déjà persuadé qu'elle n'aurait pas lieu. M. de Noblecourt m'ouvrit plus tard de nouvelles perspectives sur la personnalité complexe du comte. Son passé, sa dévotion affichée, sa réputation, mais aussi sa place à la Cour auprès du dauphin et de Madame Adélaïde, élargissaient en quelque sorte le champ des possibles. J'appris aussi par notre ami l'existence d'un fils cadet promis à la prêtrise, mais qui menait joyeuse vie en dépensant sans compter. Pour achever avec la soirée de Grenelle, au moment de partir, je reçus par le majordome un pli dont tout laissait à penser qu'il émanait de Mme de Ruissec et qui me donnait le lendemain rendez-vous dans la chapelle de la Vierge du couvent des Carmes pour « une demande de conseils ».

— Et là, comme d'habitude, vos témoins trépassent. Après le fils, la mère, en attendant le père !

— Je n'y suis pour rien, monsieur. Le meurtre indubitable de Mme de Ruissec prouvait en tout cas *la présence obsédante d'un gaucher* dans cette affaire. *D'un gaucher réel ou d'un gaucher souhaité.* C'est ce que confirma le médecin qui procéda aux premières constatations, le tout en présence de M. de Beurquigny, l'un de vos commissaires. Je décidai, comme vous le savez, de taire ce nouveau crime qui pouvait passer décemment pour un accident. Aujourd'hui, monsieur, je vous demanderai de bien vouloir entendre un homme qui a perdu toutes les raisons de se taire. C'est un brave vétéran. J'ai engagé ma parole qu'il ne sera pas poursuivi. On peut seulement lui reprocher un silence qui se confondait avec la fidélité à ses maîtres. Bourdeau, faites entrer Picard.

Bourdeau ouvrit la porte du bureau du lieutenant général et fit un geste à l'huissier qui invita le vieil homme à entrer. Il semblait avoir encore vieilli et s'appuyait sur une canne. Nicolas le fit asseoir.

— Monsieur Picard, vous êtes un vieux soldat et un honnête homme. Êtes-vous disposé à me répéter ce que vous m'avez confié ?

— Oui, monsieur.

— Le soir des événements, une autre personne est-elle entrée à l'hôtel de Ruissec avant le retour du vicomte ?

— Certes, monsieur, et je vous l'avais caché. M. Gilles, je veux dire M. le vidame, est venu alors que ses parents accompagnaient Madame à la représentation de l'Opéra. Il avait rendez-vous avec sa mère. Il est monté l'attendre dans l'appartement de celle-ci.

— Il est donc probable qu'elle l'a retrouvé à son arrivée à l'hôtel ? Lorsque le comte a accompagné sa femme à ses appartements, a-t-il vu son fils cadet ?

— Non pas, monsieur. Le comte n'est pas monté et, de toute façon, M. Gilles m'avait bien recommandé de taire sa présence au général. Pour moi, il a dû se cacher dans le cas où son père monterait.

— La comtesse l'a-t-elle rejoint ?

— Pas à ma connaissance, monsieur. Lorsque nous avons gagné le premier pour forcer la porte, elle aurait eu un malaise et n'aurait regagné son appartement que beaucoup plus tard.

— Quelqu'un aurait-il pu entendre la conversation entre la mère et le fils ?

— Que oui, monsieur ! Il y a beaucoup de portes doubles, et l'arrière de l'appartement de Madame donne sur un couloir qui conduit au commun des domestiques.

— Pourquoi nous avoir caché que le vidame était dans les murs ?

— Je ne jugeais pas la chose importante et il m'avait demandé d'être discret. Toujours la crainte de son père.

Après que Picard eut été reconduit, M. de Sartine commença sa déambulation habituelle, avant de s'arrêter devant Nicolas.

— Et où tout cela nous mène-t-il ? Vous ignorez la teneur de la conversation entre la mère et le fils.

— Point du tout, monsieur. Nous savons tout. Bourdeau va vous expliquer comment. Rien ne peut échapper à une enquête approfondie. Il suffit de chercher et d'écouter.

L'inspecteur sortit de l'ombre. Il paraissait partagé entre la satisfaction de jouer son rôle et la gêne d'être mis en avant.

— Monsieur, le commissaire Le Floch pourrait vous dire que nous nous sommes livrés à une très précise évaluation des actions de chacun lors de cette soirée à Grenelle. Ni Picard le majordome, ni Lambert le valet du vicomte, n'ont pu matériellement se trouver à distance de l'appartement de la comtesse et connaître ce qui s'y était dit. En revanche, une enquête récente que j'ai menée à l'hôtel de Ruissec après la mort du comte nous a appris que quelqu'un avait entendu la conversation.

— *Deus ex machina !* s'écria M. Sartine.

— Plus simplement, monsieur, la femme de chambre de la comtesse, qui se trouvait dans un boudoir adjacent lorsque la conversation a commencé. Elle n'a pas très bien compris. Les échanges étaient violents. La comtesse a accusé le vidame d'avoir tué son frère.

— Pourquoi une telle accusation ?

— Il semble qu'on lui ait fait accroire que le vidame était jaloux de son aîné et que, de surcroît, une rivalité amoureuse les opposait. La comtesse ne croyait pas au suicide. Le débat a été terrible. Le vidame a fini par convaincre sa mère de son innocence en évoquant un complot dans lequel son père et son frère aîné étaient impliqués. Il a supplié sa mère d'intervenir. Il l'a convaincue de parler à la police. C'est alors qu'elle a rédigé un billet destiné au commissaire.

— Cette femme de chambre avait-elle à voir avec l'affaire ?

— Non, sauf que, courtisée par Lambert, elle lui répétait en toute innocence les secrets des conversations de ses maîtres et qu'elle lui rendit vraisemblablement mot pour mot l'incompréhensible échange qu'elle avait surpris entre la mère et le fils.

— Voilà bien, dit Sartine, l'inconvénient de ces corruptions ancillaires.

Nicolas reprit la parole.

— Aux Carmes déchaux, qui était en mesure d'agresser Mme de Ruissec ? Pas son mari, il était à Versailles. Un doute subsiste pour le vidame. L'emploi du temps de Lambert nous est inconnu, mais lui seul et le vidame, nous le savons désormais, étaient au courant de ce rendez-vous donné et des raisons qui le justifiaient. Observons que, jusqu'alors, l'affaire qui nous intéresse pouvait ne pas sortir du domaine privé et des drames de famille. Désormais, tout bascule ; d'autres éléments entrent en ligne de compte, et bientôt les autorités elles-mêmes décident ou feignent d'abandonner les recherches.

M. de Sartine se mit à tousser et accéléra sa marche maniaque.

— Vous n'avancez tout de même pas que le fils a tué sa mère ?

— Je n'excluais rien dans une pareille affaire. À ce moment-là, monsieur, je m'interroge. Dois-je laisser aller les choses à vau-l'eau au risque de lâcher le fil ténu qui me guide ? Ou bien, dois-je m'accrocher à mes quelques certitudes et poursuivre jusqu'au bout ? La mise sous le boisseau du meurtre de la comtesse de Ruissec n'est qu'une ruse tactique. Une chose m'obsède : la manière atroce dont le vicomte a été tué. À la Basse-Geôle, nous acquérons la certitude qu'il a été étouffé avec du plomb fondu. Pourquoi cette mort horrible ? M. de Noblecourt me rappelle à propos que les faux-monnayeurs en Russie sont punis de la sorte. Cela me fait réfléchir. En apparence, on a voulu châtier un complice — le vicomte en l'occurrence —, mais cette mort devait être exemplaire pour d'autres et les frapper de terreur. Je concentrais ma recherche sur les corps de métier qui utilisent du plomb.

— Exemplaire pour d'autres, que voulez-vous dire ?

— Pour d'autres comploteurs, pour d'autres complices dont, peu à peu, l'existence me semble probable à mesure que des éléments troublants prouvent qu'il ne s'agit plus simplement d'une affaire privée. Une deuxième question m'intrigue : pourquoi cette extraordinaire exécution, si difficile à mettre en œuvre, si risquée, et qui n'apparaît pas, à première vue, indispensable ? C'est grâce à vous, monsieur, que je peux répondre en partie à cette question. Certes, la folie rôde dans tout cela, et les vengeances exercées par les sociétés secrètes contre les affidés qui trahissent la cause, mais il y a autre chose. Une explication complémentaire et, dirais-je, pratique.

— Comment, grâce à moi ?

— Le ministre de Bavière dont la voiture fut interceptée pour fraude à la porte de la Conférence, cela vous dit quelque chose, monsieur ?

— Cela me dit deux lettres pressantes de M. de Choiseul et trois conversations assommantes avec ce lourd personnage, tout infatué de ses privilèges diplomatiques !

— Des témoignages concordants prouvent que deux hommes ont été surpris en train d'immerger un corps dans l'eau, près du pont de Sèvres, le soir de la mort du vicomte. L'un des témoins, ce fameux cocher, a été frappé jusqu'à l'effroi de l'aspect du visage de celui qu'on lui prétendait être ivre mort. Eh bien, moi, je soutiens que les deux meurtriers essayaient de se débarrasser du corps lesté de plomb du vicomte et que c'est l'échec de cette tentative qui a conduit ensuite à imaginer la mise en scène du suicide. Or, celle-ci ne pouvait évidemment être menée à bien que par quelqu'un qui connaissait parfaitement la topographie et les habitudes de l'hôtel de Ruissec.

— Tout cela est bien compliqué et ne me convainc pas.

— Les meurtriers ne pouvaient se débarrasser d'un corps dans le grand parc à Versailles. À la première chasse, un chien l'aurait retrouvé. On a voulu l'immerger lesté de plomb dans la Seine. Ce fut un échec. Ainsi s'explique l'odeur d'eau croupie qui imprégnait les vêtements humides du mort.

— Voilà bien la prétention de notre Nicolas : avoir toujours réponse à tout !

— La mort de la comtesse de Ruissec nous apportait un autre élément décisif de notre enquête : un billet de la Comédie-Italienne. Le meurtrier avait voulu d'évidence m'attirer vers Mlle Bichelière. Pourquoi ?

S'agissait-il de faire porter le soupçon sur elle ? Non. Tout concourait plutôt à attirer mon attention sur son entourage. La comédienne était réputée légère. Maîtresse du vicomte, elle rencontrait aussi d'autres galants. Elle manifestait, ou feignait, une violente jalousie envers Mlle de Sauveté, la fiancée de son amant, mais beaucoup plus par intérêt que par susceptibilité amoureuse.

— Bref, vous n'en étiez pas plus avancé pour autant ?

— Non, mais à nouveau, l'autre aspect de l'affaire se manifestait. Une dame, une dame de haut rang, une dame de la plus haute influence...

Sartine se rapprocha, tira un fauteuil et s'assit. Nicolas baissa la voix.

— ... me fit chercher. Elle souhaitait m'entretenir de ses craintes au sujet de *qui vous savez* et me communiquer un libelle infâme et insultant. Elle me mettait également en garde contre les menées du comte de Ruissec. Cette rencontre ne m'apportait pas d'éléments tangibles. Cependant, à Choisy, je repérai un personnage dont on m'avait déjà parlé comme d'un ami du vicomte, un certain Truche de La Chaux, garde du corps à Versailles. Il paraissait avoir ses entrées dans le château de cette dame. Poursuivant mon enquête, j'interrogeai la Paulet, une de nos vieilles connaissances, dont l'établissement continue à être le plus réputé, en dépit des interdictions, dans le domaine du jeu clandestin et de la cocange. Cette descente s'avéra fructueuse : j'y appris que le vidame y jouait gros jeu avec Truche de La Chaux et *qu'il était gaucher*. À la suite d'une perte excessive de son compagnon, le garde du corps avait remis en gage un bijou dont la nature m'intriguait et que, d'autorité, je saisis aussitôt. La Paulet glosait par ailleurs sur la nature galante de la Bichelière. Le soir même, notre expédition clandestine à Grenelle, outre qu'elle nous procurait la solution du problème de la chambre close, me permettait de mettre la main sur des documents et des libelles qui confirmaient les menaces contre la vie du roi. À la suite de quoi, monsieur, le ministre me donna carte blanche pour aboutir.

— Croyez bien que nous avions toujours approuvé les mesures si pertinentes et les démarches de votre investigation. Je n'avais cessé de tympaniser le ministre pour qu'on vous autorise à agir officiellement.

Nicolas se dit qu'il aurait aimé parfois que cela lui fût dit en des termes aussi clairs, alors qu'il se torturait à imaginer les réactions de son chef à certaines de ses initiatives.

— À Versailles, reprit-il, je rencontrai la fiancée du vicomte. Personne étrange et projet de mariage qui l'était encore plus. Je notai que la demoiselle paraissait fort bien informée, puisqu'elle savait que son fiancé s'était tué en nettoyant son arme. Par qui le savait-elle ? Pourquoi n'assistait-elle pas, ce jour-là, au service funèbre du vicomte ? Bourdeau, depuis, s'est intéressé aux notaires qui préparaient le contrat de mariage.

— Contrat léonin, dit Bourdeau, qui établissait pour la future épouse des avantages extravagants. Tout cela ressemblait plus à un chantage qu'à un accord entre deux familles. Les Ruissec tombaient dans un coupe-gorge légal. Il m'a été signalé un douaire d'un montant exagéré. Si le vicomte venait à décéder avant son épouse, ou même avant la célébration du mariage, elle touchait une fortune ! Le traité avait déjà été signé.

— Mon passage à Versailles, dit Nicolas, m'offrit aussi l'occasion de rencontrer Truche de La Chaux. Ce chevalier d'industrie essaya de m'en conter au sujet de la bague laissée en gage au *Dauphin couronné*. Il semblait assuré de son impunité et ne cachait rien de la protection dont il bénéficiait auprès de la grande dame dont nous avons déjà parlé. Le hasard jouant toujours un rôle dans toute investigation, il vint à ma connaissance que, le jour de la mort du vicomte, quelqu'un avait fait porter, par un garçon bleu, un avis destiné à Truche de La Chaux : il devait rejoindre un mystérieux interlocuteur près du char d'Apollon. Or, ce billet destiné au garde du corps avait été intercepté par le vicomte de Ruissec.

— Comment expliquez-vous cette indiscrétion ? demanda Sartine.

— Je suppose que le vicomte connaissait l'expéditeur du billet et que, se substituant à Truche, il entendait en apprendre plus long sur certaines menées. Le lendemain, au cours de sa chasse, Madame Adélaïde me signalait la disparition de plusieurs de ses bijoux. La traque de la bête lancée, j'étais assommé, jeté à terre, enlevé, transporté dans un lieu inconnu et mis en présence d'un de mes anciens maîtres jésuites qui tentait de me faire renoncer à mon enquête.

M. de Sartine se leva et alla s'asseoir derrière son bureau, où il procéda à ces translations d'objets qui marquaient toujours chez lui la perplexité ou l'irritation.

— Monsieur, dit-il, j'ai fait enquêter sur cette affaire. Elle n'a qu'un lien lointain avec notre cause. *On* a fait du zèle. *On* a bousculé un vieillard pour une démarche insensée. *On* comprend maintenant que cela risque d'aller contre les intérêts que l'*on* voulait défendre. Mais je puis vous garantir que les coupables n'ont rien à voir avec ceux que j'aimerais enfin vous voir me présenter.

Décidément, songea Nicolas, cette enquête ne cesserait d'apporter des éléments surprenants... Il se sentait toujours un apprenti face à certains mystères du pouvoir.

— Allez-vous nous expliquer enfin le vrai de tout cela ?

— Il faut comprendre que nous sommes en présence non pas d'*une* intrigue, mais de plusieurs tentatives menées de front pour des raisons différentes. Toutefois, ce qui complique la chose, c'est que *les protagonistes sont liés les uns aux autres* et qu'ainsi leurs actions et leurs gestes interfèrent. Oui, monsieur, il y a là plusieurs complots. Un complot privé, que j'appellerai une vengeance contre le comte de Ruissec. Un complot occulte, que j'appellerai une conspiration politique contre la vie du roi et, enfin, un complot d'intérêts ou plutôt le mouvement intéressé d'une grande dame qui, afin de préserver sa position et protéger qui vous savez, manipule des êtres sans consistance.

— Voilà encore Le Floch qui bat la campagne ! s'écria Sartine. Les romans de chevalerie dont vous me confiâtes un jour avoir charmé votre enfance vous remontent à la tête ! Je veux bien qu'il y ait complot, mais ne mélangez pas tout.

— Je ne mélange rien, monsieur, répondit Nicolas avec un peu d'agacement. Le comte de Ruissec appartient à la coterie du dauphin. Il parie sur l'avenir. Bien sûr, l'héritier du trône est très éloigné de ces trames ; on se dissimule sous son ombre. Dans des conditions qui restent mystérieuses, le comte est partie prenante dans une conspiration destinée à faire disparaître le souverain. N'oubliez pas qu'il demeure hanté par sa haine du roi qui, jadis, lui a barré la carrière. Sachez aussi qu'il était parvenu à convaincre son fils, lieutenant aux gardes françaises, de l'aider dans ce complot. Enfin, ancien protestant, il épouse par conviction, ou par ambition, les vues du parti dévot. Ce parti le protège des conséquences de ses actes passés qui pourraient compromettre sa place à la Cour.

— Encore votre imagination !

— Vous plairait-il, monsieur, d'entendre le vidame Gilles de Ruissec que j'ai fait extraire de la Bastille ?

Sans attendre la réponse de Sartine, Bourdeau fit entrer le prisonnier. Il était d'une pâleur extrême, mais toute son attitude témoignait d'une détermination nouvelle.

— Monsieur, dit Nicolas, voulez-vous répéter à M. le lieutenant général de police ce que vous m'avez confié ce matin ?

— Certainement, monsieur. Je n'ai plus aucune raison de dissimuler la vérité, puisque mon père est mort.

— Pourquoi refusiez-vous de parler jusqu'alors ?

— Je ne pouvais me justifier qu'en l'accusant. J'étais soupçonné d'avoir assassiné mon frère. En fait, le jour de sa mort, j'ai tenté de voir ma mère à Versailles. Depuis des mois, Lionel paraissait perdu dans sa tristesse. Il a fini par me confier, sous le sceau du secret, ce qui le minait. Notre père l'avait entraîné dans une conspiration. Il était persuadé que c'était folie et qu'il y perdrait et l'honneur et la vie, et que notre famille ne s'en relèverait pas. Ma mère s'apprêtait pour accompagner Madame Adélaïde à Paris à une représentation de l'Opéra ; elle n'a pu me recevoir et m'a donné rendez-vous le soir même, à Grenelle, dans son appartement. Je ne sais pourquoi, quand elle est arrivée, elle a cru que j'étais responsable de la mort de mon frère. J'ai fini par la convaincre et la faire changer d'idée. Elle a décidé de demander conseil à la police. Je n'avais pas d'alibi. Plus tard, je ne savais quelle hypothèse prévalait. C'est Lambert qui m'a indiqué que la police songeait à un meurtre. Je n'avais alors aucune raison de me défier de lui, ignorant qu'il avait part à la conspiration ; mon frère ne m'avait pas mis en garde contre lui.

— Quels étaient vos rapports avec Mlle Bichelière, actrice à la Comédie-Italienne ?

— C'était la maîtresse de mon frère. Sur le conseil de Lambert, qui m'assurait qu'elle était bonne fille et ferait tout pour me complaire, j'ai cru habile de lui demander d'affirmer que j'avais passé la soirée avec elle. Sa réputation était telle... Elle a refusé. Je ne savais plus que faire. Quand vous êtes venu m'arrêter, je n'ai pu me résoudre à parler. Ma mère était mon seul témoin, et elle était morte.

— Je vais vous poser une question décisive. Étiez-vous l'amant de Mlle Bichelière ? On vous a vu souvent chez elle, rue de Richelieu.

— Ceux qui ont prétendu cela ont menti. C'était la première fois que je la visitais. Et il avait fallu que Lambert m'en persuadât.

Sartine intervint.

— Quel était le but de cette conspiration dans laquelle votre père et votre frère étaient impliqués ? Le savez-vous ?

— Mon frère a longtemps refusé de le dire. Il s'agissait de tuer le roi, de hâter la venue du dauphin sur le trône et de créer autour de lui un conseil de gouvernement.

— Monsieur, je vous remercie. Nous aurons à voir ce qu'il convient de faire de vous. Votre sincérité sera prise en compte.

Bourdeau reconduisit le vidame à l'extérieur du cabinet.

— Bien, Nicolas, qu'en est-il, à la fin, de cette affaire ?

— Je crois, monsieur, que l'acteur principal du drame est le mieux à même de vous en dévoiler les arcanes. Je souhaiterais d'abord faire comparaître devant vous un couple bien extraordinaire et étonnant à tous égards.

Sur un geste de Nicolas, Bourdeau ouvrit la porte du cabinet du magistrat et frappa dans ses mains. Un exempt parut, suivi de Mlle de Sauveté, entravée, vêtue d'une robe feuille-morte et portant des lunettes fumées. Aussitôt après, deux autres exempts déposèrent sur le sol un brancard où gisait un homme au visage exsangue, la tête soulevée par un bourrelet de paille. Ses yeux brillaient de fièvre et sa tête presque tondue évoquait celle d'un galérien ou d'un moine. Nicolas prévint la demande d'explications de Sartine.

— Sans doute, monsieur, reconnaissez-vous Lambert, le valet du vicomte de Ruissec ? Je devrais plutôt dire Yves de Langrémont, fils du lieutenant de dragons Jean de Langrémont, exécuté jadis pour lâcheté au feu. Le comte de Ruissec avait eu le temps, avant de tomber frappé par une balle, de le blesser, mortellement, selon l'avis de la faculté. M. de Langrémont souhaite s'expliquer avant que de paraître devant son souverain juge.

J'ajoute qu'il a été arrêté à Versailles dans la maison de Mlle de Sauveté.

— Et qui est cette dame ? demanda le lieutenant général de police.

— Puis-je vous présenter Mlle Armande de Sauveté, ou plutôt...

Il lui retira ses lunettes et sa perruque. Le visage mutin de Mlle Bichelière apparut.

— Mlle de Langrémont, prise de corps alors qu'elle quittait hier la demeure de Mlle Bichelière, rue de Richelieu.

— Que signifie cette mascarade ? s'indigna Sartine. Vous me feriez croire que la Bichelière est la sœur de Langrémont, alias Lambert, et que la fiancée n'a jamais existé ?

— Oh ! c'est une bien étrange et terrible histoire, monsieur. M. de Noblecourt m'avait donné le sage conseil de fouiller le passé de mes suspects. Bien m'en a pris de l'écouter. Le comte de Ruissec, il y a des années, a fait exécuter un de ses officiers. L'injustice était patente. Depuis des années, des pièces et des témoignages sont distillés sur son action passée. Par qui ? Le mystère est resté entier jusqu'aujourd'hui. J'ai appris il y a quelques jours le nom du lieutenant exécuté : il s'agissait de Langrémont, originaire du diocèse d'Auch. Les rapports de l'intendant de la province m'ont eux aussi éclairé. Cela m'a rappelé certaines choses. À deux reprises, cette ville avait été mentionnée au cours de mon enquête. Des éléments divers et éloignés de mon investigation se sont alors rapprochés. L'étrange Mlle de Sauveté avait été élevée dans cette région. Or, ma descente inopinée dans sa maison de Versailles m'avait ouvert les yeux. D'une part, des souliers de tailles différentes, des perruques aux parfums divers et une tasse de café avec une marque qui ne pouvait être faite que par quelqu'un *qui tenait celle-ci de la main gauche*.

— Le voilà reparti dans son obsession, dit Sartine.

— Or, il se trouvait que je connaissais fort bien le parfum de Mlle Bichelière et même... la taille de son pied.

Nicolas rougit. Bourdeau sortit de l'ombre et se jeta à son secours.

— Le commissaire, monsieur, a le nez très exact et le don de reconnaître les odeurs.

— Vraiment ? fit Sartine. Et l'œil habile à reconnaître les pieds féminins ! Étrange, étrange !

La manière dont il avait brusquement imité M. de Saint-Florentin dans sa manie de répéter les mots et un petit tremblement incoercible de l'œil décelaient chez le magistrat un amusement difficilement dissimulé.

— Or, poursuivit Nicolas impavide, les deux parfums étaient identiques...

— Il serait temps de conclure, monsieur le commissaire, dit Sartine qui paraissait las de fournir son contingent d'étonnement au récit savamment agencé de Nicolas.

— J'y viens, monsieur. Nous sommes en présence d'une machination dans laquelle la piété filiale et le dévoiement des idées se doublent d'une diabolique volonté de vengeance.

Soudain le blessé toussa et, d'une voix qu'il s'efforçait d'affermir, prit la parole. Le ton un peu vulgaire dont usait habituellement Lambert avait laissé la place à une autre manière de s'exprimer, naturelle celle-là, et qui par sa distinction native renforçait encore le mystère du personnage.

— Au moment de paraître devant Dieu, commença-t-il, et de subir son jugement, le seul qui m'importe, je ne veux laisser à personne le soin d'expliquer mes actes. Le commissaire Le Floch vient de prononcer un mot qui m'a touché, celui de piété filiale. Que mes actions, fussent-elles horribles aux yeux du commun, apparaissent dans leur éclatante vérité !

Cet exorde l'avait épuisé. Il tenta de se redresser, car la respiration lui manquait. Bourdeau l'aida à trouver une position plus supportable. En s'agitant, la couverture avait glissé et sa chemise entrouverte laissait apparaître un pansement sanglant enroulé tout autour de sa poitrine.

— Je suis né Yves de Langrémont, à Auch. Mon père, lieutenant au régiment du comte de Ruissec, fut exécuté pour lâcheté au feu... Lâcheté !

Un sanglot étouffé interrompit son propos.

— Ma mère en mourut de chagrin. J'avais vingt-cinq ans. Je menais une vie dissipée et onéreuse. Nous fûmes aussitôt à la rue. Ma sœur ne supporta pas longtemps notre nouvelle existence et s'enfuit avec une troupe de baladins... Seul un père jésuite, mon ancien professeur, tenta de m'aider. C'était un esprit agité, tout entier à ses idées. Au collège, il rejetait les médiocres, ceux, disait-il, que la nullité place en remorque. Il déconcertait ses collègues et ses élèves par la fureur glacée de ses emportements. Il avait noté chez moi une éducation brillante, soutenue par beaucoup d'acquis, mais je me laissai aussi aller à des passions impétueuses auxquelles me vouait une imagination ardente, toujours prête à se coiffer d'idées et de chimères. Le moyen de lutter avec tant de mérites contraires...

Il demanda de l'eau. Nicolas, après un regard à M. de Sartine, lui tendit un verre.

— J'appris par un camarade de mon père les conditions exactes de son exécution. Il m'apportait aussi une liasse de papiers prouvant la scélératesse du comte de Ruissec. J'en utilisai certains pour préparer un mémoire que je fis porter à la connaissance du ministre de la Guerre, avec un placet au roi pour réclamer sa justice pour un de ses gentilshommes. Rien ne vint. Je fus même menacé de divers côtés et sommé d'avoir à me taire. L'ami de mon père mourut et me fit héritier d'une assez belle fortune. Je décidai de l'utiliser pour me venger par mes propres moyens. Mon ancien professeur venait d'être chassé de son ordre par décision de l'officialité. Il dut s'enfuir, décrété de prise de corps par les magistrats. Il professait, en effet, des idées subversives sur la légitimité de l'assassinat des rois qui sortent des règles. Clément[1], Ravaillac et Damiens étaient ses idoles. Son zèle menaçait la Compagnie. Avant de disparaître à l'étranger, il me convainquit de la culpabilité du souverain dans les malheurs de ma famille. À la haine de l'assassin de mon père s'ajouta alors celle de celui au nom de qui on tuait des innocents.

Il respirait de plus en plus difficilement. M. de Sartine s'approcha de lui.

— Monsieur, dites-nous maintenant comment s'est mise en branle la machine infernale qui a conduit à la mort tant de personnes ?

— Je décidai de venir à Paris pour retrouver ma sœur et pour approcher la famille de Ruissec. Hélas — il essaya de se tourner vers Mlle Bichelière —, nos malheurs l'avaient jetée dans un type d'existence qu'elle refusa de quitter en dépit de mes objurgations. Elle ne me céda rien sur ce point. Elle accepta seulement de m'aider dans mon œuvre de justice. Je dois dire ici solennellement qu'elle ne sut jamais rien de mes projets et ne fut que l'instrument docile de mes mises en scène, dont elle ne mesurait pas toujours les conséquences.

— Nous verrons cela, monsieur, dit Sartine.

— Il ne me fut pas difficile d'approcher la famille de Ruissec. Un bon dédommagement engagea le valet du vicomte à quitter sa place. Je le remplaçai aussitôt. Il ne me fut pas plus malaisé d'entrer dans la confiance du jeune homme et de son frère, dont la frénésie au jeu me procurait l'avantage d'apparaître comme un prêteur facile et discret. Je ne fus pas long à comprendre que le comte avait lui aussi sa vengeance particulière. Adopté par les mécontents et les dévots, il était la proie tout apprêtée pour s'engager dans une conspiration. J'obtins sa confiance. Je devins son factotum secret. Je me fis peu à peu passer pour le truchement d'un groupe clandestin qui préparait le prochain règne. Je construisis ainsi deux intrigues, l'une au profit de ma vengeance personnelle ; l'autre, tout aussi réelle, pour punir le roi de son injustice. Je ne voulais pas rater mon coup. Il fallait enserrer le comte de filets et de chausse-trapes dont il ne pourrait sortir. Il était impliqué dans un complot. J'avais la main sur ses fils. L'utilisation judicieuse de certains documents le contraignait à consentir au mariage de ma sœur — de Mlle de Sauveté — dont il ignorait toujours la véritable identité.

— Mais, dit Nicolas, vous-même utilisiez l'apparence de Mlle de Sauveté. J'ai trouvé à Versailles, dans sa maison, des chaussures de femme d'une taille extraordinaire et une perruque jaune filasse, ainsi que vos empreintes à gauche sur une tasse. Tout cela m'en avait convaincu. Sans parler d'un rabat sous un lit, qui vous servait sans doute à figurer le vidame.

— En effet, cela m'offrait la liberté de circuler sous des apparences différentes, en jouant des personnages multiples. Au milieu de mes préparatifs, je tombai sur un galérien ayant fini son temps qui errait avec son fils sourd et muet. C'était un ancien fontenier. Son expérience me permit de m'introduire à Versailles pour mieux préparer la suite.

Nicolas, qui ne pouvait s'empêcher de nourrir un sentiment mêlé de pitié à l'égard du personnage, se souvint à temps que la suite, c'était une longue série d'assassinats plus cruels les uns que les autres et le projet de la mort du roi.

— Tout s'agençait selon mes vœux, reprit Langrémont. Les Ruissec étaient dans ma main. Le comte conspirait tout en croyant faire partie d'une organisation secrète et redoutable dont le chef communiquait avec lui par mon intermédiaire et dont le refuge se trouvait dans l'atelier du fontenier. Or, il arriva que le comte de Ruissec, convaincu de la trahison d'un garde du corps, Truche de La Chaux, demanda qu'il fût exécuté comme traître à la cause et dangereux pour nos intérêts. Pourquoi et comment le vicomte de Ruissec prit sa place, je l'ai toujours ignoré.

M. de Sartine se tourna vers Nicolas.

— Vous avez sans doute des lumières à ce sujet ?

— Oui, monsieur. Le vicomte de Ruissec a intercepté un billet destiné à Truche de La Chaux. Quand Lambert a vu arriver au rendez-vous du char d'Apollon le vicomte à la place du garde du corps, il a sans doute jugé que la Providence lui envoyait le fils de son ennemi pour accomplir sa vengeance et, comble de l'horreur, c'est le comte de Ruissec lui-même qui donna l'ordre de détruire l'homme qui viendrait au rendez-vous. Ainsi, c'est le père qui avait signé l'arrêt de mort de son fils !

— Comment pouvez-vous en être si sûr ?

— Une fouille faite à Grenelle dans les effets de Lambert nous a fait retrouver, soigneusement dissimulé, le billet apporté par un garçon bleu et qui fut intercepté par le vicomte de Ruissec. Il est anodin dans son contenu : « Trouvez-vous à midi au char d'Apollon », mais il a le grand mérite d'être de la main du comte de Ruissec.

— N'est-ce pas étrange et insensé d'avoir voulu conserver un papier aussi compromettant ?

La voix de Lambert s'éleva ; elle était plus ferme, comme si le récit de sa vengeance l'avait ranimée.

— Il constituait au contraire la preuve de la culpabilité du comte de Ruissec dans le guet-apens où périt son fils. Il pouvait me servir aussi bien de sauvegarde que de moyen de chantage. Mais il y a un point essentiel sur lequel vous vous trompez, messieurs. Je n'ai pas su qu'il s'agissait du vicomte de Ruissec. L'homme qui devait venir devait être masqué pour des raisons de sécurité. Ce n'est qu'après... l'exécution... que je constatai qu'il s'agissait du fils de mon ennemi, et je prends Dieu à témoin, quelle qu'ait été ma haine pour cette famille, que je n'aurais pas laissé faire ce qui a été fait si j'avais su qu'il s'était agi du vicomte.

— Il est facile de le dire maintenant, le coupa Sartine. Cela ne m'explique pas pourquoi le comte voulait se débarrasser de Truche de La Chaux.

— Oh ! Les raisons étaient nombreuses, reprit Nicolas. Truche de La Chaux avait volé les bijoux de Madame Adélaïde. Il subissait un chantage du comte, qui l'avait percé à jour et menaçait de le dénoncer dans le cas où il n'obéirait pas à ses instructions.

— Quelles étaient-elles ?

— Il était chargé d'espionner la grande dame dont nous parlons. Son service lui permettait de l'approcher et, le cas échéant, d'abandonner dans ses appartements les libelles infâmes que la conspiration multipliait contre elle et le roi. Or il est plus que probable que le comte ait eu vent de l'attitude ambiguë de son instrument, car il avait d'autres créatures auprès de cette grande dame. Truche ne cherchait que son intérêt et le prenait là où il le trouvait. Ayant tenté de négocier une bague de Madame Adélaïde auprès de cette grande dame, celle-ci reconnut le bijou, et, pris à son propre piège, notre homme fut mis en demeure par elle de la servir et de la renseigner sur les menées de la coterie du dauphin et des filles du roi dont elle craignait l'influence. Ainsi, persuadé du double jeu de Truche, le comte de Ruissec décida de le supprimer, l'estimant dangereux, et ordonna son exécution. J'ajoute qu'il voyait d'un mauvais œil l'influence de ce personnage sur ses deux fils.

— Et le second meurtre, celui de la comtesse ?

Lambert ferma les yeux à l'évocation de cette mort.

— C'est moi le coupable. Je me suis introduit avant l'arrivée du commissaire Le Floch au couvent des Carmes, je me suis approché d'elle, je l'ai étranglée et l'ai jetée dans le puits des morts. J'avais été informé par la femme de chambre de la comtesse de son rendez-vous et je voulais l'empêcher de parler à tout prix.

Une quinte de toux le plia en deux durant de longs instants.

— Tout cela ne serait pas advenu si nous n'avions

pas été surpris au pont de Sèvres au moment d'immerger le corps du vicomte dans la Seine. C'est alors que j'ai eu l'idée de mettre le fils mort sous le regard du père pour lui faire comprendre qu'il avait été l'instrument du destin. Ainsi, la mort du fils balancerait la mort du père, ainsi le fils tué vengerait le père exécuté. Rien ne pouvait plus m'arrêter. J'ai rempli ma mission. J'ai vengé mon père. Le comte a appris mon nom juste avant de mourir et son dernier regard a été posé sur le fils de sa victime. Sa maison est décimée.

Il se redressa, poussa un grand cri, un flot de sang jaillit de sa bouche. Il retomba sans connaissance. Sa sœur voulut se jeter sur son corps, elle fut retenue par un exempt. Déjà, Bourdeau s'affairait pour faire sortir le brancard. Mlle Bichelière fut reconduite au secret dans sa cellule.

M. de Sartine considérait, immobile, le feu qui s'éteignait doucement dans la grande cheminée.

— Il n'en a pas pour longtemps. Cela vaut peut-être mieux pour tout le monde. Quant à sa sœur, elle finira ses jours dans un in-pace. Ou son équivalent, puisque la chose n'existe plus. Au fond d'un couvent, au mieux, ou d'une forteresse d'État, au pire. Trois questions, Nicolas. La première : comment saviez-vous que le vicomte avait été tué dans l'atelier du parc ? Nous avons des aveux, mais auparavant ?

Nicolas ouvrit son calepin noir et en sortit une petite feuille de papier de soie pliée en quatre dans laquelle Sartine, qui s'était approché, put voir une sorte de gravier noir.

— Voilà, monsieur, ce que j'avais recueilli, coincé dans la semelle des bottes du vicomte : du charbon. Où trouve-t-on du charbon, si ce n'est près d'une forge, ou dans un atelier où du métal est fondu ? J'ai retrouvé la même poussière dans l'atelier de Le Peautre, le fontenier du grand parc.

— Ma deuxième question : pourquoi ces lunettes fumées ?

— Mon tuteur, le chanoine Le Floch, nourrissait une prévention irraisonnée contre les yeux vairons. Sans la partager, je remarque toujours cette caractéristique, d'autant plus qu'à ma première arrivée à Paris je me suis fait voler ma montre par un malandrin au regard inégal. Voyez Lambert, il devait dissimuler ses yeux sous faute d'être reconnu. Lorsqu'il se déguisait en Mlle de Sauveté, il usait de ces lunettes fumées. Et lorsque sa sœur jouait le rôle du même personnage, elle en usait de la même façon.

— Dernière question, Nicolas : avez-vous quelque espoir d'arrêter ce Le Peautre ?

— Un courrier de l'intendant de Champagne m'a informé hier que son corps avait été retrouvé, à moitié dévoré par les loups, du côté de Provins. Il avait, auparavant, confié à l'un des couvents de la ville le petit sourd-muet qui servait de messager.

— L'homme est un curieux animal. Voilà une enquête difficile et que vous avez fort bien menée. Restent les bijoux de Madame. Pensez-vous les retrouver ?

— Je n'ai pas perdu espoir. Nous avons déjà la bague.

— Et Truche de La Chaux ?

— Son cas n'est pas pendable, et puis la bonne dame le protège, mais mon intuition m'incite à croire que l'homme finira par tomber dans les filets de ses propres intrigues.

XII

TRUCHE DE LA CHAUX [1]

« Les Rois sont sujets à l'émoi... »

Étienne JODELLE

Dimanche 6 janvier 1762

Le rituel du grand couvert s'apprêtait dans sa forme immuable. Depuis deux mois, Nicolas n'avait pas quitté la Cour. M. de Saint-Florentin maintenait le jeune commissaire à Versailles au grand dam du lieutenant général de police. Il était chargé tout à la fois de contrôler la sûreté du palais et de préparer le mémoire demandé par le ministre, toujours inquiet des risques pesant sur la vie du souverain. Les révélations du dénouement de l'affaire Ruissec avaient ancré cette crainte en lui et il ne jurait plus que par Nicolas. Celui-ci avait pris pension chez M. de La Borde, grâce auquel il avait pu se loger au château dans une soupente proche des appartements du premier valet de chambre.

C'était le premier dimanche de l'année. Trois fois par semaine, le roi soupait en cérémonie avec la famille royale, pour obéir à une tradition établie par Louis XIV, et malgré ses réticences à paraître en public. Son goût personnel aurait plutôt porté Louis XV à préférer les soupers intimes avec ses favoris et la marquise de Pompadour, dans les petits appartements, mais il lui fallait bien s'astreindre à son métier de roi.

Nicolas, qui participait désormais étroitement aux cérémonies de la Cour, se tenait donc à la porte de la première antichambre de l'appartement royal, où une table en forme de fer à cheval avait été dressée. Le roi et la reine en occuperaient l'extrémité et les membres de la famille royale les côtés. La Borde lui expliquait à l'oreille les détails du protocole. Déjà, le premier service de la viande était remonté des cuisines en longue procession, précédé et escorté de deux gardes, carabine sur l'épaule, accompagné de l'huissier de salle à quelques pas derrière, portant le flambeau et la baguette, du maître d'hôtel avec son bâton, du gentilhomme-servant-panetier, du contrôleur général, du contrôleur-clerc d'office, d'une dizaine d'autres officiers portant chacun un plat, enfin, de deux autres gardes fermant la marche. Le maître d'hôtel avait fait révérence devant la nef de vermeil contenant les serviettes parfumées. Chaque officier avait ensuite goûté les viandes pour vérifier qu'elles n'étaient pas empoisonnées. Le premier service des potages et des entrées avait été disposé harmonieusement sur la table. Il résultait de tout cérémonial que le roi mangeait ses viandes froides.

Un appel du pied, un mouvement d'armes, ainsi qu'un murmure de la foule pressée dans l'antichambre avaient annoncé le cortège royal. Précédé d'un huissier, éclairé par ses pages et suivi du capitaine de ses gardes, le roi avait gagné son fauteuil dans le même temps que la reine arrivait. Des serviettes leur avaient été tendues pour se laver les mains. Le reste de la famille royale, le dauphin et Mesdames avaient pris place. Nicolas observait maintenant la foule qui, maintenue à distance, suivait religieusement le déroulement du souper. Les gens de qualité étaient rangés, écrasés souvent les uns contre les autres, derrière la chaise du roi. Ils prêtaient l'oreille, attentifs à recueillir quelques paroles ou quelques marques de distinction tombées des lèvres augustes.

Au bout d'un moment, le roi rompit le silence et interrogea le dauphin, qui venait de rentrer de Paris, sur les nouvelles de la ville. Celui-ci évoqua les craintes qui agitaient l'Europe et qui couraient dans la capitale sur l'état de santé de la tsarine de Russie. Chacun était suspendu aux nouvelles en provenance de Saint-Pétersbourg. L'hiver et les difficultés que la neige et le gel occasionnaient aux courriers jetaient l'incertitude sur des indications contradictoires ou controuvées. On ne savait plus à quelle vérité se raccrocher. Le dauphin décrivit les crises et les vapeurs qui inquiétaient les médecins d'Élisabeth, au point de parler de risques d'apoplexie. Les détails médicaux retinrent l'attention du roi, qui se tourna vers son médecin en quartier pour plus de précisions. Le dauphin ajouta que, selon certaines informations, la désolation était grande en Russie, sauf dans le peuple, grossier, barbare et manquant de sensibilité. Tout se déroulait dans cette cour orientale dans un mystère qui marquait plus la crainte du successeur que l'amour du souverain régnant. Cette remarque sans intention assombrit le roi, qui se renferma dès lors dans un silence obstiné, en dépit des timides tentatives de la reine de relancer la conversation.

Alors que l'on desservait et qu'arrivaient les viandes, une rumeur s'enfla à l'extérieur de l'antichambre où se tenait le grand couvert. Ce ne fut d'abord qu'un bruissement, des bruits de pas précipités, des armes qui retombaient brutalement sur le sol et des voix qui haussaient le ton et lançaient des appels. Séparé de ce désordre par la foule du public, Nicolas tenta en vain d'en discerner les raisons. Un officier des gardes se fraya soudain un chemin malaisé au milieu des courtisans. Il parvint jusqu'au capitaine des gardes à qui il confia quelque chose.

Dehors, le désordre redoublait. Les grands officiers et les proches du roi se regardaient, interdits. Le monarque demeurait imperturbable, même si certains petits détails marquaient que son impatience grandissait devant cette perturbation du cérémonial. Une nouvelle parcourait maintenant l'assemblée. Chacun parlait à haute voix à son voisin. Nicolas entendit près de lui les mots « attentat horrible » et vit que M. de Saint-Florentin, auprès duquel se tenait Sartine, le regardait, l'air éperdu et interrogatif. Ce jeu de mines cessa lorsque le capitaine des gardes eut instruit le ministre. De nombreux assistants paraissaient désormais informés de l'événement et ordonnaient leur physionomie en harmonie avec la gravité de ce qu'ils venaient d'apprendre. Agacé par la rumeur sourde qui montait et l'environnait, le roi pinçait les lèvres et interrogeait du regard son entourage. Il finit par manifester son déplaisir.

— D'où viennent ce bruit et ce désordre ? Quels sont leurs causes et leurs sujets ?

Personne n'osait lui répondre, mais les visages parlaient d'eux-mêmes.

— Enfin, qu'en est-il ? Pourquoi ces figures contraintes ? Quelle nouvelle justifie votre accablement ? En veut-on encore à ma vie ?

Plusieurs voix se firent entendre chez les princes et les proches du roi. L'ensemble était inintelligible, et les réponses tellement évasives et confuses qu'à force de vouloir le rassurer, elles alarmèrent davantage le roi.

— Qu'ai-je fait ? dit-il en se levant brusquement de table et en jetant violemment sa serviette à terre. Qu'ai-je donc fait pour avoir de pareils ennemis ?

Un murmure de consternation et d'effroi parcourut l'assemblée. Le cortège royal se reconstituait à la hâte et le roi se retira pour gagner ses petits appartements. M. de Saint-Florentin, Sartine et Nicolas, entraînés par La Borde, s'engagèrent à la suite du cortège. Le roi, qui s'était retourné un instant, aperçut son ministre et, l'air menaçant, pointa un doigt sur lui.

— Que s'est-il passé au juste ? Ne m'en imposez pas, développez-moi ce mystère.

— Sire, que Votre Majesté se rassure, l'affaire est entre nos mains et rien n'indique que subsiste le moindre danger.

Le mot imprudent était lâché et le roi s'en saisit aussitôt.

— Ainsi, il y a eu danger ! Monsieur, éclairez-moi sur-le-champ !

— Sire, voilà la chose. Truche de La Chaux, un de vos gardes du corps, vient d'être assassiné à coups de poignard, dans un des escaliers, par deux scélérats qui en voulaient à votre personne. Ces deux monstres ont pris la fuite, et votre garde est presque expirant.

Le roi s'appuya sur le bras du capitaine des gardes. Il était blême et Nicolas remarqua la sueur abondante apparue sur son front et les taches violacées qui marquaient son visage.

— Monsieur de Saint-Florentin, prenez bien soin de mon pauvre garde. S'il en réchappe, je récompenserai son zèle.

Le cortège se reforma et le roi quitta la scène. M. de Saint-Florentin rassembla son monde, moins La Borde qui avait suivi son maître. Ils gagnèrent le grand bureau du ministre où tous se tournèrent vers Nicolas, le seul à connaître Truche de La Chaux. Les questions fusaient. Pouvait-on faire fond sur une personnalité dont chacun connaissait l'ambiguïté ? L'homme malhonnête, le joueur, le voleur et l'agent double pouvait-il se transformer, du jour au lendemain, en héros défenseur du trône ? Selon Nicolas, il était impossible de se prononcer avant que de connaître le détail de l'attentat dont le garde du corps venait d'être la victime. Les premiers rapports affluaient, incomplets ou peu compréhensibles. Excédé, et après avoir guetté un signe négatif du ministre qui ne vint pas, M. de Sartine ordonna à Nicolas d'aller en personne aux nouvelles. Le garde du corps avait été conduit dans la partie basse du château, vers les cuisines. Il gisait sur un matelas jeté à terre dans une galerie faiblement éclairée par des torchères. On attendait le chirurgien qui devait panser ses blessures. Un exempt que Nicolas connaissait lui fit le point des premières constatations faites après l'attentat.

— Il paraîtrait que M. Truche de La Chaux était de garde au château. Entre neuf et dix heures, alors que commençait le grand couvert, il aurait quitté son service dans la salle des gardes pour aller acheter du tabac.

— Et par où est-il sorti ?

— De la salle des gardes, il a gagné le « Louvre ». Ayant emprunté la galerie des Princes, il était descendu ensuite dans un corridor fort long qui conduit du côté des bureaux du contrôleur général des Finances et permet de sortir à peu près vis-à-vis du grand commun. C'est là, dans ce passage très mal éclairé, qu'il a été découvert gisant par terre sans connaissance.

— Qui l'a découvert ?

— Un homme de service. L'ayant trouvé ensanglanté avec son épée cassée, il a appelé du secours sur-le-champ. Je crois qu'on a averti M. de Saint-Florentin et le grand prévôt de l'Hôtel, son adjoint, qui a fait les premières constatations et dressé le procès-verbal en présence de deux gardes du corps.

Nicolas pensa que le grand prévôt aurait pu se hâter de porter tout ceci à la connaissance du ministre.

— L'homme avait donc repris connaissance ?

— Oh ! certes oui, rapidement. Il a parlé aux gardes et leur a raconté sa mésaventure.

— Pouvez-vous essayer de me redire très exactement les propos qu'il a tenus ?

— Je vais faire mon possible. Je venais d'arriver, j'ai tout entendu. D'une voix faible et expirante, qui a fait croire au début qu'il allait passer, il leur a dit qu'il venait d'être assassiné. Ses propres paroles ont été « qu'on veille à la sûreté du roi. Deux malheureux m'ont frappé qui en voulaient à sa vie ! L'un était vêtu en ecclésiastique et l'autre en habit vert. Ils m'ont prié de les faire entrer au grand couvert ou de les faire se trouver sur le passage du roi sous la promesse d'une récompense considérable ».

L'homme consulta ses notes sur un petit papier.

— Il a poursuivi : « Cet appât ne m'a pas tenté et je leur ai refusé l'entrée. C'est alors qu'ils se sont jetés sur moi à coups de couteau. Ils m'ont déclaré que leur intention était de délivrer le peuple de l'oppression et de donner une nouvelle force à une religion presque anéantie. »

Ces phrases résonnaient étrangement dans la tête de Nicolas. Le texte du libelle trouvé dans les appartements de Mme de Pompadour reflétait la même philosophie. Il est vrai que tous ces pamphlets se ressemblaient plus ou moins.

— C'est tout ?

— Il n'en a pas dit plus. On l'a emporté pour le mener ici.

Le chirurgien chargé de donner ses soins au blessé venait d'arriver. C'était un grand homme sec à l'air sévère aux mains fines et étonnamment longues. Sous le regard de Nicolas qui observait la scène, il se pencha sur Truche de La Chaux et dégagea ses habits afin d'examiner les blessures. L'homme se débattait en criant et en poussant des plaintes douloureuses. Après quelques instants, le chirurgien chercha dans son sac un produit révulsif et de la charpie. Agacé par les manifestations du blessé, il le maintint fermement allongé afin de procéder plus aisément.

— Monsieur, lui dit-il avec dédain, vous faites bien du bruit pour peu de chose. Vous criez comme si vous étiez bien malade et, au lieu de blessures, je ne vois que des égratignures.

Après s'être enquis de la qualité de Nicolas et des raisons pour lesquelles il se trouvait là, le chirurgien lui demanda d'être son témoin. Il estimait, disait-il, qu'il y avait artifice et il ne voulait pas en rester là, désireux d'aller au fond de cette affaire dans une si grave occurrence.

— Regardez, monsieur le commissaire, et considérez l'habit et la veste de ce blessé. Pour tout homme sensé, il n'y a pas eu agression.

Il s'était penché et secouait l'habit de Truche de La Chaux qui geignait sourdement.

— Vous pensez, monsieur, dit Nicolas, qu'il y a tentative de fraude ?

— Et je le prouve ! Il n'a pu que se blesser lui-même. Regardez, les trous de l'habit et de la veste ne coïncident nullement avec les écorchures superficielles que nous constatons !

Poussé dans ses retranchements, l'homme égaré ressemblait à un animal pris au piège, cherchant de tous côtés la passe par où il pourrait s'enfuir. Il finit par être saisi d'une crise nerveuse et se mit à pleurer comme un enfant. Nicolas s'approcha.

— Je crois qu'il serait préférable pour vous de nous dire la vérité.

Truche le regarda et le reconnut. Il lui saisit la main comme s'il avait découvert un sauveur.

— Monsieur, aidez-moi. Je vais vous dire l'entière vérité. Je ne voulais faire de mal à personne. Je me suis retiré entre neuf et dix heures du soir sur l'un des escaliers où j'ai cassé mon épée et mis bas mon habit et ma veste. Je les ai percés de coupures en maints endroits, puis je me suis porté à moi-même des coups de couteau sur plusieurs parties du corps.

Nicolas était surpris de la candeur de l'homme avouant aussi facilement un crime capital.

— Et personne ne vous a découvert ?

— J'avais éteint les lumières qui auraient pu dénoncer mes préparatifs.

L'homme semblait désormais calmé, comme ayant pris son parti d'être convaincu d'imposture.

— Et ensuite ?

— Ensuite, j'ai remis mon habit et ma veste, je me

suis couché à terre et ai réclamé des secours d'un ton plaintif.

— Et la raison de tout cela ?

— Monsieur, il faut bien vivre. Je souhaitais obtenir une pension du roi à quelque prix que ce fût.

Nicolas laissa le garde du corps aux mains des magistrats. Il courut faire son rapport à M. de Saint-Florentin qui le chargea de suivre de bout en bout cette affaire. Fort tard, il retrouva M. de La Borde qui était demeuré auprès du roi. Celui-ci s'apprêtait à passer une nuit d'inquiétude. Le fait que l'un des agresseurs était supposé être habillé en ecclésiastique conduisait certains à franchir le pas et à affirmer qu'il s'agissait d'un jésuite et qu'il fallait incontinent chasser la Société du royaume. Nicolas informa son ami du dernier état de l'enquête. Les jésuites pouvaient encore dormir tranquilles : ils n'étaient nullement impliqués dans la tentative médiocre d'un petit imposteur sans envergure. En revanche, songeait Nicolas, la favorite risquait sans doute de passer par des transes éprouvantes au su d'une affaire si grave et qui compromettait, qu'elle le veuille ou non, un de ses serviteurs occultes.

Le lendemain, la capitale fut informée du forfait et fut saisie d'épouvante ou d'ironie. Mais l'enquête se poursuivant et apportant des éléments nouveaux, chacun fut bientôt convaincu que le garde du corps était bien un fourbe réfléchi. Les interrogatoires serrés auxquels il fut soumis montrèrent qu'il avait conçu son plan coupable dès le mois d'octobre précédent. On apprit ainsi qu'il avait fait affûter un grattoir par un coutelier de Versailles, arme avec laquelle il avait tranché ses habits et s'était superficiellement coupé. Ceux qui étaient mieux informés colportèrent que ce malandrin sans caractère touchait au cercle le plus étroit de Madame Adélaïde, qui marquait toujours son faible pour les protestants convertis sans réflexion ni précaution. À aucun moment, Nicolas n'entendit évoquer la possibilité d'une collusion entre Truche de La Chaux et Mme de Pompadour. Tout cet aspect de l'affaire paraissait environné du secret le plus opaque.

Le 10 janvier, Truche de La Chaux fut emprisonné à la Bastille, puis transféré de la prison d'État au grand Châtelet pour son procès. De fait, la procédure aurait dû se dérouler devant le grand prévôt à Versailles, où s'étaient produits les faits, mais le transport à la Bastille l'avait tiré de la juridiction ordinaire. Il n'y eut ni témoin ni confrontation. On évoqua les précédents : en 1629, un soldat avait été rompu pour des faits identiques ; sous Henri III, un autre coupable avait été décapité. Truche ne fit pas usage de ses lettres de noblesse qui lui auraient permis d'être jugé par un autre tribunal. Le Parlement, par son arrêt du 1er février 1762, le condamna « à être mis dans un tombereau en chemise, la corde au cou, torche à la main, avec un écriteau devant et derrière portant l'inscription "fabricateur d'impostures contre la sûreté du roi et la fidélité de la Nation", à être conduit dans cet état dans différents quartiers de Paris, à faire amende honorable devant Notre-Dame, au Louvre et à la Grève et, après avoir subi la question préalable, à être rompu vif ».

Le lendemain de cette condamnation, Nicolas reçut par un messager une instruction orale de M. de Saint-Florentin d'avoir à visiter Truche de La Chaux, qui se trouvait à la Conciergerie dans l'attente de son exécution. Il fut un peu étonné de la manière dont cette injonction sans explication lui parvenait. Il regagna Paris. Sa tâche à Versailles était d'ailleurs achevée, et il devait maintenant se mettre au travail pour rédiger son mémoire sur la sûreté du roi au château. Cette étude prenait d'autant plus d'importance après les derniers événements, qui avaient démontré de fâcheuses lacunes dans ce domaine.

À la Conciergerie, il se fit reconnaître, mais tout se déroula comme s'il eût été annoncé et qu'on attendît sa visite. Il parcourut avec le geôlier, dans le tintement du trousseau des grosses clefs, les galeries sombres de l'écrou. Ils s'arrêtèrent devant une lourde porte de bois renforcée de fer et munie d'un guichet. Plusieurs serrures furent actionnées et on le fit entrer dans le cachot du prisonnier.

Tout d'abord, il ne vit rien : une faible clarté tombait d'une ouverture fermée de barreaux entrecroisés. Nicolas demanda au geôlier d'apporter une torche. Celui-ci se fit tirer l'oreille : ce n'était pas là l'habitude et il n'avait pas d'ordres pour cela. Nicolas emporta ses hésitations avec une pièce ; l'homme accrocha sa propre torche à un anneau dans la muraille et se retira après avoir tiré et fermé la porte. Il put alors envisager l'ensemble du cachot. À sa gauche, sur un châlit couvert de paille une forme humaine gisait, étroitement maintenue aux pieds par de lourdes chaînes dont les extrémités étaient fixées à la muraille. Les bras étaient aussi entravés par des chaînes plus légères qui, moins tendues, permettaient au prisonnier de se redresser et de mouvoir ses mains. Nicolas demeura un moment silencieux. Il ignorait si l'homme allongé dormait. S'approchant, il fut frappé par le changement opéré sur le garde du corps. Sans perruque, le cheveu rare et collé sur le crâne, le visage grisâtre et creusé, il avait vieilli de plusieurs années en quelques semaines. Sur ses traits se lisait un profond accablement. La bouche ouverte laissait pendante la mâchoire qui tremblait. Il ouvrit les yeux et reconnut Nicolas. Il hocha la tête avec une manière de sourire et tenta de se relever, mais Nicolas dut l'aider en le prenant sous les bras.

— Ainsi, monsieur, on vous a laissé m'approcher ! Malgré tout.

— Je ne vois pas pourquoi on m'en aurait empêché : vous oubliez mes fonctions.

— Je m'entends. Sommes-nous seuls ?

Il regarda vers la porte du cachot, l'air inquiet.

— Vous le voyez bien. La porte est fermée et le guichet clos. Nul ne peut nous entendre, si c'est cela que vous craignez.

Il parut se rassurer.

— Monsieur Le Floch, j'ai confiance en vous. Je sens que vous.ne me croyez pas si coupable. Vous avez eu l'occasion de m'arrêter avant l'événement, avant mon crime. Vous vous en êtes abstenu, vous aviez fait la part des choses... C'est pourquoi j'ai demandé à vous parler.

— Monsieur, ce n'est pas que je vous exonère de votre faute, ne vous y trompez pas. Votre crime est grave, mais je pense qu'il y avait chez vous plus d'inconséquence que de volonté de nuire. Pour le reste, je suis à votre disposition pour vous entendre, pour autant que vos propos ne traversent pas les obligations de ma fonction.

— Pouvons-nous passer un marché ?

— Vous n'êtes nullement en mesure d'imposer des conditions et je ne suis pas autorisé à traiter avec vous.

— Monsieur, ne refusez pas si vite. Accordez à un homme qui n'a plus que quelques jours, peut-être quelques heures à vivre, la grâce de l'écouter et, avec un peu de compassion, de l'entendre.

— Dites toujours, monsieur. Je ne vous promets rien.

— Tout d'abord, je vais vous donner une preuve de ma bonne foi. J'imagine que vous continuez à rechercher les bijoux de Madame Adélaïde ?

Il vit qu'il avait touché juste à l'espèce de sursaut qui agita Nicolas, lequel se le reprocha aussitôt.

— Il se peut, monsieur.

— Je me repens de cela aussi. La princesse a toujours été bonne envers moi. Mon infidélité à son égard est sans excuses. Monsieur Le Floch, vous irez au casernement des gardes du corps. Derrière ma couchette, sous la transversale en bois du torchis, creusez le plâtre et vous découvrirez le reste des bijoux dérobés, puisque aussi bien vous détenez déjà la bague à la fleur de lys. Allez-vous m'écouter maintenant, monsieur ?

— Certes, mais je ne peux rien vous promettre.

— Peu m'importe après tout, je n'ai plus rien à perdre ! Accepteriez-vous de porter un message de ma part à Mme la marquise de Pompadour et cela, par votre salut, aujourd'hui même ?

Il avait baissé la voix en citant ce nom. Nicolas demeurait impavide. Que signifiait cette requête ? Truche avait-il une dernière volonté à exprimer, une grâce à demander ? Connaissant les relations entre la favorite et le condamné, il s'interrogeait sur son devoir. Ce n'était pas de la crainte, mais il avait la nette conscience que cela pouvait l'entraîner lui-même plus loin qu'il n'aurait jamais dû consentir. D'un autre côté, pouvait-il refuser à Truche de La Chaux, dont la mort terrible et ignoble était si proche, de déférer à sa dernière demande ? Il estima ne pas pouvoir refuser. Il réfléchit aussi que s'il était là, dans ce cachot, ce n'était pas de son fait mais parce que M. de Saint-Florentin lui avait ordonné de s'y rendre. Il pensa aux propres relations existant entre le ministre et la marquise. Peut-être toutes ces puissances étaient-elles tombées d'accord pour qu'il fût leur messager vers un condamné à la veille de son exécution ? Que risquait-il ? Il rendrait compte et transmettrait et n'aurait pas sur la conscience le remords d'avoir refusé quelque chose à un homme qui allait quitter ce monde.

— Soit, monsieur. Comment souhaitez-vous procéder ?

— Je n'ai pas le droit d'écrire. Auriez-vous le nécessaire sur vous ?

Nicolas fouilla la poche de son habit. Il y trouva son contenu habituel : son calepin noir, une mine de plomb, un canif, un bout de ficelle, un mouchoir, une tabatière et du pain à cacheter.

— Une page de ce calepin et ce crayon feront-ils l'affaire ?

— Cela conviendra.

Nicolas détacha le papier fragile le plus proprement possible, le lissa et le tendit avec la mine au prisonnier. Celui-ci plaqua le papier contre la muraille et, après avoir humecté la pointe du crayon, se mit à écrire en très petits caractères. Nicolas constata qu'il n'y avait aucune hésitation dans la rédaction et qu'il avait dû songer longtemps auparavant à ce qu'il désirait transmettre. Il rédigea ainsi une vingtaine de lignes serrées puis replia soigneusement la feuille comme s'il se fût agi d'une petite lettre. Il regarda Nicolas d'un air gêné.

— Monsieur Le Floch, ne vous méprenez pas sur ma requête : je souhaite seulement vous protéger. Il vaut mieux pour vous ne pas connaître le contenu de ce message. Je sais que vous respecteriez mon vœu de l'ignorer, mais je ne sais si son destinataire aura les mêmes raisons de vous faire confiance. Aussi, je vous le demande, comment cacheter ce pli ?

— Sans aucune difficulté. J'ai là du pain à cacheter qui me sert à poser les scellés. Je vous en donne un morceau, vous fermez votre pli, et vous signez en travers.

Truche soupira comme si un poids pesant lui était ôté de la poitrine. Nicolas songea que, dans le malheur, l'homme avait recouvré comme une nouvelle dignité. La personnalité médiocre et même un peu vulgaire avait laissé la place à un être souffrant, mais qui paraissait comme apaisé par la certitude de son destin. Le temps des adieux était venu. Nicolas plaça le billet dans son habit. Au moment de sortir du cachot, il s'adressa une dernière fois au prisonnier.

— Pourquoi moi ?

— Parce que vous êtes un honnête homme.

Il frappa à la porte. La clef joua dans la serrure. Le geôlier apparut et récupéra sa torche. Le visiteur se retourna et s'inclina en direction du prisonnier dont la silhouette s'était déjà fondue dans l'ombre.

Nicolas avait craint que quelque difficulté ne s'élevât pour l'empêcher de rencontrer Mme de Pompadour ; il n'en fut rien. Dès que son désir fut communiqué à M. de Sartine, à qui il ne dissimula rien, tout obstacle fut écarté et sa mission s'en trouva à l'instant facilitée. Le lieutenant général de police, sans feindre d'avoir à en référer à son ministre, le pressa de se rendre aussitôt au château de Bellevue, où résidait la favorite. Il pouvait être sûr qu'elle le recevrait aussitôt. Il lui conseilla de prendre le meilleur coureur des écuries de la rue Neuve-des-Augustins et de brûler le pavé pour rejoindre Sèvres dans les plus brefs délais. Nicolas, désormais suffisamment averti des habitudes du pouvoir, soupçonna, derrière cette hâte et les facilités accordées à sa mission, comme une volonté de faire aboutir une démarche dont la signification lui demeurait obscure.

Dès son arrivée au château de Bellevue, il fut introduit dans les appartements de la marquise. Dans un boudoir blanc et or, beaucoup trop chauffé à son goût par un grand feu ronflant, la dame l'attendait dans une vaste bergère noyée dans des flots de tissus gris et noir. Il se souvint que la Cour portait le deuil de la tsarine Élisabeth Petrovna, qui s'était éteinte à Saint-Pétersbourg une semaine auparavant. Quand elle le vit, elle tendit une main languissante qu'elle retira aussitôt, agitée par une violente quinte de toux. Il attendit que le malaise passât.

— Monsieur, il me faut vous faire mon compliment pour l'affaire que vous avez si heureusement éclairée. Vous avez droit encore une fois à notre reconnaissance. M. de Saint-Florentin nous en a conté le détail.

Il ne répondit pas et s'inclina, notant le « nous ». Il se demanda si cette formule de majesté comprenait aussi le roi...

— Vous avez souhaité me voir, me dit-on ?

— Oui, madame. Il se trouve que M. Truche de La Chaux, garde du corps, qui vient d'être condamné pour crime de lèse-majesté au second degré, a souhaité me voir. Au cours de cette entrevue, il m'a remis un pli à votre intention. Je n'ai pas cru devoir refuser ce service à un homme qui vit ses dernières heures.

Elle hocha la tête avec véhémence.

— N'est-il pas extraordinaire, monsieur, qu'un aussi fidèle serviteur du roi consente d'être l'entremetteur d'un personnage aussi peu recommandable ?

Il pensa, à part lui, que l'homme était suffisamment fréquentable pour que la marquise de Pompadour l'entretînt. Il fallait désormais jouer serré. Il trouvait que la favorite retournait par trop aisément la situation à son avantage. Il décida de frapper fort.

— C'est que, madame, ce personnage s'est trouvé être à une certaine époque, et pour certaines missions, votre serviteur.

— Ceci est trop fort, monsieur. Je ne vous permets pas...

Il l'interrompit.

— Aussi bien ai-je cru de votre intérêt bien compris et, peut-être de celui de Sa Majesté, d'accepter de vous transmettre un pli dans lequel un coupable pourrait dévoiler des informations utiles.

Elle sourit en tapotant le bras de son fauteuil.

— Monsieur Le Floch, c'est un plaisir de jouter avec vous !

— Tout à votre service, madame.

Il lui tendit le pli. Elle l'examina avec attention sans l'ouvrir.

— Vous savez ce qu'il contient, monsieur Le Floch ?

— D'aucune façon, madame. J'ai fourni à M. Truche de La Chaux de quoi en assurer d'une manière insoupçonnable le secret et la discrétion.

— C'est ce que je vois.

Elle ouvrit d'un coup d'ongle et s'abîma dans sa lecture. Puis, d'un geste vif, elle le jeta dans le feu où il se consuma en un instant.

— Monsieur Le Floch, je vous remercie pour tout. Vous êtes un loyal serviteur du roi.

Sans lui tendre la main, elle le salua. Il s'inclina à son tour et se retira. Alors qu'il longeait au galop les berges de la Seine, il eut le pressentiment qu'il ne reverrait pas de sitôt la favorite. Beaucoup de choses indicibles étaient passées entre eux qui, d'une manière ou d'une autre, pèseraient désormais d'un poids trop lourd pour rendre à leurs éventuelles retrouvailles la légèreté et l'ouverture d'antan.

Mardi 5 février 1762

Nicolas prenait son chocolat assis vis-à-vis de M. de Noblecourt qui, les besicles sur le nez, lisait une feuille. Cyrus, sur ses genoux, tentait sans y parvenir de s'introduire entre le journal et le regard de son maître.

— Que lisez-vous ? demanda Nicolas.

— Ah ! mon cher, la *Gazette de France*. C'est une nouveauté qui paraît depuis le 1er janvier, les lundis et vendredis.

— Et quel est son objet ?

— Le premier est de satisfaire la curiosité publique sur les événements et sur les découvertes de toute espèce et le second de former un recueil des Mémoires et des détails qui peuvent servir à l'Histoire. C'est en tout cas ce que promet son prospectus.

— Et quelles sont les nouvelles ?

— Une qui vous intéressera tout particulièrement. Votre Truche de La Chaux, Nicolas, a bénéficié d'un bien étrange privilège. Finalement, sa peine a été commuée et, au lieu d'être rompu, il a été seulement, si j'ose dire, pendu...

Nicolas sursauta.

— Je vous ai raconté sous le sceau de la confidence ma dernière rencontre avec lui. Je demeure persuadé qu'il y a eu un accord secret avec Mme de Pompadour.

Vous savez comme tout me fut facilité. Peut-être a-t-elle plaidé en sa faveur. Oh ! sans doute pas directement...

Il ne pouvait en dire plus. Depuis des jours, un soupçon affreux ne cessait de le hanter. À bien y réfléchir, Nicolas s'était interrogé sur le rôle réel de la favorite dans toute cette affaire. Il avait été frappé de la manière dont le garde du corps avait immédiatement avoué son forfait. Tout s'était déroulé comme s'il avait eu la certitude de n'être point poursuivi, et que son crime serait tenu pour rien. Ou peut-être, ce faisant, il pouvait nourrir l'espérance d'obtenir une grâce d'une puissance supérieure. Il était vraisemblable que le message dont il avait été le porteur avait touché la favorite et une certaine forme d'indulgence avait finalement prévalu, si l'on considérait comme un privilège le fait d'être pendu au lieu d'être rompu.

De quel ultime marchandage Nicolas avait-il été l'innocent entremetteur ? Truche de La Chaux savait sans doute qu'il ne pouvait sauver sa vie, mais que les conditions de son exécution demeuraient négociables. Oui, c'était un affreux soupçon de songer, au fond de soi, que la marquise de Pompadour avait pu ordonner de loin les apparences d'un attentat contre le roi. Poussée par sa détestation des jésuites, animée par sa jalousie envers les jeunes maîtresses du roi et sincèrement inquiète des risques réels qui pesaient sur la vie de son amant, elle avait pu tenter de faire porter le soupçon sur la Compagnie et le parti dévot. Oui, cela était de l'ordre du concevable. Il tenta de chasser ces pensées redoutables et prêta attention aux propos de M. de Noblecourt.

— Il est vrai qu'il pouvait beaucoup dire et que la question fait parler des plus endurcis. Voilà peut-être le secret de cet adoucissement de peine. En tout cas, l'affaire Ruissec et cette tentative dérisoire ne vont pas faciliter la situation des jésuites. On les dit perdus et, même s'ils sont innocents dans cette affaire, la calomnie va son train !

— Il y a beaucoup d'injustice dans ce qui leur est reproché.

— Je suis d'accord avec vous. Il y a plus de lumière chez eux que dans tous ces jansénistes rancis qui nous entêtent depuis quarante ans. Vous verrez, Nicolas, on les chassera. On détruira leur œuvre d'éducation. Et nous sommes tous leurs élèves ! Finalement, on travaillera pour le roi de Prusse !

— Comment cela ?

— Considérez le grand aïeul de notre roi actuel. Il a révoqué l'édit de Nantes. Qu'en est-il advenu ? Les fils les plus brillants ou les plus utiles de la religion réformée se sont exilés, en Prusse notamment. Vous verrez, ce sera la même chose avec les jésuites ! Ils iront chasser sur les terres du Nord et formeront des générations contre nous.

— Et qui les remplacera en France ?

— Voilà bien la question, mais je crains que ce ne soit pas celle que l'on pose... Mais, Nicolas, vous étiez à Versailles hier, contez-moi cela.

— M. de Sartine m'a conduit chez Madame Adélaïde pour que je lui remette moi-même ses bijoux retrouvés dans la caserne des gardes du corps.

— Voilà de la part du lieutenant général un geste qui l'honore et qui ne me surprend pas venant de lui ! Et Madame ?

— Madame a été fort bonne. Elle m'a invité à sa chasse.

— Peste ! Vous voilà lancé. Reste, ajouta-t-il en riant, à demeurer en selle !

Nicolas considérait la rue Montmartre qui se remplissait peu à peu de la foule du matin. La rumeur des passants et des voitures montait jusqu'à eux. Il songea à la multiplicité de tous ces destins. Lui-même oublierait bientôt les protagonistes de cette sinistre affaire, même si la pauvre silhouette de Truche de La Chaux dans son cachot continuerait longtemps à hanter son souvenir. Bientôt, les masques du carnaval animeraient à nouveau la vieille capitale. D'autres tâches l'attendaient. Il finit son chocolat. Le fond de la tasse, comme la vie, mêlait la douceur et l'amertume.

Sofia, juillet 1997-février 1999

Notes

1. Il sera remis à Louis XV le 30 novembre 1761.

2. Victoire de France (1733-1799), deuxième fille de Louis XV et de Marie Leszczyńska.

3. On appelait ainsi les deux côtés opposés de la salle où se regroupaient, lors de la « querelle des coins », les partisans du style français et du style italien.

4. Séquence comique de l'opéra *Les Paladins* vivement critiquée à l'époque.

5. Tragédie lyrique en cinq actes de Jean-Philippe Rameau créée le 5 décembre 1749 dans laquelle l'auteur, entre autres innovations, remplace le prologue par une ouverture.

6. Cette suggestion de Nicolas fut effectivement mise en place par Sartine en 1764.

7. Lenoir, lieutenant général de police, améliorera l'éclairage parisien en introduisant les réverbères pour remplacer les lanternes à chandelles.

8. Voir *L'Énigme des Blancs-Manteaux*, chapitre I.

9. La plaque de fond.

10. Je rappelle aux plus jeunes de mes lecteurs que l'expression « errements » signifie simplement habitudes.

11. Calcaire compact au grain fin et serré.

12. On utilisait ce terme à l'époque.

13. Échelle.

14. La pratique était en effet courante, à l'époque, de ces lettres de précaution adressées au lieutenant général de police.

15. La morgue installée dans les caves du Châtelet (cf. *L'Énigme des Blancs-Manteaux*).

CHAPITRE II

1. Soldats qui marchent en avant du corps de troupes, et par

extension, personnes que l'on met avant dans une affaire hasardeuse.

2. Saint-Florentin (1705-1777), Louis Phélypeaux, comte de, puis duc de La Vrillière. Ministre d'État en charge de la Maison du roi, département qui comprenait dans ses attributions l'administration et la police de la ville de Paris.

3. Soldat chargé de poser les mines dans l'armée de l'Ancien Régime.

4. Quelqu'un qui a pris à ferme un service public.

5. Cf. *L'Énigme des Blancs-Manteaux*.

CHAPITRE V

1. Police dans le langage populaire.

CHAPITRE VI

1. Jeu clandestin.

CHAPITRE IX

1. Largeur du bordage d'un navire.

CHAPITRE XI

1. Jacques Clément. Dominicain (1567-1589). Ligueur fanatique, il fut l'assassin du roi Henri III.

CHAPITRE XII

1. L'auteur rappelle que Truche de La Chaux est un personnage historique. Les conditions de la fausse agression à Versailles le 6 janvier 1762 sont rapportées par les mémorialistes du temps, Barbier et Bachaumont. Il fut effectivement pendu à l'issue de son procès.

Remerciements

Ma gratitude s'adresse d'abord à Sandrine Aucher qui a déployé compétence, vigilance et patience pour la mise au point du texte. Elle va aussi à Monique Constant, conservateur en chef du Patrimoine, pour son aide incessante et ses découvertes archivistiques sur la période. Ma reconnaissance est une nouvelle fois acquise à Maurice Roisse, pour sa relecture intelligente et typographique du manuscrit et pour ses utiles suggestions. Je remercie enfin mon éditeur pour la confiance manifestée à l'occasion de ce deuxième ouvrage.

Jean-Christophe Duchon-Doris

Les enquêtes de Guillaume de Lautaret

En octobre 1700, d'étranges crimes ensanglantent la région si paisible des Alpes provençales. L'enquête est confiée au procureur Guillaume de Lautaret. Jeune homme à l'esprit vif, aussi habile à tirer l'épée qu'à trousser les filles, il s'ennuie mortellement dans cette place forte où rien ne se passe et rêve d'une brillante carrière à Versailles. Non loin de là, Delphine d'Orbelet s'ennuie tout autant dans les salons du château de sa mère. L'affaire va passionner et rapprocher les deux jeunes gens. Ils ne pourront cependant comprendre le sens de ces meurtres sauvages sans la découverte faite par Delphine à la lecture des fameux *Contes de ma mère l'Oye*...

Jean-Christophe
Duchon-Doris
Les nuits blanches
du Chat botté

GRANDS DÉTECTIVES

10
18

n° 3629 – 6,90 €

Claude Izner

Les enquêtes de Victor Legris

Claude Izner sait recréer l'effervescence du Paris de la fin
du XIXe, celui de l'Exposition universelle, du Montmartre
des artistes, des petits théâtres, des rues sombres,
dans la tradition d'un Eugène Sue et de ses *Mystères
de Paris*. Victor Legris, propriétaire d'une librairie rue
des Saints-Pères, se voit chargé de résoudre des cas
mystérieux, touchant ses proches, comme son ami
et associé, le Japonais Kenji Mori. Au fil des différentes
affaires, le libraire de « L'Elzévir » s'improvise détective,
jusqu'à ce que cela devienne une véritable passion !

n° 3505 – 7,30 €

Impression réalisée sur Presse Offset par

BRODARD & TAUPIN

GROUPE CPI

La Flèche (Sarthe), 29406
N° d'édition : 3232
Dépôt légal : mars 2001
Nouveau tirage : avril 2005

Imprimé en France